杭州师范大学中文学科学术研究丛书

泽地文库
第二辑
主编 / 洪治纲

浙江省哲学社会科学重点研究基地 2023 年预立项课题

（18号）《在「集团性」与「个人性」之间》

在『集团性』与『个人性』之间

姚雪垠文艺创作与文化实践考辨（1929—1997）

吕彦霖 著

上海文艺出版社
Shanghai Literature & Art Publishing House

总　序

洪治纲

大学之道，人文为先。没有坚实的人文底蕴，没有深厚的人文情怀，没有求真、创新、自由、平等、公正的现代社会理念，大学迟早会陷入实用主义和功利主义的泥淖，甚至会变成精致的利己主义滋生与蔓延的温床，教育也就很难确保学生获得全面而健康的发展。这是我们学科同人多年来的思想共识和学术信念。

我们是大学教师，但我们也是学者，是恪守人文精神并且学有专攻的学者。因为我们深知，人不仅仅是一种物质生命的存在，还是一种精神、文化的存在。我们必须尊重每个个体的主体地位和个性差异，必须关心和理解不同个体多方面、多层次的内在需求，必须激发不同个体的能动性和创造性，促进人的个体价值与社会价值的统一，并最终使人获得自由全面的发展。

如果问，何谓"人文精神"？我想，这应该是其核心之旨。所以鲁迅先生对现代文明社会的审度标尺，就是"立人"。一个国家能不能"立"起来，在他看来，首先就是这个国家中的人是否"立"起来了，而不是看它的经济指标，或者人均拥有多少本房产证。

作为从事人文教育的学者，我们对人文精神当然并不陌生。但是，在物质主义和功利主义的强力冲击下，要坚持不懈地探究现代社会中的人文精神及其实践路径，并非易事。好在我们是地方性高校，没有"高处不胜寒"的压力，也没有必须实现"弯道超车"的预设目标。我们只是踏踏实实问学，认认真真做人。每天进步一点点，这是我们对自己学术的内心期许。所以，这些年来，我们学科的全体同人，都在默默地躬身于各自的研究领域，勤思缅想，精耕细作。

我们因此而充实。无论春夏，无论秋冬。

或许我们的能力有限，眼界不高，学养不厚，但这并不影响我们求真和创新的勇气，也不影响我们对于人类悠久的人文主义传统的承继和弘扬。师者，传道，授业，解惑也。传道，是每一位大学教师的首要职责，也是彰显每位人文学者人格魅力的核心之所在。只有心中有了"道"，有了承担历史职责且顺应社会发展的"大道"，我们才能传出特有的生命之光，以及内在的精神高度。我们的学术，从某种程度上说，就是在求真的过程中，孕育和培植内心的生命之道。故章学诚云：学者，学于道也。

但学术毕竟是一项极为艰难的事业，因为它自始至终都是为了求真，不仅在理论上，还要在实践中。严复就曾明确地将"学术"理解为先求真理，而后付之实践的过程："学者考自然之理，立必然之例。术者据既知之理，求可成之功。学主知，术主行。"梁启超也说过类似的话："学也者，观察事物而发明其真理者也；术也者，取其所发明之真理而致诸用也。……学者术之体，术者学之用。二者如辅车相依而不可离。学不足以应用于术，无益之学也；术而不以科学上之真理为基础者，欺世误人之术也。"我们当然也希望通过自己的努力，在传道和授业的过程中，体用互动，生生不息，一起解答各种现代生存之惑，共同叩问人之为人的诸多本质。

这也是我们推出"泽地丛书"的重要理由。"泽地"，取自《周易》第四十五卦《萃》卦，卦象为下坤上兑，坤为地，兑为泽，即为"下地上泽"之象，象征"荟萃"之意。这是我们中国语言文学学科全体同人的美好意愿，也是我们孜孜以求的学术理想。

在人类智慧的天空中，我们希望以执着的姿态飞过，并留下自己的痕迹。

本套丛书将以开放的方式，逐步汇聚我们学科各位学者的优秀成果，既包括已出版多年并在学界产生一定反响、需要修订再版的专著，也包括近年来国家社科基金的最新成果、学术新著以及优秀的博士论文等，几乎涵盖了本学科各二级研究方向，也囊括了不同代际的学者智慧，大体上反映了我们学科的主要特色和优势。第一辑出版之后，在学界引起了良好的反响，其中有三部著作获得浙江省第二十二届哲学社会科学优秀成果奖。如今，我们按原计划推进第二辑的出版，继续为本学科团队成员提供展示与交流平台，以期进一步营造浓厚的学术氛围。

古人云：士不可不弘毅，任重而道远。学术是没有尽头的事业，真理也需要一代又一代人去不断探索和实践。唯因如此，我们渴望通过自己的顽强求索，能够成为人文精神最坚实的传承者，并在具体的教学过程中，将自己所秉持的学术信念力所能及地付诸实践，抑或在世界文化的交流中成为平等的对话者。

2024 年春于杭州

序　言

耿传明

正如古话所说：岁月不居，时节如流，转眼之间我认识彦霖有十几年了，他2012年从河南师范大学文学院本科毕业后考入南开大学文学院，之后就一直跟着我攻读现代文学硕士、博士学位。2019年夏天毕业，著名批评家、杭州师范大学人文学院院长洪治纲老师慧眼识荆，觉得他是个做学问的好苗子，将他引进到了杭州师范大学人文学院工作。他在杭师大没有辜负领导、老师们的培养和厚爱，迅速成长起来，这几年在教学、科研上取得了不俗的成绩，这是很令人感到高兴的事情。

彦霖在我教过的学生中属于比较突出的一位，原因主要在于他对学问自身有一种发自内心的兴趣和热情。我在指导硕士生、博士生的过程中，除了必要的教学、指导工作之外，一般奉行的还是无为而治的原则，也就是学生可来就学，老师不必往教，与孔子说的"不愤不启，不悱不发。举一隅不以三隅反，则不复也"（《论语·述而》）都是相通的。孔子的话翻译成白话就是："不到学生努力想弄明白，但仍然想不透的程度时，先不要去开导他；不到学生心里明白，却又不能完善表达出来的程度时，也不要去启发他。给学生一个方向，如果他不能举一反三，就先不要往下进行了。"也就是说学问之道来自师生的互动，我没有现成的必须灌输、传授的东西，能做的只是有问必答、共同切磋。如此，学生若是无疑、无惑，也就所得有限。而彦霖则是一个好学不倦的人，喜欢找老师聊天、提问题，老师自然也就会对他施教较多，比如他的学术处女作——发表在《天津师范大学学报》2014年第5期上谈李广田小说《引力》的论文，就来自我和他在我烟雾缭绕的范孙楼研究室中的闲聊；那时我还抽烟，后来基本戒掉了。我们当年东拉西扯地谈的好像很散漫，实则有一个主要的核心那就是百年来中国的文学之变与人心之变的内在关系，我认为文学之变的根源在于人心之变，也就是人们对于世界的体验结构和人生态度、价值选择的变化是文学嬗变的主因。

从事文学研究除了应该具有较好的悟性之外，还需要具有能够坐得下去的定力和不怕麻烦的耐心，在这方面，彦霖也是表现得比较突出的。他硕士毕业免试随我攻读博士学位后，彦霖就论文选题征求我的意见，我考虑到他是河南人，最好还是选一位河南作家，地域文化相通，有利于他更好地进入研究对象的内心世界。于是，我就给他推荐了姚雪垠这位作家，我对姚雪垠其人其作也是比较熟悉的，我读硕士时的导师田仲济先生在抗战时期的重庆曾经和姚雪垠共居一室，比较熟悉，他给我们上课时曾讲到过姚雪垠的作品和轶事。姚雪垠的作品我大都看过，特别是他的《春暖花开的时候》，我看了新出的修订版之后，感觉与原作一定相差极大，所以我建议彦霖先把原版本找来和后来的修订本做个比较，看看能否找到一些可供探讨的、具有普遍性的问题。彦霖对此也很感兴趣，很爽快地就按着我的设想去做了。后来他将该书最初的1939年初刊本、1944年的初版本和1999年的修订本三个版本进行了仔细的对校，发现较之初版本，初刊本还只是一个具备基本框架的故事"雏形"。"初版本对初刊本的明显改写共38处，增补了大量人物和故事情节，还将独立发表的《红灯笼的故事》并入小说。而在比较再版本与初版本时，则发现明显的改写达到了105处，补写超过14万字，可说规模'惊人'，形同'再造'。"[1]这样的版本对照显然是很费周章的事情，不但需要聪明颖悟，更需要细致和耐心。在文本考辨的基础上，他又通过主要人物塑造、重要事件描写、文本形态呈现三个维度，对三个版本间的变化进行了分析和说明。所以该文完成之后，在现代文学研究专业的权威期刊《中国现代文学研究丛刊》2020年第7期上顺利发表，在学界获得了较大的反响，为他以后的学术发展打下了基础。

从事文学研究，除了必备的专业知识外，还需要有一种超出于学科、专业之上的人文关切，也就是古人说的"士之致远，先器识而后文艺"（《旧唐书·列传·卷一百四十》），也就是说一个人要想走得更远，应当先培养器量见识，其次才是文才技艺。而所谓的器量、见识主要的也就是指一个人对于其所生存于其中的人生、世界的价值定向和意义追问，也就是古人说的"顶门眼""定盘星"和"主心骨"，由此他也就获得了以文学超越现实的能力，否则就只能匍匐于现实脚下，让文学沦为稻粱谋的工具，而使自己成为一个空心人、工具人。彦霖在我看来也是付出了力图在专业知识之外别有所本的努力的，他常年坚持写日记，与自己的内心进行不断的对话；读硕士时得到了国家奖学金之后，秉承古人"读万卷书，行万里路"的古训，从河南郑州一直游到了敦煌，途中颇受了点皮肉之苦；等等。后来他又争取到国家公派去日本早稻田大学访学的机会，在千野拓政教授的博士班待了一年，见了世面，开阔了眼界。我觉得这些都

---

[1] 吕彦霖：《被"冷藏"的青年代表作及其改写——姚雪垠小说〈春暖花开的时候〉之版本考释》，《中国现代文学研究丛刊》，2020年第7期，第177页。

是成为一个学者有益的经历和应有的素质。

彦霖的姚雪垠研究将作家置于特定的历史文化语境中进行考察，对作家、作品特质的把握是非常准确、到位的。关于姚雪垠我觉得有两点是值得深入探讨的，首先就是姚雪垠的个人性情、心态、气质对其创作和人生的影响，所谓"性格即命运"，正是因为他有这样的性格，所以造就了他这样的人生。姚雪垠出生于1910年10月10日，阴历九月，也就是传统所谓的"菊月"，所以他的小名是"菊生"，而菊花则代表着一种孤傲、清高、坚韧顽强而又卓尔不群甚或自命不凡的精神气质，纵观姚雪垠一生，这种"傲斗风霜"的菊之特性在他身上表现得相当充分，简直可以说是"越冷越开花"。就其资历而言，他在初登文坛时毫无凭借、优势可言，只不过是读了不到两年就被家乡的河南大学以"思想错误，言行荒谬"名义开除的肄业生，流浪北平、自学成才的文学青年，而当时在文坛上呼风唤雨的是来自海外的留学生，即使是左翼文坛，也到处是苏联留学生和日本左翼留学生，所以姚雪垠要挤进去占有一席之地，殊非易事。但姚雪垠又是一个心气极高、不肯"下"人之人，所以他只能靠创作的实绩和顽强的自信来站稳脚跟，他的《差半车麦秸》《牛全德与红萝卜》《春暖花开的时候》就是他登上文坛的宣言书，这种靠实实在在的作品一举成名的方式让大家再也无法无视他的存在了，但他显然仍没有被任何团体纳入，从而被他们引为自己人，因此文坛上的成名也并没有改变他单打独斗的边缘人的命运，这种处境与他以后的遭际、命运也有直接的关系。

其次，如何看待姚雪垠这一代知识者的人生道路和文学选择的问题？我认为还是应该以理解、尊重和肯定为主，每一代人都是一个特定的时空体，都有自己的洞见和盲区，我们既然没有能力把握全部的因果，所以我们也就不能轻断是非、鲁莽灭裂、因噎废食。因此孔夫子讲的"毋意、毋必、毋固、毋我"仍是我们最大可能地摆脱个人成见、偏见的途径，特别是关乎一个时代的大选择，如个人主义和群体主义的关系问题，我们就不再能像既往那样做简单的非此即彼的选择，而应把两者看作是一种共在、互补的关系，单纯地强调个人主义、个人奋斗、个性解放，认为其可以取代群体主义、群体奋斗、群体解放，那显然是一种天方夜谭、南辕北辙，正如老舍《茶馆》里宣称要搞实业救国的秦二爷，最后的结果也只是如人所说："他说实业救国，他救了谁？救了他自己，他越来越有钱了！"个人奋斗只能改变个人的命运，改变不了群体的命运，要改变群体的命运，显然还是要依靠群体共同的奋斗，但这种群体主义又不能以完全吞噬个体为代价；因此这两种价值诉求都具有其正当性和合理性，重要的不是彻底屏除另一方，而在于寻找处于两者之间共赢的、互利的、动态的结合点，避免将两者之间的关系绝对化、对立化、僵硬化。辛弃疾所言"物无美善，过则为灾"的意义也正在于此。因此彦霖力图从一种历史的、动态的、辩证的立场来看待姚雪垠，最大可能地揭示作家创作道路的丰富性、曲折性和复杂性，这对于姚雪垠研究来说是具有积极的推进意义的。他的以博士论文为基础的姚雪垠研究成果以系列论文的形式陆续发表之后，在学界产生了较大的反响，他在《文艺理论与批评》2021年第6期上发表的《一个"革命文化人"的晚年姿态——以姚雪垠对小说〈春暖花开的时候〉的修改为中心》入围了第十一届（2021年度）"唐弢青年文学研究奖"，这无疑是对他的学术努力的充分肯定。

彦霖近几年的其他论文如《再造"集体记忆"与重探 90 年代——以双雪涛、班宇、郑执为中心》《"天崩地坼此何时"——〈亡明讲史〉与台静农的"南明想象"》等都是我很喜欢的颇见功底又颇富才情的文章,作为他曾经的老师,我很为他的不断成长欣慰、高兴,诚挚感谢曾给予他无私帮助的众多师友,祝他在以后的学术之路上走得更快、更远、更稳。

彦霖的姚雪垠研究的专著即将出版,索序于我,推辞不得,闲扯几句,聊以塞责,不当之处,尚祈方家商榷、指正!

2023 年 7 月 23 日大暑日于天津西青

目 录

绪 论 1
  一、问题缘起与研究意义 1
  二、学术史回顾 6
  三、研究方法与思路框架 19

第一章 从"边缘"到"中心"的精神嬗变
——姚雪垠早年经历的社会学再考察 23

  第一节 "学习追求"之前
        ——故乡生活与少年时代 25

  第二节 "从故乡到省城"与"从'个体'向'集团'"
        ——思想与视野的双重转向 41

  第三节 "北平经验"与"开封《风雨》"
        ——"名作家"的组织之困 56

第二章 "立体战争"下的文艺新变与"火线青年"的自我形塑 77

  第一节 "立体战争"情势与抗战文艺"时段性"品格的生成 79

第二节 在"文人"与"军人"之间
　　——第五战区抗战文化实践考察 …… 97

第三节 "火线青年"形象的自我形塑与多维凸显 …… 119

第三章 史学观念与历史书写动力结构之探析
　　——以《李自成》为例 …… 149

第一节 时代"大气候"与三本"小书"
　　——姚雪垠史学观念的生成 …… 151

第二节 史学理念与历史书写的互动机制
　　——以《李自成》为中心 …… 166

第三节 再续"晚明书写"及与郭沫若的
　　"甲申三百年祭"之辩 …… 190

第四章 一个"革命文化人"的晚年姿态
　　——以姚雪垠对《春暖花开的时候》的修改为中心 …… 209

第一节 被"冷藏"的青年代表作及其"命运"再审视 …… 211

第二节 小说《春暖花开的时候》之版本考释 …… 218

第三节 修改动因探源及其背后的"革命文化人"
　　之晚年姿态 …… 237

结　语 ·· 263

附　录 ·· 271

"屏除丝竹入中年"
　　——关于姚雪垠研究的一些构想·················· 271

参考文献 ·· 275

　一、原始期刊类 ·· 275

　二、作品类 ··· 277

　三、著作类 ··· 278

　四、文章类 ··· 290

后　记 ·· 307

绪 论

一、问题缘起与研究意义

以此命题作为本书的研究方向，首先是源于自己长期以来对于抗战文学/文化思潮，左翼知识分子在不同历史情势下的心态转移，以及历史书写中的"传统再生产"等思想史问题的兴趣。

抗战作为现代中国历史上最为严峻的民族生存危机，也被公认为现代中国历史的重要转捩点。这场旷日持久的"总体战争"所带来的深远影响，已经完全溢出了战争这一形式本身，而是"直接涉及参战国每个人的生活和精神"。[1] 抗战对置身其中的知识分子，尤其是亲临战线的知识分子的体验结构产生了怎样的影响。身处战争语境下的他们，又如何以自身的文化实践对此做出回应，而这种回应又将内涵于他们思想之中的"五四"以降的文学/文化传统推向了怎样的方向？对于这一问题的回答，不仅有助于我们理解"抗战到底带来了什么"这一根本性问题，进而重估抗战以及产生于其中的文化实践的价值；而且有助于我们返归历史现场，贴近共和国文学体制和文艺理念的"前史"，从而减少基于政治偏好的情绪误判，更为深刻地体认共和国文学环境与机制的"常"与"变"。

作为改变现代中国面貌的文化形态，左翼文化在现代民族国家诞

---

* 编者注：本书编校时，为保持原始资料的原貌，对早期文献中习用的助词用法和特殊用语、引用的外国书名和人名的译法等均未改动，仅对文字上的脱误进行了技术性的订正。

[1] ［德］埃里希·鲁登道夫：《总体战》，戴耀先译，解放军出版社，2005年，第4页。

生中的重要意义已毋庸赘言,而对于作为左翼文化生产者和传播者的左翼知识分子的研究也已汗牛充栋。然而迄今为止,研究还主要集中在部分著名的左翼知识分子的身上。需要指出的是,对于这批知识分子来说,良好的教育背景使他们在接触左翼文化时,已经具备了比较完备的知识体系,左翼文化并非全然塑造,而只是深刻地影响了他们的思想。左翼文化作为先验的存在,塑造了其思想和人生路径的,其实是二十世纪三十年代成长起来的中小知识分子群体。正如研究者所指出的,"中小知识青年群体是游离在中国社会边缘而急于寻找政治和社会文化参与空间的政治性群体"[1],他们实际上构成了推动左翼文化深入整个社会肌理的基干力量。"革命"如何塑造了他们的价值观念和人格特征,如何影响了他们未来的人生道路,以及从现代中国到当代中国的复杂多变的历史情势,又使得身处其中的他们产生了怎样的心态转移,无疑都是值得我们深入探讨的问题。

作为富有历史传统的国家的一分子,"居今志古"向来是中国知识分子的思维传统。每当自身或国家面临危机之时,将目光投向历史纵深之内,以拼凑、建构文化记忆的方式,"与某一适当的具有重大历史意义的过去建立连续性"[2],进而汲取潜藏其中的精神力量。这种洞悉历史记忆中"不同时代的同时代性"[3],依照当下现实需求重新生产历史传统的文化行为,实际上也是我们深入体认时代思想演变的重要管道。

---

[1] 唐小兵:《民国时期中小知识青年的聚集与左翼化——以二十世纪二三十年代的上海为中心》,《中共党史研究》,2017年第11期,第65页。

[2] [英] E.霍布斯鲍姆、T.兰格编:《传统的发明》,顾杭、庞冠群译,译林出版社,2004年,第2页。

[3] [德] 斯特凡·约尔丹主编:《历史科学基本概念辞典》,孟钟捷译,北京大学出版社,2012年,第135页。

如何看待"传统再生产"行为在共和国文化秩序下的延续及其内在意涵的变迁，显然值得特别关注。

当我们以上述三个关注点为导向展开搜索时，就会发现"横跨"新文学的"现代"阶段与"当代"阶段的著名作家姚雪垠，堪称最佳的阐释对象。首先，姚雪垠于1938年10月武汉失守后，赴国民政府第五战区文化工作委员会参与抗敌工作，开始了他为期三年半的"文人从军"生涯。在第五战区期间，他不仅创作了《四月交响曲》《战地书简》《春到前线》等大量战地文学作品，还写作了《牛全德与红萝卜》《春暖花开的时候》等反映战地生活的中长篇小说。与此同时，他还主导了文协襄阳分会的成立，亲身参与了大量的抗敌文化活动。更为难得的是，他还曾两次参与第五战区"笔部队"出征，还亲历了随枣战役中我方的突围作战。探究抗战如何影响亲历者的体验结构，又如何推动以"五四"以降文化理念与文化实践的转向，姚雪垠无疑是很好的切入点。

其次，姚雪垠正是三十年代接受马克思主义影响，走上革命道路的中小知识分子群体的一员。正如他在与友人的信件中所强调的那样："我是北伐大革命失败后走上写作道路的，普罗文学运动、新史学运动、新哲学的思想方法，都对我有很大冲击。""我和许多老知识分子同中有异，这个'异'就是指的我在三十年代就接受了马克思主义，并不是到解放后才接触马克思主义的哲学思想。"[1]对于他而言，马克思主义与唯物史观的接受，将他得之于困苦生活经验的"感受"

---

[1] 姚雪垠：《给刘岱》，选自《姚雪垠文集》第19卷，人民文学出版社，2010年，第205、206页。

转化为"觉悟",最终决定了他的人生道路。"革命"如何塑造中小知识分子的价值理念与性格特征,在他这里可以得到充分体现。另外,在探究三十年代接受马克思主义影响的左翼青年于不同历史语境下的心态转移这一问题上,姚雪垠也有突出的优势。自1929年以"雪痕"为笔名发表小说处女作《两处孤坟》,到1997年"1月至2月,撰写《革命知识分子的楷模——回忆胡乔木同志》,因中风辍笔"[1],姚雪垠的文字生涯长达六十八年。在这六十八年中,他先后经历了中国现代/当代历史上的五次重大变局——左翼文化运动、抗日战争、新中国成立、"文化大革命",以及改革开放和随之而来的八十年代思想解放。信奉"既生活在这个时代,我就决不做历史的旁观者,而是历史的参加者和推动者"[2]的姚雪垠,实际上也积极地以文艺创作和文化实践参与了他所经历的现代/当代中国的五次重大变局,在数量众多的左翼青年中堪称少见,这就使得他成为我们观察左翼青年在不同历史情态下,与"革命"这一二十世纪以降的核心主题互动的过程中所产生的心态转移的最佳对象。

最后,作为自近代以来"传统再生产"的重要题材,"晚明书写"分别在清末民初、抗战时期(尤其是上海"孤岛"时期),以及抗战即将胜利的"天地玄黄"之际引动知识分子的集体注目。而1949年后,对这一贯穿中国近现代的"传统再生产"的文化行为进行继续的,正是姚雪垠集后半生之力所撰写的长篇历史巨著《李自成》。姚雪垠在《李自成》中对既往的"晚明书写"有何承继,又有何反拨,这种反拨又与其

---

[1] 吴永平:《姚雪垠创作年谱》,《新文学史料》,2010年第3期,第75页。
[2] 姚雪垠:《我走过的学习道路》,选自《姚雪垠文集》第16卷,人民文学出版社,2010年,第244页。

个人观念及其所处的文化语境有何内在联系，显然也是一个值得深入探讨的话题。

综上所述，我们不难发现，作为"跨越现代和当代的老作家"[1]，姚雪垠实际上可以被视为多种历史线索的交互点。首先，我们可以在他的心路历程与文艺实践中，发掘出三十年代接受马克思主义影响，并逐渐走上革命道路的左翼青年，在历史中追寻与"革命"的融合所产生的集体性经验。其次，我们可以将他作为镜鉴，集中审视三十年代至八十年代中国文学体制与思想趋向的流动与变迁。再次，作为为数不多的在"现代"阶段成名，且在"当代"阶段仍然能够保持文学创造力的作家，这种文学创造力的延续背后所包含的"现代文学"与"当代文学"认知结构的内在联系，无疑值得探索。最后，作为自八十年代文学地位滑落最为明显的作家之一，后来者对于姚雪垠的"定性"是否客观，他的"命运"是"势所必然"还是得益于八十年代以来生成的"认识性装置"的催动。这无疑给予了我们从另一个角度"重回八十年代"，体认当时话语空间的可能。

由此可知，对姚雪垠的深入研究，无论是对于我们认知中国现当代文学思想/体制的演变，还是体悟左翼知识分子在与革命互动过程中的心态转移都具有独特的参照价值。我们从中不仅可以抵达"作家论"的专精度，也能够收获"思想史"的厚重感。这也正是本书为何选择以姚雪垠整个创作生涯的文艺创作与文化实践作为研究对象的原因。

---

1 姚雪垠：《给王维玲》，选自《姚雪垠文集》第19卷，人民文学出版社，2010年，第30页。

二、学术史回顾

质实而言,作为横跨"现代"与"当代"的作家,无论是从创作实绩与创作时长,还是从作品所造成的影响来看,姚雪垠都是中国现当代文学史上值得特别关注的人物。曾经在抗战时期与他共事,其后因为政见相左而退居台湾的著名编辑陈纪滢,就曾在回忆文章中指出:"若以郭沫若、老舍、茅盾等为三十年代以来的中国著名作家,姚雪垠以年龄而论,也仅次于他们成为现存最有成就少数作家之一。"[1]然而耐人寻味的是,不仅研究界始终未曾给予姚雪垠与其创作实绩相匹配的文学史地位,而且与他相关的研究也一直属于现当代文学研究中的"冷门"。造成这种现象的原因,虽然不能说和姚雪垠尖锐高傲的个性与爱出风头的做派所造成的"文坛观感"无关。但是从根本上来说,还是应当归因于八十年代中后期话语空间中生成的,崭新的"认识性装置"对他的持续排斥。而这种排斥因何生发,又如何被贯彻,显然值得我们在之后的讨论中予以特别关注。

综合现有的姚雪垠研究,不难发现以下几个显著特点:其一,研究数量明显偏少,且以八十年代后期到九十年代初期为界迅速衰减,成果大多集中出现于与姚雪垠有关的诞辰纪念时段,未能"日常化"。作为现当代文坛的重要作家,姚雪垠的传记迄今为止却仅有两部,分别是杨建业于 2000 年出版的《姚雪垠传》,以及曾担任姚雪垠秘书的

---

[1] 陈纪滢:《记姚雪垠(下)——"三十年代作家直接印象记"之十》,《传记文学》,1982 年第 14 卷第 4 期,第 79 页。

许建辉出版于 2007 年的《姚雪垠传》。杨建业的传记基本上只是记录姚雪垠生平的"事件型传记",许建辉由于和姚雪垠共事多年,因此得以在传记中注入更为丰富多样的传主生活细节,提供了颇多有价值的史料线索。但是这种优势也同样带来了比较严重的问题,即由于与传主的紧密关系,传记中的许多论断都缺乏多维视角的对照,直接按照传主的说辞进行定夺,使得传记在学理性与说服力上都稍显逊色。同时,该传记虽然细节大为丰富,但其主要内容仍是按照时序记述传主的生平,"对姚雪垠心灵史的开掘还很不够"[1],这对于一个涉身中国现代、当代众多关键性历史事件的人物来说,不能不说是一种遗憾。其二,研究者立场对立相当严重,难以在研究对象身上取得一种学理性共识。值得注意的是,姚雪垠的主要研究者,大多与他颇有私谊。俞汝捷与许建辉都曾经担任过他的秘书,而吴永平则长期与姚雪垠有着密切书信往还,不仅以姚雪垠抗战时期的文学创作作为硕士论文题目,在赴法国巴黎第七大学攻读博士学位时,依然以"姚雪垠研究"为论文课题。毫无疑问,这种研究对象与研究者之间的密切关系,多少可能会影响到评价的公允。反观姚雪垠的批判者,他们的目光多集中于"当代"阶段的姚雪垠和《李自成》之上,在研究过程中也似乎同样难以抑制情绪化质素的影响,时常将学理探讨转变为政治定性。在姚的批判者看来,"《李自成》纯粹是'极左教条主义的思想'的派生物,是'三突出'创作模式的典型体现"。[2]其三,以姚雪垠为专门研究对象的硕博论文不仅数量偏少,且多集中于对《李自成》的研究,总体而言都

---

[1] 赵焕亭:《该有一部姚雪垠心态史传记》,《书屋》,2014 年第 10 期,第 75 页。
[2] 邓经武:《"自恋"与"自贱"的悲剧——论姚雪垠及其〈李自成〉》,《西南民族学院学报(哲学社会科学版)》,2001 年第 3 期,第 136 页。

取径于旧的研究套路,少有令人耳目一新之作。其四,与关于姚雪垠的硕博论文研究的"不景气"相对应的,是近年来在期刊上出现了一批学理性与识见俱佳、立意新颖的研究论文,这些论文所提供的新鲜阐释思路,对于拓展姚雪垠研究新境界助力颇多。

在对姚雪垠研究的整体状况进行归纳后,让我们按照不同类别进行深入分析。先看以姚雪垠或相关作品为对象的硕博论文。刘阳的硕士论文《〈李自成〉发生学研究》试图以文本发生学为理论工具,揭示塑造《李自成》形态的相关质素。论文认为,姚雪垠的历史研究、同类题材的创作启发(《永昌演义》)以及姚雪垠的历史创作三者构成了《李自成》的"前文本"。该论文的问题在于虽然引入了文本发生学理论,但是运用还嫌过于生硬,颇有"硬套"的痕迹。同时,由于立足于"文本发生",导致过分强调外部环境(尤其是政治环境和领袖意志)对小说形态的影响,以至于忽略了作者自身的主体意志。而这种过度依赖"外部"研究的思维套路,最后得出的结果自然依旧是将《李自成》视为政治意志的副产品,难称新颖。

姚伦的硕士论文《悖论中的〈李自成〉》,希望借用"悖论"概念,阐释《李自成》文本内部那些无法以二元对立思维结构索解的复杂现象。该文恰切地指出,由于《李自成》的创作历程过于漫长,"在时代风云的不断变幻中,作家的观念也产生了复杂的变化,《李自成》的不同部分也带有鲜明的时代印记"。[1]然而令人遗憾的是,虽然意识到了《李自成》的张力源自作者主观意志与时代环境的互动,但是,由于缺乏对姚雪垠思想的了解和过度主观的解读,作者还是对研究对象的价

---

[1] 姚伦:《悖论中的〈李自成〉》,华中师范大学硕士学位论文,2012年,第1页。

值取向做出了错误的判断。他认为在后来的文本中由于自身的经历，对以李岩为代表的知识分子转为同情，而对农民军则描写其溃败，并施以冷峻批判。很显然，作者并未注意到姚雪垠晚年在与郭沫若的辩论中，对李岩存在的真实性"证伪"，以及作者描写农民军溃败的根本意图。从本质上来讲，作者对姚雪垠思想转变的主观推定，其逻辑根源仍然是建立在对《李自成》政治衍生物的判断之上的。

袁红缘的硕士论文《〈姚雪垠书系〉编纂出版研究》，虽然是编辑出版学的论文，但是从专业角度提供了不少有关部门如何组织、编纂、宣传《姚雪垠书系》的线索，呈现了官方是如何通过编辑《姚雪垠书系》对其作家身份、历史地位进行确认的。毫无疑问，这些线索为我们理解姚雪垠与当代文学体制的互动关系提供了别样的视角。

张丽莹的硕士论文《论姚雪垠小说中的英雄叙事》力图从姚雪垠笔下的各种类型的英雄入手，梳理姚雪垠创作思想的转变历程，尤其关注姚雪垠笔下的土匪形象。该文的理念与文本分析并无特别的新意，其主要价值在于作者意识到割裂姚雪垠的"现代/当代"阶段可能造成对姚雪垠认识的偏差，因而呼吁"要用一种宏观的历史眼光审视其创作成就，从而给予他一个整体性的合理评价"[1]。

陈欣的硕士论文《〈李自成〉悲剧论》试图运用悲剧理论对《李自成》的内在悲剧性进行剖析，进而对其悲剧的多样化以及悲剧冲突的复杂化进行理论阐释。论文认为"《李自成》作品里不但描写了具有强烈悲剧抗争精神的人物，还描写了众多的普通小人物的悲剧命运，使

---

1 张丽莹：《论姚雪垠小说中的英雄叙事》，山东师范大学硕士学位论文，2018年，第59页。

整部作品形成一个具有系统性和典型性的历史大悲剧。这是自'五四'以来，历史作品中绝无仅有的"。[1] 遗憾的是，作者虽然从多个理论维度力图呈现这一历史悲剧生成的内在逻辑，却止步于理论，对作者心态及其所面对的历史结构与文本形态之间的复杂关联揭示不足。

包晓涵的硕士论文《姚雪垠旧体诗创作论》在"大文学史"的研究视野下，通过文本细读、创作心理解析、社会历史批评等方式，对姚雪垠旧体诗的创作动因、现实关怀及美学旨趣进行深入探究，力图通过旧体诗这一独特介质呈现姚雪垠在1949年后的幽微心态，最终达到"给广大读者还原一个形象更为立体饱满的姚雪垠"[2]的目标。论文对姚雪垠旧体诗的研究宏观与微观兼备，资料搜求相当全面。略显可惜的是，作者依旧沿袭了古典的"解诗学"模式，也即列举诗歌和进行阐释的研究路径，对姚雪垠作为"今人"以及"左翼知识分子"如何在特殊历史情境中对古典传统进行创造性转化和重释重构的关注还远远不足。

值得特别关注的是吴永平根据其写作于八十年代的硕士论文出版的《姚雪垠抗战时期小说创作研究》一书，该书也是学术界为数不多的对"现代"阶段的姚雪垠进行深入研究的论著。该书的优长在于以大量一手历史资料为基础，对姚雪垠进入第五战区的前后时段（1936—1946）进行了贯通式研究，在梳理出不少有价值的历史线索的同时，还着重于揭示姚雪垠在该时段创作中的独特美学追求，并将该时段视为勾连姚雪垠前后期创作历程的"漫长的文学生涯的奠基期"[3]，这种以整体性视角对姚雪垠进行研究的思路，无疑是具有启发性的。

---

1 陈欣：《〈李自成〉悲剧论》，华中师范大学硕士学位论文，2004年，第42页。
2 包晓涵：《姚雪垠旧体诗创作论》，华中师范大学硕士学位论文，2021年，第1页。
3 吴永平：《姚雪垠抗战时期小说创作研究》，中州古籍出版社，2015年，第76页。

以姚雪垠为研究对象的博士论文,主要有詹玲的《被规训的历史想象——评五卷本〈李自成〉》和丁文厚的《姚雪垠长篇历史小说〈李自成〉的艺术世界》。相比于拘泥于文本分析和人物类型研究的丁文,詹文显然更值得重视。詹文立意于纠正八十年代以降的对《李自成》的政治性理解模式,强调要从文本历史观念与文本细读双管齐下,以真正接近作者的创作心态。在这种思路的指引下,作者对于《李自成》如何转化毛泽东关于农民运动意义的论断,以及由此产生的文本内部的二元对立的价值标准等问题均有精到之论。然而遗憾的是,作者虽然试图于政治性评价之外别树一帜,但在实际上仍未能实现对作品"内因"与"外因"的辩证处理,在论证过程中仍然偏于外部政治因素的分析,将作者作为被动的"受体",从而忽略了作者在文本形态生成中的主观能动性。在博士论文中对姚雪垠进行专章分析的,还有权绘锦的《转型与嬗变——中国现代历史小说研究》和张东旭的《河南长篇小说(1949—1999)研究》。权文延续了以往的论点,认为作者自小说构思阶段即受到政治环境的严重制约、创作时间过长导致思想转换与精力衰退,并将这两者视为小说形态有诸多遗憾的原因。而张文则立足于对《李自成》的文本细读,其思路虽与其他论文差异甚小,但仍有两项值得注意的发现。其一是将《长夜》中的"领袖"李水沫与《李自成》中的主人公李自成进行对比,"发现对李自成的描写几乎没有体现人物个性特征的东西"[1]。进而指出不应该将目光仅止于《李自成》而要从姚雪垠的同类型人物谱系中考察其演进。其二,是从大费周章的"慧梅之

---

[1] 张东旭:《河南长篇小说(1949—1999)研究》,河南大学博士学位论文,2014年,第66页。

死"看到了作者此举背后潜藏着的,借由此事将李自成"拉下神坛"、将故事导向悲剧叙述的意图。

再看有关姚雪垠的论著和期刊论文。首先值得注意的,是被姚雪垠视为恩师的茅盾关于《李自成》的评论文章。在该文中,茅盾直指小说创作的核心要务,即如何利用历史资料使小说虚构合理化的问题。在他看来该小说的成功之处,就在于作者能够以唯物史观为准绳,"甄别这些史料,分辨其何者是真,何者是伪,何者是真伪相杂"[1]。此文的启发之处在于点出了在共和国文艺体制下历史题材创作的独特规律。作者如何"甄别"在历史题材创作中的重要意义,提醒我们除了关注外部政治环境之外,还需特别注意作者的史观与主体意志对文本形态生成的作用。与此同时,严家炎关于姚雪垠尤其是《李自成》的系列研究论文,也为其后研究奠定了坚实的基础。其中《姚雪垠的生平和创作》一文梳理了姚雪垠的生活与创作经历,肯定了《李自成》在悲剧艺术运用和长篇小说结构艺术上的贡献。《〈李自成〉初探》与《漫谈〈李自成〉的民族风格》两文则从历史真实性、艺术虚构、人物形象、结构布局与民族风格等方面对《李自成》进行探析,认为其"从内容到形式都和本民族的传统有深厚的联系,这正是小说《李自成》一个最突出的优点"[2]。而《气壮山河的历史大悲剧——〈李自成〉一、二、三卷悲剧艺术管窥》与《长篇历史小说〈李自成〉的艺术贡献》两文则解析并肯定了《李自成》的悲剧主题阐释及其对长篇小说结构艺术的探索,强调研究者在对《李自成》进行解析时务必结合创作语境,抱有"了解之同情",

---

[1] 茅盾:《关于长篇历史小说〈李自成〉》,《文学评论》,1978年第2期,第3页。
[2] 严家炎:《〈李自成〉初探》,《严家炎全集·知春集》,新星出版社,2021年,第228页。

提出要看到"作者在坚持独立思考的同时,写作过程中自不免要时常花些笔墨来预设防线"[1]。

其次,是与姚雪垠关系密切的吴永平、俞汝捷与许建辉的相关研究。这三位研究者的主要贡献在于通过一手资料的阅读与搜集,发掘了大量与姚雪垠相关的历史资料,对他在各个时期的创作活动与文艺实践的线索进行了比较详尽的整理。而在三者之中,以吴永平的成绩最为卓著。除细致梳理了姚雪垠在鄂北第五战区以及大别山区所参与的抗战文艺活动,编写了《姚雪垠创作年谱》之外,他的贡献还有两点值得特别注意。第一,他借助史料对深刻地影响姚雪垠其后的政治命运却少有人提及的"《风雨》杂志"事件进行了剖析,生动地还原了事件的起因与经过。作为姚雪垠组织生涯所遭遇的首次重大困境,"《风雨》事件"的还原,无疑有利于我们认知作为左翼青年的姚雪垠是如何处理"个人"与"组织"之间的互动关系的,进而对其政治观念与思想取向有更为深刻的理解。第二,他依据自身长期以来对姚雪垠和胡风的研究,撰写了《隔膜与猜忌——胡风与姚雪垠的世纪纷争》一书。该书从姚雪垠缺席第一次"文代会"的原因探究起笔,呈现了胡风与姚雪垠自三十年代到五十年代的一系列冲突,生动地还原了三十年代到建国初期进步文坛的内部生态。在作者看来,造成姚胡矛盾的根源,是胡风的"宗派主义"思想,而胡风试图确立在国统区进步文化界话语霸权的文坛"整肃"运动进一步激化了这一矛盾。作者的这种分析有诸多资料作为支撑,确实颇有说服力,一定程度上修正了后人由于胡风的

---

[1] 严家炎:《长篇历史小说〈李自成〉的艺术贡献》,《严家炎全集·问学集》,新星出版社,2021年,第99页。

悲剧性命运而对于他的过分美化。然而需要指出的是，作者在行文中不时表露出的对胡风的"有罪推定"，也多少暴露了自身为姚雪垠"辩诬"的潜在意图，一定程度上伤害了研究的学理性。与吴永平专注于整体性研究不同，俞汝捷与许建辉主要是通过史料梳理呈现姚雪垠的"横截面"，试图通过这些片段为后来的研究者提供启发。俞汝捷的文章中《略谈姚老与卡片》值得关注，该文详细刻画了姚雪垠在创作《李自成》过程中，是如何以卡片形式完成资料积累的，记述了姚雪垠为了刻画好杨嗣昌，曾特意从中科院图书馆借来手抄本的《杨文弱先生集》的往事。这对于我们理解《李自成》的生成机制无疑是有帮助的。许建辉的《丁玲与姚雪垠的晚年交往》一文，同样值得重视。从表面上看，该作似乎仅是一篇以情绪化笔调刻画两个同具"老左"声名的作家晚年相知的故事。但是从另一个方面来看，该文却也为我们展示了一条将"晚年姚雪垠"纳入"晚年丁玲"的认知框架中进行参照比较的思维理路。

最后来看学界近年出现的一批跳脱出旧有认知结构，贴近作家内在精神脉络的新锐研究。譬如董之林的《观念与小说——关于姚雪垠的五卷本〈李自成〉》，该文在起始阶段就强调，对于《李自成》的深入认知必须摆脱政治性因素对视野的遮蔽，强调小说《李自成》虽深受政治环境与政治理念的影响，但"却没被束缚在观念预设的小说框架内"[1]，而是与产生它的历史环境呈现出一种张力关系。因此，《李自成》所呈现出的内容与企图，都远非意识形态规定所能概括。除此之外，

---

[1] 董之林：《观念与小说——关于姚雪垠的五卷本〈李自成〉》，《文学评论》，2008年第2期，第74页。

作者的独到之处还在于对姚雪垠知识谱系特征的敏锐捕捉，在作者看来相对于激进求新的革命青年而言，同时代的姚雪垠知识谱系的"新/旧"割裂却并不明显，"他在学术倾向和艺术趣味上却并不想从旧文学营垒冲杀出来。至少姚雪垠的自述，很少有那一时代青年激烈的、对旧文化毅然决绝的姿态"。[1] 这一发现，对于我们发掘姚雪垠的观念结构，认知其心理特征，探究其选择的背后动因无疑都是相当重要的。

又譬如姜玉琴的《"两个姚雪垠"：政治时代的艺术创作——重读创作于十七年中的〈李自成〉第一卷》以及张霖的《阶级叙事的建立及其变调———以〈金光大道〉和〈李自成〉为中心》两篇文章。这两篇文章都从政治性认知对作品内部丰富性的遮蔽入手，指出政治性地理解《李自成》最终只会导致以"政治"这一主体取代作品本身，进而强调要看到作家姿态背后的"实招"，因为"这些通常不被研究者所考虑的细微之处，恰恰决定了作品的潜在结构线路"。[2] 在姜文看来，姚雪垠以对反面人物的细致书写维护了自己"有底线的宣传观"，对细节的刻意求真，所对应的是对农民军必须虚构的"难言之隐"。而在张文那里，姚雪垠对马克思主义、毛泽东思想、历史唯物主义的反复强调，实际上是为了保护文本中些许的文学"个人性"所使用的"历史障眼法"。

值得关注的相关研究，还有李丹梦的《最后的"史官"——姚雪垠论》、惠雁冰的《〈李自成〉内含的多重叙事话语》、左安秋的《〈牛全德

---

[1] 董之林：《观念与小说——关于姚雪垠的五卷本〈李自成〉》，《文学评论》，2008年第2期，第75页。
[2] 姜玉琴：《"两个姚雪垠"：政治时代的艺术创作——重读创作于十七年中的〈李自成〉第一卷》，《江苏社会科学》，2015年第1期，第189页。

与红萝卜〉版本考释》、唐小林的《"成长"与战时主体塑造——以姚雪垠的〈牛全德与红萝卜〉为中心》,以及史峻嘉的《革命的隐没与"文人"的诞生——论姚雪垠自传书写中的症候与隐微修辞》。李丹梦的论文别出心裁地从姚雪垠与毛泽东围绕《李自成》的互动入手,认为作为悲剧的《李自成》绝非"颂圣八股","反而带有劝诫警示的意味"[1],进而从这种"以书讽谏"推导出姚雪垠在与革命领袖交往的过程中对自我的"史臣"定位,并将姚雪垠此举的意涵解释为"敞现了一个弱势地方(中原)的个体介入现代中国进程(即历史化)的执着与自强"[2]。虽然该文所呈现的"学术联想"——即将姚雪垠的奋斗史与其故乡河南的现代命运强制绑定略显武断,但是论文中所呈现的以整一性视角对姚雪垠的思想进行研究的阐释模式,仍然能够给我们不少启示。惠雁冰的论文则从造成《李自成》评价困境的内在动因入手,指出作品所面临的评价差异主要源于:"一是历史叙事与文学叙事的边界不清所导致的评价尺度不一,二是对'古为今用'的创作宗旨其效用、限度的认知标准不一,三是因创作周期过长所引发的文学审美观念不一,四是多数批评者未能一睹作品全貌便简单定性的阅读内容不一。"[3]他认为,四十余年的创作时长造就了《李自成》内在叙事话语的杂糅属性,而这正是其面对不同时段评价左支右绌的内在原因。他进而指出研究者在分析文本时应着力避免将"时代动态化"却将"文本静态化",同时强调《李自成》最为突出的贡献在于其对"民族气派"的示范性呈现,认定其对于

---

[1] 李丹梦:《最后的"史官"——姚雪垠论》,《中国现代文学研究丛刊》,2018 年第 6 期,第 3 页。
[2] 同上。
[3] 惠雁冰:《〈李自成〉内含的多重叙事话语》,《文学评论》,2022 年第 6 期,第 121 页。

当代文学的民族化发展路向具有深刻的启示意义。惠文以"层垒的叙事话语"切入《李自成》的接受困局,视角独到,但是受限于篇幅,未对作者如何建构与现实的互动机制以及作品"民族气派"的具体呈现做细致解析。与此同时,《李自成》不仅深受共和国文学机制的影响,也承接了自晚清以降的"晚明书写"的叙事传统,它如何建构自身与这种书写传统的互动相生关系,无疑值得我们深入探究。

不同于既有姚雪垠研究对于《李自成》的偏重,左安秋、唐小林、史峻嘉的论文都有意将研究视角前移,发掘姚雪垠前期的创作与思想,进而以整体性视野以及前/后期比对呈现出姚雪垠创作的变与常。这种以思想史视野为导向,以姚雪垠早期代表作的版本嬗变,以及晚年自传中对自身青年时代思想演进历程的书写为切入点的研究理路,无疑是值得称道且颇具启发意味的。左安秋与唐小林虽然都聚焦于姚雪垠的前期代表作《牛全德与红萝卜》,却各有侧重。左安秋的论文聚焦于姚雪垠战时代表作《牛全德与红萝卜》的版本变迁,通过对校他发现:"从初刊版到文坐出版社版本,再到怀正文化版,在赞赏者和批评者两方的意见中,姚雪垠根据社会现实的变迁,不断对旧作进行修改,对主要人物的情节进行了增删,丰富了人物性格,填补了旧作中的情节缺陷,同时也使小说更加适应当时的社会现实需求。"[1]唐小林的论文则从《牛全德与红萝卜》的版本变迁说开去,这篇论文将作品版本的变迁放置于具体历史结构中进行解读,认为以牛全德为代表的"农民兵"文学形象"表明新的历史主体正在诞生。这类讲述战争将人组织起

---

[1] 左安秋:《〈牛全德与红萝卜〉版本考释》,《河南大学学报(社会科学版)》,2021年第4期,第124页。

来、个人走向集体的故事，生成的是一种有关'成长'的文学形式"[1]。与此同时，论文将姚雪垠于《在延安文艺座谈会上的讲话》（以下简称为《讲话》）发表之后对《牛全德与红萝卜》的改作，视为以"改造"代替"成长"的文学表征。而史峻嘉的论文则注目于姚雪垠晚年创作的以《学习追求五十年》为代表的一系列自传书写，试图以姚雪垠晚年在自传写作中"'不合时宜'地隐去了青年时代筹划武装革命的事迹"[2]的反常举动为切入点，结合姚雪垠自述中所提及的青年时代阅读史，揭示姚氏在晚年追忆自身思想发展历程时所抱持的"心境与精神样态"[3]。

综上所述，不难发现学术界现有的关于姚雪垠的研究，尤其是与姚雪垠相关的硕博论文，还存在着相当严重的不足。这种情况，也给予后续研究以较为广阔的空间。统而论之，现有研究的问题主要集中于以下三个方面：其一，是未能摆脱旧有的政治性判断，过于关注"外部环境"对作家的影响，从而忽视了作家的内在意图所能够发挥的作用，使得相关研究难以"见深见远"，长期停留在作品的表层空间。其二，是多拘泥于"事件"与"文本"，较少关切姚雪垠的精神结构与心态特征，因此难以对其行为背后的内在动因做出比较深入细致的解析。其三，是在研究中经常"截取一段，不计其余"，除了目光大都集中于"当代"阶段的姚雪垠之外，还时常将作品与创作谈、文艺创作与文化实践区隔看待。而实践证明，这种缺乏整一性视野的研究，往往

---

[1] 唐小林：《"成长"与战时主体塑造——以姚雪垠的〈牛全德与红萝卜〉为中心》，《文学评论》，2021年第2期，第207页。
[2] 史峻嘉：《革命的隐没与"文人"的诞生——论姚雪垠自传书写中的症候与隐微修辞》，《现代传记研究》，2023年第1辑，第154页。
[3] 同上。

会造成研究者对研究对象的误判。

三、研究方法与思路框架

鉴于对既有研究症结的认知,本书将以如下思路展开研究。首先,考虑到过度重视"外部因素"的政治性判断可能对研究对象的遮蔽,本书更倾向于在研究中辩证地平衡"外部因素"与"内部因素"的比重,克服二元对立、非此即彼的思维模式,强化一种从通常被视为"承受者"的个体的能动性着眼的"内生性视角",关注二元在对立之外的互动关系,尤其是个体在这种互动关系中的作用。其次,从心态入手,关注精神结构生成的历史进程,并以精神结构的生成纽带,勾连政治/现实体验与文艺创作、文化实践,建构一种三者互为因果的分析机制,呈现其"辩证的互相塑造过程"[1]。最后,是确立整一性的长程视野,将姚雪垠的全部创作生涯都涵盖在讨论范围之中,并与其所在的不同时期的文学潮流与社会思想相互校正,从而降低"截取式"研究可能造成的误判风险,进而对其演进规律有更为贴切的认知。

在研究的总体构想上,本书拟以"作家论"牵引"思想史",将"个案研究"与"时代关照"紧密结合,分别选取姚雪垠精神结构生成最为重要的四个时段,以文学社会学、战争理论、历史哲学及代际理论联合建构的复合视角,结合文献资料、版本考释、文本细读、数据统计等方法进行深入探讨,并以他在"集团性"与"个人性"两条"边界"之

---

[1] 贺桂梅:《丁玲主体辩证法的生成:以瞿秋白、王剑虹书写为线索》,《中国现代文学研究丛刊》,2018年第5期,第2页。

间给予自己的"革命文化人"的定位为切入点,将他的一系列文艺创作与文化实践及其生发的内在动因,放置在现/当代中国不断变动的历史情势与时代语境所共同构成的认知背景之中进行分析。笔者通过考辨姚雪垠在人生的四个不同时段中如何与所处时代的思想潮流,尤其是与"革命"这一对他影响至深且被视为中国二十世纪以来最为核心的思想主题进行互动,揭示其精神结构生成、演变的历史过程。需要指出的是,本书虽然以姚雪垠为主要研究对象,但却无意仅拘泥于对这一"个案"中的"事件"及"文本"的针对性研究,而是试图以思想史视野、社会学/历史哲学方法论、战争学理论等构建起来的多维视角,综合呈现作为"革命文化人"的姚雪垠所面临的不同历史情势的内在特征。同时发掘他在特定的历史语境下,在自身的文艺创作与文化实践中处理"集团性"(政治功利性)与"个人性"(个人主体性)这对左翼/革命文学中的主要矛盾关系,并以此逐步完成对自身精神结构的形塑之历史过程,进而为知识界理解左翼青年在三十年代的革命思潮中接受马克思主义思想的过程,以及他们在历史的曲折中寻求"自我"与"革命"交汇与融合的心路历程提供典范案例与有力补充。

全书共分为绪论、正文四章、结语及附录四个部分。绪论分为三节,第一节主要阐述本书选择以姚雪垠的思想演进作为研究对象的选题缘起与研究意义;第二节梳理与总结学术界既往对于姚雪垠的相关研究,发掘其中的缺憾与不足,并借此呈现本书的问题意识、研究方法与研究目标;第三节阐释本书在研究过程中的创新之处与所面临的研究难点。正文主体部分四章以时间顺序为线索。第一章以思潮阐释结合文学社会学的方法探究姚雪垠早年的学习与成长经历。第一节结合相关历史资料与作者回忆文字,探究身处闭塞故乡的少年经验对作者心理结构的生成与"觉悟"获得的影响;第二节探讨姚雪垠在进入省城开封后,在左翼文化思潮影响下获得的从"个人性"而"集团性"、从"文学"而"政治"的思想转向;第三节通过对姚雪垠攀登"文坛"的"北平经验"以及他所遭遇的"《风雨》事件"的探讨,呈现"文学青年"向"政治青年"转向所面临的组织困境。

第二章以"立体战"理论探讨战争对作家思维理念与文学创作形态的深刻影响。第一节阐述"立体战"形势对抗战文艺的"时段性"品格的深刻塑造;第二节以姚雪垠所在的第五战区的抗战文化实践为中心,探讨包括姚雪垠在内的知识分子群体如何处理"军人"职责与"文人"身份,及其背后价值理念冲突的关系;第三节借助对战时中国的三种青年类型——大后方知识青年、延安革命青年和战地"火线青年"的比较研究,凸显"火线青年"的独特姿态,由此展现战地生活对身处其中的个体精神气质的塑造。

第三章以《李自成》的创作思路为例,探讨姚雪垠如何调配自身历史观念与历史书写的内在逻辑,以此为基础传达自我的意识形态诉求。第一节从所处时代思潮语境与个人的学习氛围与阅读经验两个维度,对姚雪垠历史观念的生成过程进行探究;第二节以历史哲学为理论工具,剖析作者如何在文本内部建立一套沟通唯物史观与历史书写的动力机制,以此实现自身的意识形态诉求;第三节通过回溯从清末民初到《李自成》写作的四次"晚明书写",呈现这套著名的"传统再发明"介质的演进路径及其内在指向,并分析姚雪垠晚年批判郭沫若的《甲申三百年祭》行为背后的基于意识形态的深层意涵。

第四章主要以姚雪垠在晚年对自传体长篇小说《春暖花开的时候》的修改为中心,探讨他在八十年代的历史语境中呈现这一"晚年姿态"

的内在动因。第一节对小说的版本信息及其被"冷藏"的原因进行分析；第二节从主要人物塑造、重要事件描写、文本形态呈现三个角度对小说的三个版本进行对校考释，呈现版本间的变化；第三节以八十年代的历史语境及与刘再复关于"文学主体性"的争论为线索，切入对姚雪垠"革命文化人"精神结构的解析，并以此为基点揭示其通过对自传体小说的大幅度修改所呈现出的"晚年"姿态的内在动因。

结语通过对姚雪垠在四个人生阶段的四种不同历史语境下，如何在文艺创作与文化实践中区别化地处理"集团性"与"个人性"之间的关系，展示其与"革命"这一对他影响至深的、二十世纪以来的核心主题的互动关系，及其"革命文化人"自我定位的内在意涵的变迁。并以此为基点，展现并探讨三十年代接受马克思主义的左翼青年，在历史的曲折中追求与"革命"的交汇、融合所生成的独特心理机制与精神世界。附录部分则从作者自身的研究经验与体会出发，提出了推进姚雪垠研究持续深入的五点构想。

第一章 从「边缘」到「中心」的精神嬗变

——姚雪垠早年经历的社会学再考察

第一节 "学习追求"之前——故乡生活与少年时代

1980年9月至1983年3月,时年七十多岁的姚雪垠连续以《学习追求五十年》为题在《新文学史料》杂志上发表了十一篇文章,回忆自己的奋斗生涯。其后,姚雪垠以这十一篇文字为基底,增补了不少之前"或者一笔带过,或者根本不提"[1]的内容,撰成自己的回忆录,不过依旧保留了《学习追求五十年》的旧题目。倘若回顾姚雪垠的人生经历,就不难发现这一题目所具有的深切的概括性——"学习"与"追求"确实是作者一直以来的生命姿态[2]。姚雪垠在文章中多次谈到,自己这种生命姿态的生成起始于自己的青年时代:

> 我从青年时代起就形成了自己的人生观,即认为我们活着,应该是推动历史前进的参与者而不是消极的旁观者。由

---

[1] 姚雪垠:《学习追求五十年》,选自《姚雪垠文集》第16卷,人民文学出版社,2010年,第1页。
[2] 姚雪垠将自己的书房命名为"无止境斋",其原因是"我对写作要求是无止境的,什么时候闭上眼睛才算是止境了。我一生总在追求,追求,再追求"。参见姚雪垠:《我的无止境斋》,选自《姚雪垠文集》第16卷,人民文学出版社,2010年,第330页。

于我有这一积极的人生观,所以平生屡经挫折,在自己的专业上仍能不断地努力,不停地追求,特别是进入中年以后,崇尚实干精神,而轻视空谈和追逐虚名。[1]

在回忆录中,姚雪垠一再指出以十九岁为起点,以离开故乡为标志的"青年时代"是自己人生新阶段的转捩点。正因为如此,自己才在这部回忆录中"对十八岁以前的生活只简单地交代一笔,而集中笔墨写十九岁到七十岁的学习和追求"[2]。

具有强旺生命力的青年,厌倦了旧空气的包围,怀着对新文化和新生活的无限憧憬,走进大城市,努力在陌生的文化秩序与生活秩序中寻求"生命的意义",这种"五四"后习见的乡村知识青年的思想进阶路径,对于姚雪垠自然也是适用的。然而倘若仅仅照此套路,以文学化的语言刻画姚雪垠的艰难求索,歌颂其精神的伟大,则不仅与现行的两本姚雪垠传记有所重复,且绝非笔者所愿。笔者所希望做到的是摆脱传记视野,以文学社会学视角进入姚雪垠的早年经历之中,将其"当作一份特殊的'社会史料'"[3],放置在二十世纪二十年代末三十年代初的中国的历史/社会结构中进行考察辨析,力图在认知其个人经历之特殊性的同时,发掘潜藏于其中的集体性历史经验。

基于以上思路回到对姚雪垠的分析,我们会发现被他"一笔带过"

---

[1] 姚雪垠:《学习追求五十年》,选自《姚雪垠文集》第16卷,人民文学出版社,2010年,第124页。

[2] 同上,第1页。

[3] 姜涛:《公寓里的塔——1920年代中国的文学与青年》,北京大学出版社,2015年,第151页。

的"十八岁以前"的故乡生活其实是需要予以特别重视的。因为其不仅与姚雪垠在之后的人生阶段中所展现出的"学习不已、追求不已"的人生姿态具有因果联系,也在实际上在相当程度上构成了姚雪垠的人生观念和性格底色,塑造了他对外部现实世界的"前理解",进而间接地影响了他在进入城市后,如何对陈列其中的思想、文化进行选择和接受,最终奠定其后自己的思想倾向和人生道路。

在与臧克家的信件中,姚雪垠曾经这样记述自己在少年时代所耳闻目睹的故乡景观:

> 你知道,我的家乡离铁路五百多里,七七事变前才通公路,原是一个十分封建落后的地方。在北伐以前,知县出来还坐轿子,鸣锣喝道,前有"顶马",有伞,有一对虎头牌,有几个衙役手执水火棍。我的幼年和少年时代,亲眼看见了封建社会的社会风貌,看到了封建农村的生产情况和阶级关系,也看见了官府杀人如麻,看见如何砍头、如何站笼、如何剖心以及割势。这些情况,给我的印象极深。[1]

不难看出这封信件中并无多少"想象性"的乡愁,反而赤裸裸地展示了一个乡土世界"叛逆者"眼中的现实困境。闭塞落后、封建残暴是姚雪垠对少年时代的故乡的主要印象。而正是这种观感,不仅使得他在其后撰写回忆录的时候,总是"不忍回顾",尝试避开这一人生阶

---

[1] 姚雪垠:《给臧克家》,选自《姚雪垠文集》第19卷,人民文学出版社,2010年,第565—566页。

段。也一定程度上造就了他在其后的创作历程中,对"我乡我土"所采取的批判而又依赖的独特书写姿态。很显然,姚雪垠批判故乡的价值尺度,主要建立在对"现代性"的认同之上。而这种局部区域文明的滞后性,又往往与总体区域的文明特征具有紧密的内在关联。因此,借助相关资料,探究当时所在省份及具体区域的社会文化环境,再辅以对散落于姚雪垠文字中的,对其生活的乡土小环境的叙述的对照,无疑有利于我们比较全面深入地了解其"学习追求"之前的故乡生活,进而探究这样的故乡生活对其精神结构的影响。

先看其所在省份在当时的社会文化环境。自近代以来,曾经被视为中华文化中心,成长出众多诗人、学者,在中国传统文化中占据极为重要地位的河南,即开始迅速进入衰落的轨道。自近代以降,地理区位与文化秉性在吸取外来文明、促成区域现代化中的影响日益显著,而传统文化越来越多地扮演文明进化过程中的"阻碍者"角色。这就使得地处沿海的东南地区,由于地理位置便利与文化秉性较为开放,因此能得风气之先,可以比较充分地吸取外来文明经验,较早地开始进行现代化的社会建设。相比之下,深受传统文化影响的河南的近代化效率则极为低下。在时人眼中地理位置不便、文化秉性保守是河南在近代陷于全面被动的主要原因:

> 河南地处中原,四面皆属陆地,通商大埠,既离得远,钟山秀水,亦不附近。交通可算不便极了。因为这个原故,所以外边文化灌输不到里边,而里面也难吸收外面的文化,那民智就一天一天的,就闭塞起来。从前旧式的文化,到现在不适用了,现在新的文化,不能创新起来。

> 普通说来,"河南老"守旧的性质,确是太强,革命,自新,和创造的力量太薄弱了。譬如留学一节,就可见"河南老"的心理一班。当我二十二岁的时候,负笈沪上。曾记得那时河南在沪的学生,全体不过八九个人,而此八九个人,多半是自负求学的决心,得不着家庭的允许而私自跑出来了。为什么?就是河南人的家庭,多半是守旧派,老家庭,不是不许子孙远离,就是不愿子孙多花金钱。还是过那闭关自守,老死不相往来的生活。其结果有许多俊秀子弟,有志气的青年,都被那万恶的家庭埋没了。
>
> 好像豫人在欧美求过学的,总数不过百余人,比之广东四川江浙一县之人留学欧美者,真不啻有天壤之分。[1]

然而,尽管在近代化的热潮中全面落后,但是当时思想保守的河南主政者却并无引入新式文化、实现自我革新的意愿,反而仍坚持以各种手段来"竭力维护旧式学塾而仇视新式教育"[2],持续地打压新式学堂以及阻滞各地文学、文化组织的建立,使得新文化涌动于东南沿海乃至同属于中部地区的湖南、湖北的时候,"五四新文化运动发生前夕的中原,尚被封闭保守的主流文化界视为理学名邦,与倡言革新的新文化界距离甚远"[3]。与此同时,由于长期奉行保守的文化政策,使得河

---

1 张务源:《河南文化退落之研究》,《新河南(南京)》,1929年第1期,第6—7页。
2 李海英:《地方性知识与现代抒情精神——河南新诗史论》,河南大学博士学位论文,2010年,第30页。
3 吕东亮:《河南女性作家的崛起与当代文学中的"中原经验"》,《信阳师范学院学报》,2019年第2期,第109页。

南省内滋长起极为强大的封建势力,以至于国民政府时期,执政的国民党当局强令废止私塾及读经课程时,河南当局依然以"省情特殊"为理由予以推脱。省内的各类地方学校,在教学中依然以"保国粹""重国(孔)教""明人伦"[1]作为根本原则。通过历史资料的梳理,不难看出姚雪垠故乡的闭塞落后,实际上也是整个河南地区的缩影。在二十世纪近代化运动中严重脱节的河南,已经成了现代文明和新思想的"边缘地带"。

除了不利的地理位置与保守内向的文化秉性,近代以来河南的落后,实际上还与其境内的现实问题密切相关。时人曾经将河南比作"中国中的'中国'",指出:"中国在世界上是一个被压迫的国家,河南的人民,在中国是一个更痛苦的民族。"[2]如此比喻的原因,是因为当时的河南人民长期遭受着"兵、匪、旱"[3]三重磨难:

> 兵——据最近的调查,河南驻军,约有四十万。战争迭起,负担日重,人民生计渐感困苦。尤可痛者,兵祸的蹂躏,苛捐的重敛,将我三千万同胞的脂膏,剥削净尽。弄到现在简直是十室九空,民不堪命了。这是由于兵祸的现象。
>
> 匪——以河南全境而论,无论东西南北,纵横五十七万

---

[1] 邓实:《政艺丛书·内政通记》第3卷,上海政艺通报社,1915年,第21页。
[2] 张务源:《哀河南人民》,《新河南(南京)》,1936年第6期,第11页。
[3] 张务源还提到,所谓的"兵祸"不仅发生于军阀驻扎时期,待其败退,也会搜刮银行钱财,破坏金融网络,危害不逊于驻军。他指出:"吴佩孚及军阀岳维峻,强劫之款,不下四五千万。"另外,河南据中原形胜之地,属兵家必争之地,因此"近年来国家多事,常以此作剧烈之战场",破坏甚巨。参见张务源:《河南文化退落之研究》,《新河南(南京)》,1929年第1期,第7页。

方里,几无处无匪。因匪遍起,出没无常,所以交通阻滞,粮源断绝,农辍于野,商停于市,那人民在水深火热之中,结果是抛弃室家,流亡道路,父母妻子,各不相顾,啼饥泣馁,时间于耳。这是由于匪促成的现象。

旱——河南向称地瘠民穷,兵增匪扰。在丰年的时候,已觉得是山穷水尽,没法维持。今又值大旱之后,赤地数千里,斗粟数十金。内地粮食因旱奇贵,外部食物因战事而不能进来。构成那哀鸿遍野,流亡载道;无论贫富,几乎难觅一饭之饱。可见人人危于累卵,将造成恐怖时期。这是由于旱灾促成的现象。[1]

覆巢之下,焉有完卵。这种遍及全省的兵灾与匪患对日常生活和社会共同体的严重破坏,自然也会被以各种形式传导到乡土世界之中,并且时常在封闭的乡土环境中,有进一步放大的风险。

1910年10月10日,姚雪垠生于河南邓县西乡姚营寨的一个破落地主家庭。其家所在的村庄"离县城大约五十里",而"我们的县城,离省城开封还有八百里,所以邓县俗话就叫'邓八百'"。[2] 在纪实体散文《记卢镕轩》中,姚雪垠曾这样刻画自己故乡的"声名":

他生在河南西南角的邓县,离铁路线最近处至少有五百里以上,在过去原是一个十分闭塞的地方。当公路还没有修

---

[1] 张务源:《河南文化退落之研究》,《新河南(南京)》,1929年第1期,第7页。
[2] 姚雪垠:《我的故乡、家庭与童年——回忆录片段》,选自《姚雪垠文集》第16卷,人民文学出版社,2010年,第169—170页。

筑的年代，你如果在省城提到邓县，或说你是从邓县来的，人们会对你表现出惊叹的神色，同时用惊叹的口气说："邓县，我知道，就是'邓八百'啊！"邓县不是一个小地方，人们都知道；然而它离开省城有八百里坎坷的、土匪如毛的旱路，真所谓"鞭长莫及"，多么的荒远与神秘！在民国二十五年以前，提到邓县，人们就立刻联想到土匪、荒原、杀人放火的恐怖景象。在民国二十五年以后，提到邓县，立刻就联想到民国、"土皇帝"、暗杀和活埋。[1]

由此可见，路途如此险恶，姚雪垠自降生以来就与现代文明相距甚远。正如他所回忆的，"在我们同村人里面，有许多人家几代人不曾进过县城，至于一生没有进过省城的更是绝大多数"[2]。这样一个封闭自足的循环着"生于斯，死于斯"生活模式的"礼俗社会"[3]，对于寄身其中的个体而言，无论是肉体的约束还是精神的钳制，无疑都是巨大的[4]，一个孤立无援的个体，想要从罗网中冲决而出绝非易事。

---

[1] 姚雪垠：《记卢镕轩》，选自《姚雪垠文集》第 14 卷，人民文学出版社，2010 年，第 409 页。
[2] 姚雪垠：《我的故乡、家庭与童年——回忆录片段》，选自《姚雪垠文集》第 16 卷，人民文学出版社，2010 年，第 170 页。
[3] 费孝通：《乡土中国》，北京出版社，2005 年，第 6 页。
[4] 据姚雪垠回忆，在他的家乡有一种培养儿子"守业"的"风俗"："……有些人为要使儿子守住家业，长大后不要出远门，不要惹是生非，就用各种办法使孩子没有什么出息。我的祖父也是在这样的气氛中度过了他的童年……据说他还是被抱在怀里的时候，大人就用大烟向他脸上喷……几岁的时候就上了烟瘾，后来他的一生大部分岁月就是在抽鸦片烟的床上度过的。"参见姚雪垠：《我的故乡、家庭与童年——回忆录片段》，选自《姚雪垠文集》第 16 卷，人民文学出版社，2010 年，第 177 页。

第一章 从"边缘"到"中心"的精神嬗变 | 33

所谓的"兵、旱、匪"三重现实磨难,姚雪垠亲身感受到的更多是"匪患"与"兵祸"对日常生活的冲击。先说"匪患",河南省的"匪患"问题其实由来已久。随着国家陷入历史变局之中,"匪患"也随之愈发严重,正如研究者所指出的那样:

> 还在清末,这里就已经"盗风之盛,甲于各省",及至民国,河南更成为一个"盗匪世界"。在民国建立的最初十余年里,河南不仅涌现出像白朗、老洋人、樊钟秀一类名噪一时的匪首,而且土匪扰害几乎遍及每一县每一村。河南土匪分布之广,就苏鲁皖三省乃至全国而论,无出其右者。[1]

> 河南,尤其是其南部和西诸县,是"土匪王国"的典型。几个世纪以来以造反者的温床而著称,在整个民国时期一直使执政的统治者头痛不已;甚至在1949年解放以后,河南依旧是土匪活动的潜在的危险地区。[2]

在传统农业社会之中,土匪的产生主要源于自然灾害造成的周期性饥荒,以及战争对农业生产的严重破坏,实际上"匪患"正是"兵祸"与"旱灾"的副产品。近代以来,河南遭遇的频繁的战争与自然灾害,严重冲击了根底薄弱的自耕农业,失去土地和财产的农民为了生存,只能或主动或被动地走上"蹚将"之路。根据当时的历史资料显示,姚雪垠的故乡邓县是整个省内"匪患"最为猖獗、损失最为严重的地区:

---

[1] 蔡少卿:《民国时期的土匪》,中国人民大学出版社,1993年,第133页。
[2] [英]贝思飞:《民国时期的土匪》,徐有威等译,上海人民出版社,1992年,第51—59页。

> 豫西向多土匪，除鲁（山）、宝（丰）、郏（县）、伊（阳）等县外，首推我邓，邓县之匪，尤以西乡为最多。[1]
>
> 全县人口共计只有五十二万余人，与原数相差十七八万之距。[2]

姚雪垠的回忆与调查资料的口径大致相同，他在文章中强调自己所在的豫西"是有名的'土匪世界'。拿我的家乡邓县来说，大约从一九二八年到一九三三年，东乡由红枪会控制，西乡由土匪控制"[3]。在他的记忆中，自己亲身遭遇土匪共有五次，前四次都是在自己幼年时期，九岁的那次"匪患"导致了他家庭的彻底破败：

> 从我两三岁的时候起，农村已经开始荒乱起来，但那时的荒乱和后来的还不一样……大概到我两三岁的时候，开始逃了一次反，据说那个地方叫小王营。为什么全家要跑到那个地方，我不清楚，很可能是姚营寨的寨墙不好，守寨十分困难，而小王营的地方有一个较好的寨墙，容易守住。[4]
>
> 土匪第一次进入姚营寨是我五六岁的时候。一天夜间，我们突然被呐喊声惊醒，母亲跟老祖母带着我们这些孩子跑

---

1 郭伯恭：《经济崩溃过程中之邓县》，《湍声季刊》，1935年第1期，第17页。
2 赵香珊：《最近之邓县社会概况》，《湍声季刊》，1935年第1期，第10页。
3 姚雪垠：《长夜》，选自《姚雪垠文集》第12卷，人民文学出版社，2010年，第279页。
4 姚雪垠：《我的故乡、家庭与童年——回忆录片段》，选自《姚雪垠文集》第16卷，人民文学出版社，2010年，第211页。

到堂屋的西山墙外面……呐喊了一阵,放了一阵土枪,土匪就退走了。[1]

第二次土匪又进了姚营寨内,但这次没有烧房子。我们只听见村里许多地方放土枪、土炮,而且发出呐喊声,土匪逃走了。[2]

到了"民国"七年秋天,由于土匪蜂起和姚营寨地主之间的互相斗争,一群土匪攻入寨中,对全寨中的地主,包括最富的大地主秋毫无犯,独将我家的房屋一把火烧光,三代单传所积蓄的什物都化为灰烬。[3]

"匪患"毁掉了姚雪垠家的所有家业,整个家族只能逃到县城居住。这场灾难带给他的唯一好处,就是他的父亲终于开始教他识字(时年九岁),并于次年将他送入私塾就读,当时已经是1920年冬天。正如罗志田在研究新思想输入与地域间关系时所指出的那样:"这一变化是自上而下逐步实行的,与京师的信息距离(而不一定是地理距离)越近,变得越快,反之亦然。"[4] 按照外界的思想运动的发展速度,此时身处闭塞故乡的姚雪垠毫无疑问已经远远落后于外部世界。在这种情况下,姚雪垠曾经多次将"从军"视为"躲避家庭"甚至于改变自

---

[1] 姚雪垠:《我的故乡、家庭与童年——回忆录片段》,选自《姚雪垠文集》第16卷,人民文学出版社,2010年,第212页。

[2] 同上,第213页。

[3] 姚雪垠:《我的前半生》,选自《姚雪垠文集》第16卷,人民文学出版社,2010年,第256页。

[4] 罗志田:《权势转移——近代中国的思想与社会》,北京师范大学出版社,2014年,第63页。

身命运的重要途径。1924 年,时年十四岁的姚雪垠"高小毕业后跑到洛阳,目的是进吴佩孚的幼年兵营当幼年兵"[1]。但是,同样从军的大哥因为较为了解当时军队内部的黑暗,坚决反对他做幼年兵。于是,他只得进入信阳教会开办的信义中学(初中)继续读书。1924 年秋,第二次直奉战争爆发,吴佩孚败退到豫南,教会中学因为战祸提前放假。姚雪垠在躲避"兵祸"的过程中被土匪房获。"我二哥做了肉票,我被一个头目要去,做了他的义子。"[2]这次堪称"神奇"的经历,使得他混杂在"蹚将"中间过了将近一百天的"土匪"生活。多年后,他将这段经历写成了一部"虽然也有虚构,但是虚构的成分很少"的"带有自传性质的小说"[3]——《长夜》。正是这长达百天的"土匪"经历,使姚雪垠进一步感知到乡土社会无可挽回的衰败以及乡土人物命运的悲剧性。

在当时的历史情势下,天灾人祸加上各国列强以"洋货"为介质的经济侵略,始终在不断地重创自给自足的乡村经济。而内地城市现代工业的落后和缺失,又无法吸纳失地和失业的农民。于是,需要生存的青壮年农人只能选择"从军"或者"落草"。与此同时,频繁的军阀混战所造成的地方权力的快速轮替,使得"兵/匪"之间的界限也开始变得模糊——"吃粮当兵,一打败仗可以变为土匪,土匪一旦受招抚就成了兵"[4]。

---

[1] 姚雪垠:《七十述略》,选自《姚雪垠文集》第 16 卷,人民文学出版社,2010 年,第 223 页。
[2] 同上。
[3] 姚雪垠:《为重印〈长夜〉致读者的一封信》,选自《姚雪垠文集》第 12 卷,人民文学出版社,2010 年,第 269—270 页。
[4] 同上,第 273 页。

在姚雪垠的笔下,"兵"在民间的声誉甚至无法和"匪"相提并论:

"民团跟军队有啥用?"芹生忧愁地回答说。"现在民团跟军队都靠不住!他们白天是民团跟军队,晚上就是土匪;穿上二尺半是民团跟军队,脱下二尺半就是土匪。"

赵狮子带着骄傲的神气说:"哼,现在的军队还不敌咱们讲义气!"

薛正礼说:"有时候军队还赶不上咱们蹚将,蹚将还'兔子不吃窝边草',拉票也拣拣肥瘦;军队是一把篦子,不管大小虱子一齐刮。"[1]

除了直观地感受到乡土社会经济基础的崩塌和随之而来的社会道德秩序的解体,姚雪垠的"土匪生活"还使他真实感受到了农民"落草"的无可奈何,以及他们"若干被埋藏的或被扭曲的善良品性"[2]。在《长夜》中被陶菊生(姚雪垠化身)视为品性较好的土匪薛正礼,在侄子向自己表达也要加入"蹚将"行列时,依然是规劝他老实种地,安心做个庄稼汉。显然,在已经"落草"的薛正礼心中,传统的价值标准与道德律令的作用仍然存在。这促使他再三告诫侄子:"做庄稼吃饭虽说不容易,可总算是正门正道,没有人敢说你不是好人。一下水就成黑

---

[1] 姚雪垠:《长夜》,选自《姚雪垠文集》第12卷,人民文学出版社,2010年,第288、347、429页。
[2] 姚雪垠:《为重印〈长夜〉致读者的一封信》,选自《姚雪垠文集》第12卷,人民文学出版社,2010年,第272页。

人,一年到头得提心吊胆,混到煞尾……还是得不到一个好果。"[1]

然而,侄子的回答明确地告诉他,这套传统的道德律令的约束力,在残酷的现实危机面前已经烟消云散:

> "咱也知道上辈子没给咱留下半亩田地,活该给好主做佃户。可是二叔,你不是没做过庄稼,指望种人家的田地过日子,十辈子别想翻身!"[2]

除了来自"兵祸"与"匪患"这种突发式灾难的"教育",作者身处其中的乡土世界所遭遇的剧烈变动,也持续且深入地触及他的心灵。在姚雪垠幼年的印象中,乡土世界仍然保持着农耕社会那种自给自足的经济传统,因此"在乡下很少看见'洋货',穿的、吃的基本上都由农村自己供给"[3]。然而,随着列强经济侵略的加剧,以工业品为代表的"洋货"开始大量涌入,银贵钱贱的经济趋势逐步形成,旧有的农村经济基础无可挽回地陷入衰败。其结果便是农业品的一再贬值,用于交易的货币入不敷出,以至于就连"一般的小地主甚至中等地主的当家人都感到日子一天比一天艰难了"[4]。以"洋货"入侵始,乡村旧有的经济传统迅速走向衰败,以自给自足的乡村经济作为支撑的乡村礼俗社会的道德秩序也趋于瓦解,随之而来的,是整个乡村社会"黄

---

[1] 姚雪垠:《长夜》,选自《姚雪垠文集》第12卷,人民文学出版社,2010年,第417—418页。
[2] 同上,第422页。
[3] 姚雪垠:《我的故乡、家庭与童年——回忆录片段》,选自《姚雪垠文集》第16卷,人民文学出版社,2010年,第201页。
[4] 同上,第202页。

昏"的降临。这种突如其来的变故,造成了少年时代姚雪垠最重要的困惑:

> 从我诞生到七八岁,这短短的几年是我们家乡变化最快的几年。静静的农村就是这么崩溃了,然后转入一个更黑暗、更悲惨的阶段。在这迅速崩溃的年头里,农民失去了土地,有的当了盗贼,地方上开始荒乱起来。而地主阶级内部大鱼吃小鱼,互相勾心斗角的情况,在我们村里也表现得特别激烈、特别动荡。[1]

身处保守势力甚大的乡土社会内部,家庭不幸,经济拮据,少年时代长期处于失学状态,加之身受"兵祸"与"匪患",姚雪垠的少年时代可称"晦暗"。然而,还是有老师在他短暂的正规教育经历中给他带来"外界的曙光"。据姚雪垠回忆,这位老师是自己在教会性质的樊城鸿文书院读书时期的一位年轻国文教员。虽然曾经在他提交作文向其请教时,这位老师对他不是因势利导,而是一通批判。但是,姚雪垠仍记得,"他不讲课本,经常在黑板上抄些反映俄国十月革命的译诗。他所介绍的诗中大概有叶赛宁的作品"。在当时急于逃离束缚自我的旧秩序、吸取新空气的姚雪垠看来,这些"外部"信息的输入,多少为他的未来走向指出了方向。姚雪垠在后来认为这位先生"一定是以

---

[1] 姚雪垠:《我的故乡、家庭与童年——回忆录片段》,选自《姚雪垠文集》第16卷,人民文学出版社,2010年,第210页。

在鸿文书院教书掩护革命活动的人"[1]，这位"乡村革命的'播火者'"[2]对于当时的他来说，意味着建构另一种身份认同的可能。

综上所述，反复的失学，闭塞保守的家庭空气，乡村世界的崩溃以及"兵祸"与"匪患"构成了姚雪垠无法直面的少年乡居时代。如果说，幼年反复的失学成为激发他终生"学习追求"的动力，闭塞保守的家庭／乡村环境则坚定了他"走向省城，奔向文化中心"的决心；那么，乡村的"黄昏"突然降临，连绵的"兵祸"以及百天的"土匪生活"则促使他探究种种乱象背后不可抗拒力量的来源。这种来源虽然依旧可以采用文字进行描绘和批判，但从根本上讲，还是必须依赖社会科学才能阐释和解决。这种"身受"带来的对开悟的"渴求"，成为他进入省城寻求"觉悟"的前提条件，也最终深刻地影响了他的人生道路。另外，姚雪垠少年时代所经历的旧式教育，也培养了他对古典文学的特殊爱好，这一爱好在后来他接受新文化影响的时段，塑造了他不同于同时代青年的、对"新／旧"文学关系的独特理解，并在他其后创作《李自成》的过程中发挥了重大作用。最后，姚雪垠少年时代的生活经验也成为他其后文学创作的核心主题。首先是少年时代与"匪盗"，使得他将其视为深刻反映乡土兴衰与历史变动的重要突破口，这在姚雪垠早年的多部短篇小说中多有体现。而在接受唯物史观后，该题材更被他作为展现历史内在规律的重要窗口，进而先后创作出《长夜》与《李自成》两部重要的长篇作品。其次是对其作品色彩的影响，姚雪垠

---

[1] 姚雪垠：《七十述略》，选自《姚雪垠文集》第16卷，人民文学出版社，2010年，第225页。
[2] 丛小平：《师范学校与中国的现代化——民族国家的形成与社会转型：1897—1937》，商务印书馆，2014年，第271页。

早期作品均具有浓郁的地方色彩[1]，而这种地方色彩的呈现是服务于启蒙视角的批判的。这就使得姚雪垠的早期作品（写作于开封、北平）更多地体现出"侨寓文学"的思想质地——以现实批判促进"现代性"质素在乡土中国的生成。

第二节 "从故乡到省城"与"从'个体'向'集团'" —— 思想与视野的双重转向

自近代以来，伴随着科举制度的终结与"以西方为师"的新式教育的陆续建立，传统中国的阶层流动机制被逐渐打破。在传统中国，科举应试的基本教材与教程，全国大致相同，且长时间不变。城乡之间的差异，无非是延请教师水平高低、多寡而已。然而到了近代，新式教育的兴起打破了传统教育的均质化格局，"从前分散在城乡村镇的教学方式改变成集中于城市，特别是集中于大都会的学校"[2]。城市从此开始占据文化资源的垄断地位，加之优先实行现代化带来的经济、交通上的显著优势，省会城市，尤其是大城市迅速成为所在区域内政治、经济、交通与文化的绝对中心。至此之后，中国传统的城乡间的互动模式产生了根本性的变化——"城乡之间由程度之差变为性质的不同"[3]。

具体到河南省境内，当时省城开封虽然较之沿海省份的省城发达

---

1 所谓的"地方色彩"，并非单纯指地方的风景习俗，还包涵地理区域之中的社会状况，正如茅盾所说："决不可误会'地方色彩'即某地的风景之谓。风景只可算是造成地方色彩的表面而不重要的一部分。地方色彩是一地方的自然背景与社会背景之'错综相'。"参见茅盾：《小说研究ABC》，选自《茅盾全集》第19卷，人民文学出版社，1991年，第76页。
2 史靖：《绅权的替继：皇权与绅权》，上海书店，1948年，第167页。
3 同上，第168页。

程度稍逊，却也是本省当之无愧的文教中心，汇集了远超省内各地的教育文化资源。据时人统计：

> 开封底教育事业，较之江浙固然落后，然在河南，却正是教育底中心。自革命军到开封以后，在一年的中间，对于教育极力整顿；受军阀摧残已久的开封教育事业慢慢地抬起头来。高等教育方面，有中山大学，系由旧有的中州大学，法政专门，农业专门三校合并改组。中等教育方面，有第一中学，系前第一中学，第一师范，中州大学附中等十二中学改组，为开封前所未有的大规模中学。初等教育方面，小学校设立的很多。[1]

因为云集了大小各门类学校，聚集了众多的知识分子。类似于开封这样的区域文化中心，自近代以来，始终都是所在地区孕育与传播新思想的温床。同样的，时代思想潮流的转向与更迭，也会格外显著地在其间得到呈现。如果说在二十世纪初至二十年代前期，占据全国各地区域文化中心的新思想，主要是以普遍主义的现代理性为核心内质，以"个人性"为基本诉求的人文主义与个人主义思潮；那么到了二十世纪二十年代的中后期，由于社会危机的不断加深，目睹了"个人主义"在面对现实困境时的持续无力，以及"大革命"失败的强烈刺激，以往被知识界奉为圭臬的"个人主义"开始遭到广泛的反思与质疑。与之相对应的，则是一种以群众革命为旨归，以"集团性"为基本

---

[1] 授衣：《开封之社会教育事业》，《河南教育》，1928年第1卷第1期，第25页。

诉求的思想潮流继之而起。这种思想潮流具体到文学/文化层面，则表现为一种以"集体"为尚的美学价值判断，在其提倡者眼中"旧美学之特质是对个人的，而新美学则是社会的"[1]。不难看出，在这种重置"新/旧"的价值诉求中，蕴藏着的正是一种以具体的"阶级性"取代普遍的"个人性"的冲动：

> 在最近的文学运动中，特别开始要求着结（集）团性了。集团性是和个人性有了对照的关系，其结果，便是集团主义与个人主义的关系了。
> 社会是优越个人的，社会意识是优越于个人意识的。
> 我以为在今日之社会构成上，社会性集团性与阶级性，乃是同其意义的名词。作为集团的意识即同类意识，是从个人意识出发，集团意识是个人意识之总和。
> 在文艺运动上，如今是代个人性而起的社会性及集团性的要求了。[2]

随着文学创作中对"阶级性"的逐步强化，"个人性"与"集团性"也最终由"对照"走向"对抗"，其结果便是"集团性"取代"个人性"成为文艺创作中的核心理念，"革命文学"也就由此诞生：

> 革命文学应当是反个人主义的文学，它的主人翁应当是

---

[1] 毛一波：《文学上的个人性与集团性》，《橄榄月刊》，1931年第15期，第3页。
[2] 同上，第7页。

群众，而不是个人；它的倾向应当是集体主义，而不是个人主义。所谓个人只是群众的一分子，若这个个人的行动是为着群众利益的，那么当然是有意义的，否则便是革命的障碍。[1]

然而需要指出的是，"集团性"的诉求与"革命文学"的倡议，能够从部分进步知识分子的"主张"，最终转化为在知识界占据主流地位的"同一性态度"，那些身处"教坛"的左翼知识分子与革命青年功不可没。1927年"大革命"的失败，使得"曾经积极投入'国民革命'的新文化知识分子和新青年被革命甩出"[2]，他们于是立意将"大革命"的终结点，作为推动思想革命的新起点。因为思想革命的推动正需要话语权的争取，因此，这些被"甩出"的左翼知识分子与革命青年回到城市或乡村并开始投入教坛，"将学校作为他们继续从事革命活动的新战场，并且积极地利用各种方式吸引学生参与"[3]。从当时的资料不难发现，向往革命的学生（尤其是出身贫困、在城市艰苦求学的农家子弟），与力图将自身所积蓄的革命意识转化到课堂与纸面上的老师们一拍即合，共同组成了当时各区域文化中心推动左翼风潮与传播马克思主义的主要力量。在当时的省城开封，倾向革命的左翼教员与学生数次以罢课形式表示对官方的抗议，引发了多次轰动整个社会的学界风潮。在向上级要求改组河南省立第一中学的报告中，时任河南省教育

---

1 蒋光慈：《关于革命文学》，《太阳月刊》，1928年第2期，第11页。
2 程凯：《革命的张力——"大革命"前后新文学知识分子的历史处境与思想探求（1924—1930）》，北京大学出版社，2014年，第1页。
3 丛小平：《师范学校与中国的现代化——民族国家的形成与社会转型：1897—1937》，商务印书馆，2014年，第273页。

厅长的李敬斋就曾如此描述深受左翼思想影响的开封学界:

> 河南教育界情形复杂,风潮时起,非严格整饬,不足以挽回颓风,切实改进,前以该高级中学校长张仪生因故辞职,委任宋垣忠接任,不意该校教职员联盟罢课,少数学生,聚众滋闹,致校务立形停顿,经呈奉省政府令准,一体解散,重新改组,恢复上课,并查办为首滋事员生,自是各校滋闹风潮一风息之。
>
> 年来各校学生受共产党反对派之煽诱,借口改进校务,任意干涉校政。[1]

姚雪垠正是在这种时代思潮急剧转向的时代,怀抱着"儿童时期识字较晚,少年时失学日多,到懂事后自恨没有前途,在故乡经历过和见闻过种种黑暗现实"[2]的精神创伤,"离开了一年到头烟灯昏黄,哭声和吵骂声不绝于耳的家"[3],来到开封寻找人生的出路的。在闭塞保守的故乡,他"只感到毫无出路,谈不到有什么人生目的"[4]。为了释放被严重压抑的生命力,使得他寄希望于"走异路,逃异地,去寻求别样的人们",期待在崭新的文化秩序与人际网络中,建构起全新的身份认同。既然怀有如此迫切的分裂"新我"与"旧我"的内在意愿,现代文

---

[1] 李敬斋:《最近河南教育行政之概观》,《河南政治》,1931年第1期,第10页。
[2] 姚雪垠:《七十述略》,选自《姚雪垠文集》第16卷,人民文学出版社,2010年,第227页。
[3] 姚雪垠:《学习追求五十年》,选自《姚雪垠文集》第16卷,人民文学出版社,2010年,第1页。
[4] 同上。

明较为发达，汇集本区域最丰富文化资源的省城对于他而言，就"不仅是实体性的存在，同时也是象征性的空间"[1]，意味着一个包蕴着无限可能性的现代承诺。从这个角度看过去，我们就不难理解姚雪垠何以在七十高龄的时候，仍然在回忆自己初到开封的场景时激动难耐：

> 在这以前，我在家乡，也想学习，但对于学习什么，走什么道路，心中是糊涂的，混沌未开，而且也没有学习条件。从这以后，我好比混沌初开，开始有了追求、理想，并开始从事有目的的努力，而且有了读书的环境和得到书籍的条件。总之一句话，对我这一生具有决定性的日子开始了。[2]

根据姚雪垠的回忆，自己经过三个月夜以继日的努力，加上同乡制作的假高中文凭，最终得以进入河南大学的法学预科。没有选择自己更有基础的文学专业，而是选择学习法学，这种从现实需求着眼的行事风格，据姚雪垠自述是"受了中国传统思想的影响，认为读书和研究学问最好与民生有直接关系，即学习那种能够'经邦济世'的学问，能够'达则兼善天下'"[3]。足见当时的姚雪垠，仍然是以传统的"士人"视角来看待"志业"的选择这一现代性问题的，这当然如他所言，是受到了传统思想的影响，但是也不可否认与他少年时代的人生经历

---

1 姜涛：《公寓里的塔——1920年代中国的文学与青年》，北京大学出版社，2015年，第151页。
2 姚雪垠：《七十述略》，选自《姚雪垠文集》第16卷，人民文学出版社，2010年，第226—227页。
3 同上，第226页。

有着内在关联。少年所遭遇的诸多不可索解的现实困境,尤其是突如其来的农村的"黄昏",都促使他依照旧有的知识路径,试图凭借政治力量来达到"治理"的完成,也就因此选择了在未来较易于在政界和经济界立足的法学专业。由此可见,初到省城的青年姚雪垠虽然意欲自新,然而其思维路径基本上仍然是旧式的"修齐治平"。与此同时,少年时代的生活经验,不仅使他毫无障碍地接受了"为人生"的文艺理念以及"写实主义"的创作方法,甚至在强调文学对现实的反映上较之"文研会"诸贤更为激进,在写给当时《河南日报》副刊编辑的信中,他这样表示自己的看法:

> 我觉得讨论文学的文字,以后可以少登,简直不登也好。我并非说它没价值,不过是看来并不急需。际此国家方难,民沉苦海之秋,贪污土劣,毒焰横飞……种种现象,不一而足,我们应当把这经济的时间与有限的园地,作一个大众的留声机,把那深深的在压迫之下的穷民的哀号和呻吟传送出来,把社会的种种坏现象,全盘地呈露出来,这才是我们现在文艺界应尽的责任。尤其是河南文艺界,更应服这样的义务。[1]

号召青年成为"大众的留声机"的动议,最早源自郭沫若,大革命的失败促使他转向以文学传播革命思想,为革命的再次兴起准备思想

---

[1] 姚雪垠:《通讯——致灵涛信》,选自《姚雪垠文集》第 17 卷,人民文学出版社,2010 年,第 1 页。

条件。在当时的郭沫若看来,大革命失败后的中国社会,正处于"阶级单纯化、尖锐化了的时候,不是此就是彼,左右的中间没有中道存在"[1]。从这种对现实的认知出发,郭沫若因此发出倡议:

> 当一个留声机器——这是文艺青年的最好的信条。
> 你们不要以为这是太容易了,这儿有几个必要的条件:
> 第一,要你接近那种声音,
> 第二,要你无我,
> 第三,要你能够活动。
> 你们以为是受了侮辱么?
> 那没有同你说话的余地,只好敦请你们上断头台![2]

由此可见,"当还是不当留声机"意味着,持续融入"集团"或继续张扬"个人"两条全然不同的人生路径的抉择。而由于自身的生活经验而提出倡议"作一个大众的留声机"的姚雪垠,无疑具备了成为郭沫若眼中"合格"的"革命青年"的基本思想条件。而如何将自身潜在的"火种"点燃,照亮往昔人生经验中诸多不可索解的盲区,则成为进入区域文化中心且成功确立新的身份认同的姚雪垠接下来的主要任务。

在回顾自身思想生成道路的时候,姚雪垠具有明确的代际意识,

---

[1] 麦克昂(郭沫若):《留声机器的回音——文艺青年应取的态度的考察》,选自《"革命文学"论争资料选编(上)》,中国社会科学院文学研究所现代文学研究室编,知识产权出版社,2010年,第159页。
[2] 麦克昂:《英雄树》,《创造月刊》,1928年第1卷第8期,第3页。

他对自己的定位是"我国新文学运动的第二代"[1]。所谓的"代际",简而言之就是代与代之间的人际关系,它不单是一种自然、精神现象,更是一种社会历史现象。正如卡尔·曼海姆对此的阐释:"个体都被赋予了在社会和历史过程中相同的位置,从而将他们的潜在经验限制在某一范围内,预先设定了思想与经验的特定模式和历史行动的某种特征。"[2] 由此可见,"代际"的差异其实来自个体/群体所共享的时段性思想特征,而其来源正是该"代"群体所遭逢的重大的思想/历史事件。而对于姚雪垠而言,对其影响最为深远的思想事件,正是他在开封时所经历"中国社会性质论战""新史学"以及"普罗文学运动":

> 我到了开封的时候,国内史学界、社会科学界正在热烈讨论中国社会性质和社会发展史的问题,建立新史学;而文学界正在掀起普罗文学运动,同时大量介绍苏联的新作品和文艺理论,这后者被称做"新兴文艺理论"。史学界的新浪潮和文学界的新浪潮都给了我很大影响……可以说,五四新文学革命给予我第一次启蒙作用,而一九二七年大革命失败后的革命文学运动(普罗文学运动包括在内)给予我第二次启蒙作用。[3]

---

[1] 姚雪垠:《感激与惭愧——在"三老"创作活动纪念会上的发言》,选自《姚雪垠文集》第16卷,人民文学出版社,2010年,第333页。
[2] [德]卡尔·曼海姆:《卡尔·曼海姆精粹》,徐彬译,南京大学出版社,2002年,第81页。
[3] 姚雪垠:《学习追求五十年》,选自《姚雪垠文集》第16卷,人民文学出版社,2010年,第4页。

先看"中国社会性质论战",这场论战发生的契机,正如参与者何干之所说"是在中国民族解放暂时停顿后才出现的"[1],其主旨在于探讨"大革命"之得失,指导未来的革命实践。"中国社会性质论战"的结果是以吕振羽、何干之等为代表的"新思潮"派获得胜利,进一步推动了马克思主义在中国的传播[2],使得以揭示历史内在规律为旨归的唯物史观获得了"科学真理"的地位,人类社会/历史均以经济基础的变化为根本发展动力的思想成为最具影响力的学说。马克思主义与唯物史观不仅为当时亟待找到出路的中国知识界,"提供了解决中国历史最根本问题的出发点",使得"关于中国历史的根本性的重新解释成为可能"。[3]同时,也成了无法纾解自身精神苦闷的姚雪垠的"心灵处方",给予了他认识世界以及解析过往困惑及当下困境的崭新思想武器。这种与生命需求相契合的强大感召力,促使他"读了在当时白色恐怖条件下我在一个内地省城所能找到的介绍马克思主义的书籍","初步掌握了一些关于历史唯物主义、辩证唯物主义以及马克思主义政治经济学的常识"[4]。

另外,在思潮影响、自身需求之外,我们也不能忽视左翼政治实

---

[1] 何干之:《中国社会性质论战》,上海书店,1990年,第1页。
[2] 相关研究者指出:"十年内战时期的革命文化运动的主要内容之一,就是党所领导的共产主义文化思想即马克思主义学说的广泛宣传。马克思主义经典著作的大量翻译和出版,则是从1928年以后开始的。除了马克思主义的原著以外,从1928年到1930年,还翻译出版了一大批进步的社会科学新书,例如河上肇的《马克思主义经济学基础理论》(李达、王静、张粟原合译)、杉山荣的《社会科学概论》(李达、钱铁如合译)、摩陵(即梅林)的《历史的唯物主义》、普列汉诺夫的《史的一元论》(吴念慈译)。"参见戴知贤:《十年内战时期的革命文化运动》,中国人民大学出版社,1988年,第20—24页。
[3] [美]阿里夫·德里克:《革命与历史:中国马克思主义历史学的起源,1919—1937》,翁贺凯译,江苏人民出版社,2005年,第1—2页。
[4] 姚雪垠:《学习追求五十年》,选自《姚雪垠文集》第16卷,人民文学出版社,2010年,第3页。

践对姚雪垠接受马克思主义与唯物史观的推动作用。正如研究者指出的,数量庞大的中小知识分子是民国时期较为活跃的社会群体,由于自身学力或家庭问题,他们无力跻身社会的中上游阶层,同时又因为具有较多知识及目睹国家混乱凋敝,"使他们很容易被某种意向高远甚至带有乌托邦色彩的社会政治理想所吸引。革命乃至反叛的意识,自然也最易在这一处于游离状态的知识青年群体中孕育而生"[1]。而在区域文化中心的左翼政治实践,正是中共与国民党方面争夺这些青年的有力武器之一。具体到姚雪垠,对马克思主义稍有了解之后,姚雪垠即参加了当时的"开封地下市委领导的学潮委员会和其他活动"[2]。在后来的回忆里,姚雪垠认为当时自己所参与的左翼政治实践,虽然具有"左"倾冒进的缺点,但是仍然给他以"深刻政治思想教育和人格锻炼"[3],并最终决定了他的人生道路。由此不难发现,这一时段的左翼政治实践,对于青年姚雪垠的政治倾向的塑造,确实有特殊的意义。虽然精神的"苦闷"为后来的"觉悟"打下了基础,然而"主义"的内化仍然不是可以依靠个人化的学习得以完成的,个人化的学习很有可能囿于肤浅,而政治实践中的引导和锻炼才可能使得"主义""入脑入心"。

值得指出的是,在获得唯物史观与经历左翼实践之后,姚雪垠获得了一种跳脱传统"士人"思维框架的超越性视角。在他看来,当前的(包括他在故乡经历的)各种困境的根本症结是无法通过部分的修补得

---

[1] 唐小兵:《民国时期中小知识青年的聚集与左翼化——以二十世纪二三十年代的上海为中心》,《中共党史研究》,2017年第11期,第64页。

[2] 姚雪垠:《七十述略》,选自《姚雪垠文集》第16卷,人民文学出版社,2010年,第227页。

[3] 同上。

到解决的。自己通过学习法学，进入权力阶层，借助政治力量发挥影响，实际上也无法改变机制的问题。他因此确信，现实困境的突破，必须以旧有秩序的彻底清理为前提，从此也就格外需要对历史内在规律的认知与利用。基于这种思维模式的转变，自身专心于本专业学习的动力遭到了取消——"我入学以后的学习道路，几乎与学校的功课是两码事"[1]，他的理想也因此完成了由"实"向"虚"的转向，变为"希望自己通过若干年埋头图书馆的刻苦努力，能够成为一个马克思主义史学家或中国文学史家"[2]。

再看"新史学"的影响，"新史学"运动发端于梁启超所倡导的"史界革命"。梁启超从建立现代民族国家的迫切需要着眼，要求以新史学的建立纠正原有史学"知有朝廷而不知有国家""知有个人而不知有群体"[3]的弊端，以利于培养现代之国民。这股风潮在其后以史观与史料两种形式持续推进。在"中国社会性质论战"中大放异彩的唯物史观，即是史观路线的代表成果。而郭沫若的《中国古代社会研究》以唯物史观对中国历史进行研究论述，证实马克思主义的历史演进模式同样适用于中国，进而证明在中国发动革命的合理性，这带给青年姚雪垠以莫大启发，使得他"在封面上写了四个字：'心爱的书'"[4]。在"新史学"的史料分支中，以胡适、顾颉刚为代表的"古史辨"派及新史学宗师梁

1　姚雪垠：《七十述略》，选自《姚雪垠文集》第 16 卷，人民文学出版社，2010 年，第 226 页。

2　姚雪垠：《学习追求五十年》，选自《姚雪垠文集》第 16 卷，人民文学出版社，2010 年，第 8—9 页。

3　梁启超：《中国历史研究法（外二种）》，河北教育出版社，2000 年，第 3 页。

4　姚雪垠：《学习追求五十年》，选自《姚雪垠文集》第 16 卷，人民文学出版社，2010 年，第 7 页。

启超的《清代学术概论》同样给予他深远的影响。阅读四卷《古史辨》以及顾颉刚"层累造成的中国古史"[1]的著名论断,给予他"疑古"的勇气。而梁启超的《清代学术概论》则推举一种扎实、善疑、求真的朴学态度,强调研究的"非功利"性质——"不问其所疑、所求、所创者在何部分,亦不问其所得之巨细;要之经一番研究,即有一番贡献。"[2]毫无疑问,这两本著作中所强调的治史观念,对姚雪垠其后的治学与创作道路的影响颇为深远,细致的考证与对自身观点的持守,在姚雪垠创作《李自成》的过程中都有比较充分的体现。不仅如此,这些书籍还塑造了姚雪垠其后对史学著作的评价标准:"平生不随便迷信权威和权威著作。如果我看到有谁的著作论证确实,论点科学,纵有小疵,我也点头佩服,并不管此人是无名之辈。如果文章的论据经不起推敲,随心论断,治学的态度缺少严肃精神,纵然是名人和权威也不能使我苟同,更不会使我违心吹捧。"[3]

最后是普罗文学运动的影响。普罗文学运动同样与"大革命"的失败具有因果联系,普罗文学的兴起与左翼知识分子尝试再次调动民众的革命热情的企图密切相关。因此在普罗文学运动中,格外强调阶级性的灌输与文艺宣传作用的发挥,因而它所面临的"首先第一个重

---

1 顾颉刚:《与钱玄同先生论古史书》,选自《古史辨(一)》,上海古籍出版社,1981年,第60页。
2 梁启超:《清代学术概论》,选自《中国历史研究法(外二种)》,河北教育出版社,2000年,第479页。
3 姚雪垠:《我走过的学习道路》,选自《姚雪垠文集》第16卷,人民文学出版社,2010年,第245页。

大问题，就是文学的大众化"[1]。而在识字人数稀少的中国，大众化即意味着要学习日常口语，力避行文中的欧化气质，"竭力使一切作品能够成为口头朗诵，宣唱，讲演的底稿"[2]。普罗文学运动兴起的时期，也是姚雪垠大量阅读乡村稀见的新文学作品的时期，"郭沫若、茅盾、郁达夫……直到一些忽然登龙文坛又忽然销声匿迹的短命鬼，他都曾经读过而且崇拜过"[3]。普罗文学对于姚雪垠的影响主要体现在对其创作风格的影响及创作观念的重构。正是普罗文学所强调的积极昂扬的乐观情调，使得他得以克服由于少年生活与早期阅读经验所形成的感伤情调，放弃了自己"浮生"与"雪痕"的旧笔名。[4]而从姚雪垠其后的创作来看，普罗文学运动强调文艺的现实功用，以大众化为旨归的美学取向，无疑对姚雪垠产生了相当影响。他不仅从此开始"改造我从少年时代以来所学习的白话文的欧化文风"[5]，而且为了实现"口语化"，开始"有意识、有目的地重新学习和收集河南的群众口语"[6]，这种尝试也最终奠定了《差半车麦秸》《牛全德与红萝卜》乃至《春暖花开的时候》的语言风

---

[1] 左翼作家联盟执行委员会：《中国无产阶级革命文学的新任务》，《文学导报》，1931年第1卷第8期，第4页。
[2] 史铁儿（瞿秋白）：《普洛大众文艺的现实问题》，《文学（上海）》，1932年第1卷第1期，第24页。
[3] 许建辉：《姚雪垠传》，湖北人民出版社，2007年，第31页。
[4] 姚雪垠是这样记述自己两个笔名的由来的："我少年时代的家庭生活，本来是毫无生气，充满着忧郁和没落气氛，恰好读了一本五四新作家的感情不健康的小说，使我对人生很悲观，曾经将自己的名字改为'浮生'……到开封以后，我开始学写文学作品，用的笔名是'雪痕'"。参见姚雪垠：《学习追求五十年》，选自《姚雪垠文集》第16卷，人民文学出版社，2010年，第4—5页。
[5] 姚雪垠：《学习追求五十年》，选自《姚雪垠文集》第16卷，人民文学出版社，2010年，第42页。
[6] 同上。

格。然而值得注意的是,即使热情追随普罗文艺思潮,他也始终对古典文学抱有浓厚的兴趣,在大学预科时期,依旧时常以"仿'古赋'"等方式进行文言文写作练习。他的古典文学功底得到了国文教员的称赞,以至于"我这个法学院预科一年级生在文学院本科也较知名"[1]。有研究者敏锐地捕捉到,作为革命年代成长起来的作家姚雪垠却并不倾向于对"新/旧"知识谱系予以过于明确的区分,指出"经过马克思主义'理论常识'的'启蒙和引路',又亲历共产党领导的学生运动,他在学术倾向和艺术趣味上却并不想从旧文学营垒冲杀出来"[2]。这种对古典文学的"深情"想必与他的出身以及幼年时期领受的私塾教育有密切关系,同时也与他"文人化"的审美趣味有所关联。与此同时,对于普罗文艺中常见的"文学性"让位于"政治性"的问题,姚雪垠也并不完全认同,虽然他对于以文艺为介质,传达意识形态理念这一普罗文艺的核心前提不存异议,但是对于强行地排列"政治性"与"艺术性"的等级秩序,以至于造成文艺作品的粗糙却始终持有批判态度,视之为"过分强调文艺为政治服务的教条"[3]。在他看来,"作品的思想性必须通过它的艺术性才能反映出来"[4],"标语口号式"的文学是错误地理解了文艺与政治的关系。这种审美取向的背后,正表现出姚雪垠对于"集团

---

[1] 姚雪垠:《七十述略》,选自《姚雪垠文集》第16卷,人民文学出版社,2010年,第229页。

[2] 董之林:《观念与小说——关于姚雪垠的五卷本〈李自成〉》,《文学评论》,2008年第2期,第75页。

[3] 姚雪垠:《学习追求五十年》,选自《姚雪垠文集》第16卷,人民文学出版社,2010年,第107页。

[4] 姚雪垠:《我获得首届茅盾文学奖的感想》,选自《姚雪垠文集》第16卷,人民文学出版社,2010年,第327页。

性"与"个人性"之间关系的相对化理解。在他看来,进步文艺家们必须探索的是一条将艺术问题与思想问题相结合的创作道路。

综上所述,"从故乡到省城"之所以被姚雪垠认定是人生中"决定性的两年",不仅是因为他自此摆脱了闭塞的故乡对其生命力的钳制,在新的文化/生活秩序之中,确立了新的身份认同;更是由于他在省城的求学生活使他得以身临"中国社会性质"论战等新兴思潮,由此接受了马克思主义影响,获得了唯物史观这一契合其内在精神需求的思想武器,奠定了他之后人生道路的走向。这段改变姚雪垠人生的经历,使得"革命"成为其一生中难以磨灭的精神底色。值得玩味的是,对于当时的姚雪垠而言,虽然他自知较之学术天赋,自己的文学创作才能更高,且在当时已经陆续在《河南民报·副刊》发表《两座孤坟》和《强儿》两篇短篇创作,却依旧寄情于成为马克思主义史学家/理论家的梦想。而这种从"文学青年"到"革命/政治青年"的理想的"偏至",实际上在二十世纪二十年代末期到三十年代初期的进步青年中并不少见,正如研究者所指出的那样,这种青年思想中"文学"与"政治/革命"地位的改换,"多少预示着后五四时期从启蒙的文化意识到革命的政治意识的转折"[1]。

第三节 "北平经验"与"开封《风雨》"
——"名作家"的组织之困

1931年暑假,长期参与中共领导的学生运动,曾在1930年就被

---

[1] 唐小兵:《民国时期中小知识青年的聚集与左翼化——以二十世纪二三十年代的上海为中心》,《中共党史研究》,2017年第11期,第65页。

捕并关押四天的姚雪垠,终于得到了自己被河南大学以"'思想错误,言行荒谬'的罪名挂牌开除"[1]的消息。为了躲避追捕,从同学处借得十几块银圆的他,在当天下午即乘火车逃往北平,结束了对他影响深远的省城学生生活。

逃往北平对于姚雪垠来说虽然事出突然,但是翻阅姚雪垠关于此阶段的回忆文字,又不难发现他对此实际上颇有思虑,全然并非心血来潮后的盲目决定。当时的姚雪垠刚与1930年保释他的辛亥元老王庚先的女儿王梅彩结婚,"妻子和家人为着生活都希望我找一个地方教书,我坚决不考虑,想到北平,走我自己的路"[2]。对于当时的姚雪垠来说,成为教师一方面违逆自己的"雄心壮志",一方面又有许多现实的困难。[3]宁可抛下新婚妻子和家庭,来到现实生活困难更为严重的北平,也不愿留守河南获取暂时安稳的生活。姚雪垠的这番"雄心壮志"的背后,潜藏着的正是安东尼·吉登斯所谓的"脱域(disembedding)"[4]的

---

[1] 姚雪垠:《七十述略》,选自《姚雪垠文集》第16卷,人民文学出版社,2010年,第230页。

[2] 同上,第232页。

[3] 对于中小知识分子而言,能够成为教师当然是颇为理想、稳定的职业。但是姚雪垠对于自己投身教坛其后可能面临的问题,实际上有比较清晰的认识。在他看来:"当时河南教育界派系争夺激烈,主要派系有北师大派、北大派、中大派、河大派。每一派抢几个有名的省立中学和师范。河大不是名牌大学,但它是地头蛇,利用地方上各种势力,也拼命争地盘。像我这样(的)人,首先缺少大学毕业资格,也不属于任何派系,只能到私立中学或县立中学找一个教书饭碗。教员的聘书以一年为期,甚至有只发半年的。每到暑假,学校倘若不再续聘,就马上失业了。所以我如果走教书的道路,虽然可以糊口,但那饭碗是随时可以打破的。"参见姚雪垠:《七十述略》,选自《姚雪垠文集》第16卷,人民文学出版社,2010年,第232页。

[4] 吉登斯指出:"所谓的脱域,我指的是社会关系从彼此互动的地域性关联中,从通过对不确定实践的无限穿越而被重构的关联中'脱离出来'。"参见[英]安东尼·吉登斯:《现代性的后果》,田禾译,译林出版社,2000年,第18页。

冲动，而这种空间地点的取舍，其背后推力正是一种抽象的"信任机制"。安东尼·吉登斯由此指出："空间定位的活动变得越来越与自我的反思联结在一起，至少在青年时期之后，一个人生活的地方就变成了主要依据个人的生活规划来做出选择的事情。"[1]对于姚雪垠而言，这种抽象的"信任机制"以及自我反思的获得，与他在省城确立的唯物史观与马克思主义信仰密切相关，也与他青年时代即有的"狂妄的性格"有关。因此，他才能在明白自己不再有机会进入学校的情况下，仍对未来保持信心，转而意欲通过"埋头于北平图书馆，努力读书，在十年八年之内能够成为一个有相当成就的马克思主义史学家或文学史家"[2]。另外，姚雪垠选择北平而不是上海作为目的地，也和作为"文化城"的北平可以提供安静、优越的读书环境，且费用较上海远为低廉有着直接关系。

然而，成为学者的梦想需要周密的学术训练、充分的经济基础以及较长的时间周期，这些都是"生活问题没法解决"[3]，以至于无法长期"坐图书馆"的姚雪垠所不具备的。在为生活所迫回到家乡中学任教一段时间后，1934年重回北平的姚雪垠为了生活，终于"将努力的重点放在学习写作上……不再幻想能够通过几年的努力成为一个有造就的

---

1 [英]安东尼·吉登斯：《现代性与自我认同——现代晚期的自我与社会》，赵旭东、方文译，生活·读书·新知三联书店，1998年，第172页。
2 姚雪垠：《七十述略》，选自《姚雪垠文集》第16卷，人民文学出版社，2010年，第230页。
3 姚雪垠：《学习追求五十年》，选自《姚雪垠文集》第16卷，人民文学出版社，2010年，第9页。

'青年史学家'"[1]。将原本作为"志业/兴趣"的文学创作,转化为谋生的"职业",姚雪垠的这种经历在当时厕身大城市的中小知识分子青年中并不少见。对于民国时期寄居大城市的中小知识分子来说,能够实现阶层跨越的途径大致有三条,即"读大学""从军"和"写作"。较之费用高昂、竞争激烈的"读大学"这条路,"写作"被很多不具备接受大学教育条件的青年视为"出奇制胜"的终南捷径。当时在大学旁听的黎锦明就曾投书《京报·副刊》编辑孙伏园,倾诉自己投考北师大再次落榜的苦闷:"现在我没有话说,除开痛苦以外,又何颜负这'徒空谈文学'的罪名呢?今年快二十岁了,还不进大学怎么了得呢?"[2]有意思的是,该报其后刊登的一篇题为《劝黎君》的文章,却认为他对"进学"的焦虑完全多余,认为只要能善用自己的创作才能,即可获得更大成功:

"大学的生活,其中的真情,你还不明瞭吗?况且你的前途又是非常的远大,引你到光明的前途上的明灯早就点在那里了,希望你努力你的作品,专攻你的文学,大学的学生又有几个能步你的后尘?现在的社会,又有甚么公理,你何苦痛心愤慨与悲哀呢!"[3]

写作可以成为寄身于大城市的知识青年的"职业",得益于近代

---

1 姚雪垠:《七十述略》,选自《姚雪垠文集》第16卷,人民文学出版社,2010年,第233页。
2 黎锦明:《感到痛苦而说的几句公开话》,《京报·副刊》,1925年第285期,第28页。
3 浮生:《劝黎君》,《京报·副刊》,1925年第291期,第48页。

以降媒体的兴起,更得力于"五四"新文化运动以来文学刊物的大量出现。正是这些媒体及刊物的存在,为希望以写作为生的人群提供了"工作岗位"。与此同时,文艺创作的特殊性质,也使得他们难得的"可以有能力与新旧上层精英大致在同一起跑线竞争"[1]。因此,当时缺乏资源支持而困于社会下层的中小知识分子"大都希望借助'作家梦'来实现在城市里的安身立命"[2]。

然而,渴望改变命运的青年里,最终能够登上文坛,获得沈从文那样的成功的写作者只是极少数。文坛的"占地"与刊物的数量和版面终究有限,能够登上新文学运动中心的上海或文化城北京的顶尖刊物,从而在文坛中确立自己地位仍然是极为困难的。而文艺创作评价标准的主观性,更使得"爬文坛"(姚雪垠语)的路程愈发艰难。因此三十年代前期,抵达北平试图以写作改变命运的文学青年"有的住两三年,有的住一年,投稿不顺利,干别的营生去了。也有人开始发表了两三篇稿子,但忍受不了那种没把握的清贫生活,赶快改行了"[3]。攀登文坛如此艰难,物质条件如此艰苦,姚雪垠的成功除了他自身的创作天赋之外,还得益于他极为坚韧的性格,在北平身染肺结核后,他居然在吐血后继续坚持写作。因此,姚雪垠在回忆这段"北平经验"的时候,认为"倘若我没有这种顽强劲,我将熬不过那段日子,一事无成"。[4]

---

[1] 罗志田:《权势转移——近代中国的思想、社会与学术》,湖北人民出版社,1999年,第300页。
[2] 唐小兵:《民国时期中小知识青年的聚集与左翼化——以二十世纪二三十年代的上海为中心》,《中共党史研究》,2017年第11期,第69页。
[3] 姚雪垠:《学习追求五十年》,选自《姚雪垠文集》第16卷,人民文学出版社,2010年,第16页。
[4] 同上,第17页。

另外，鉴于当时"文坛"的拥挤，倘若拥有文坛有力人士的介绍与推荐，意图攀登"文峰"的青年是可以免去投稿过程中的诸多痛苦的，这就使得不少青年作者将"交际"放在相当重要的地位。以"交际"获得作家名号，又将作家名号用于其后的"交际"。姚雪垠曾经著文猛烈抨击这种"文圈交际学"：

> 从前人们拿文学敲官廷士大夫的门，如今却拿来敲社会的门。在社会上争碗饭吃得有资格、有名望，真本领倒在其次。在公寓的亭子间从事文章生产的人，大半是没有大学商标的穷青年，倘不兜个作家头衔，恐怕连教学的机会也没有。为兜个作家头衔而从事文艺，并没有把文学当作终身事业，根本就想投机，滥产，千方百计的想把原稿变成铅字。万一文章出去后左右碰壁，锋头出不来，便设法办刊物。但办刊物也须自己能够活动，且多少有点地位，才能办得起来；没有这两条资格的，就只好于千艰万难中，自费印个集子出来，分赠亲友传观。而出集子时央名人题封面，写序文，央朋友写书评：都是必要的工作。有了集子，到外省外县便俨然是个作家，再加朋友帮忙，找事做往往不成问题。至于拿杂志跟集子去骗女人，去升官发财的，近来也已屡见不鲜；但笨一点的只能孤独的去教书糊口。[1]

---

[1] 姚雪垠：《文学的别用》，选自《姚雪垠文集》第14卷，人民文学出版社，2010年，第204页。

在他看来"伟大的收获,永远只给伟大的努力者,决不是投机取巧者所能获得"[1],因此他选择了一条"孤军奋战"的路线。据他自己回忆,自己在北平期间不仅未曾拜访京派"盟主"知堂老人,而且在曹聚仁的《芒种》中发表题为《鸟文人》的文章,讽刺其"或捕风捉影的'谈龙''谈虎',或听笼鸟学语,确是雅人雅事"[2]。就是对于自己颇为欣赏,且曾编发自己文字的沈从文,他在三年北平时光中也始终未去拜见,直到1962年沈从文作为《李自成》的"专家读者"两人才第一次相见。有意思的是,这种"孤军作战"的姿态,是姚雪垠在晚年谈到自身经历非常乐于强调的一点,在与第五战区老友陈纪滢的通信中,他表示:"丁玲生前常说我在北京是'独立大队',幽默而准确。"[3]这种"独立大队"式的创作姿态,意在强调依靠自己的作品,而非个人能力之外的其他因素来完成自我意义的确认。考虑到姚雪垠的思想结构,这种姿态似乎不能纯然视为一种"五四"式的对个体意志的张扬,还要看到其中杂糅的对传统文人的"三不朽"传统的继承。另外,这种姿态的形成,与姚雪垠自己常提到的"狂妄骄傲"[4]的性格特征,陈纪滢所说的

---

[1] 姚雪垠:《文学的别用》,选自《姚雪垠文集》第14卷,人民文学出版社,2010年,第204页。
[2] 姚雪垠:《鸟文人》,选自《姚雪垠文集》第14卷,人民文学出版社,2010年,第207页。
[3] 姚雪垠:《给陈纪滢》,选自《姚雪垠文集》第19卷,人民文学出版社,2010年,第330页。
[4] 在抗战时期与姚雪垠颇有合作的陈纪滢曾经谈到,第五战区文工委的其他成员写信抱怨姚雪垠的个性:"雪垠个性尖锐与傲气是不可否认的。雪垠说话不让人,做事好逞能,到处出风头,包括写文章也表现了全能。这些都是招人嫉妒的地方。在老河口年代,臧克家、田涛与碧野都与我通信,暗示他这个个性,我深信不疑。"参见陈纪滢:《记姚雪垠(下)——"三十年代作家直接印象记"之十》,《传记文学》,1982年第14卷第4期,第79页。

耕读家庭带来的影响[1]，以及在从"文化边缘"走向"文化中心"过程中备受刺激所生成的强烈的自我证明欲望[2]都有相当的关系。而这些颇具"文人"或者"文化人"特征的精神取向，则构成了他在"革命"的精神底色之外的另一种性格/思想维度。

经过三年多的艰苦努力，姚雪垠"已经在北京、天津、上海的报纸和刊物上发表过一些短篇小说、散文、杂感之类的作品"[3]，奠定了"作家"的声名。阅读他在该时期陆续发表的《强儿》《小罗汉》《七月的夜》《碉堡风波》《援兵》等短篇小说，不难发现河南的乡土世界始终是作者的主要描写对象，而以启蒙视角对故乡进行刻画与批判则一直是其主要的书写模式。在《强儿》与《小罗汉》中，我们不难看出鲁迅小说对姚雪垠叙事笔调和表现主题的深刻影响。在他的笔下，无钱医治病儿的母亲，俨然是鲁迅小说《明天》中的单四嫂子：

---

[1] 陈纪滢指出："雪垠与克家均出身于农村社会，耕读家庭。这个环境培养出来的子弟，大都有一种'悍'劲，性格执拗，有爱认'死理'的固执。"参见陈纪滢：《记姚雪垠（上）——"三十年代作家直接印象记"之十》，《传记文学》，1982年第14卷第2期，第41页。

[2] 曾任姚雪垠秘书的许建辉在自撰的《姚雪垠传》中记述了自己与姚雪垠的一段谈话，这段对话显示了姚雪垠的姿态并非"肆意张狂"，而是与他对文坛环境的认知有着内在联系："姚老的笑容倏然消逝，用了很低沉的声音说道：'你不懂，世人也不懂，我不"狂"，也不"傲"，那是自信，是自强。你知道，现代文坛上，从英法美留学回来的一大批，组成了一个"民主作家"阵营。从日本和苏联留学回来的一大批，组成了一个"革命作家"阵营。还有一部分作家虽然没有留学，但也多为科班出身，或者是有家学渊源。可我什么也没有——既没有正经上过学，又不是书香门第，要不靠这点自信自强，我至今走不出河南那个小村庄呀！'话到此处，姚老眼圈一红，说不下去了。"参见许建辉：《姚雪垠传》，湖北人民出版社，2007年，第360页。

[3] 姚雪垠：《学习追求五十年》，选自《姚雪垠文集》第16卷，人民文学出版社，2010年，第13页。

> 伊一面哭，一面想，一面静听着病儿的呼吸，好容易度过了漫漫的长夜。在这长夜里，伊也曾希望过有一位神仙下凡，来打救伊的强儿，但一直到窗棂上泛着鱼腹色的曙光时，并没有像伊所希望的救星降临。[1]

而《小罗汉》则刻画了鲁迅小说中常见的怀着看客心态的"庸众"对血案的围观：

> "咦——咦——好！"
> 队伍进了城，观众欣赏饱了也慢慢的散开去，只留下太阳灼热的晒着地，晒着两具破碎的死尸和一群狗。[2]

值得注意的是，作者在触及"我乡我土"时，除了怀着启蒙视角，借用虽然忧愤沉痛却也流畅自然的现实主义笔调，暴露陈腐旧秩序对身处其中的个体的摧残，引起社会疗救的注意之外，还特别关注闭塞沉闷的乡土世界内部地火般暗涌的革命潜能，并数次书写象征意味十足的农民自发的群体性抗争场景。例如在《七月的夜》中，作者就借"红薯脚"的眼睛，生动地再现了乡村民众自发抗争的场景：

> 梦，轻飘飘的在红薯脚的心上跳舞着。她看见村里的穷

---

[1] 姚雪垠：《强儿》，选自《姚雪垠文集》第13卷，人民文学出版社，2010年，第13页。
[2] 姚雪垠：《小罗汉》，选自《姚雪垠文集》第13卷，人民文学出版社，2010年，第48页。

邻居，那些时常被村长和李阎王欺侮的男女们！慢慢的聚拢来，草屋里站不下，大部分站在草屋外。这都是来看她。起初大家是默默的，流着泪；后来不知谁说些不平的，无法无天的话，群众骚动了，狂呼起来，像大河决了岸，海水起了潮……"我们报仇去！"她叫一声，别人也嗡的应一声，变成一道澎湃的巨流，向村长和李五阎王的宅子流了去。……[1]

在笔者看来，作者的这种书写方向的偏好，除了与自身少年时代的生活体验密切相关，还相当程度上受到唯物史观对历史发展规律阐释的影响。经历了唯物史观和马克思主义思想的洗礼，农民在姚雪垠的眼中与笔下，已经不仅是单纯的苦难"承受者"的形象，而是一种随时可能历史裂变的现实驱动力的化身。

除了短篇小说创作，作者在这一时段创作的杂文和戏剧也值得关注。先看杂文，除去抨击畸形的"文圈交际学"的《文学的别用》，以及批评"当今的文坛名流正跟出版界打成一片"[2]的《苍蝇主义》，作者在北平时期的相当数量的杂文几乎都涉及当时被视为中国文坛的"南北战争"的"京海论争"。而在这一系列文章之中，对"京""海"两派，尤其是对"京派"文学主张的强烈批判是其主要倾向。在《鸟文人》中，他对以周作人、林语堂等"京派"文人以及《语丝》《论语》等杂志所展露的"有闲阶级"的文学品味与生活趣味表示不满，认为这种

---

[1] 姚雪垠：《七月的夜》，选自《姚雪垠文集》第13卷，人民文学出版社，2010年，第61—62页。
[2] 姚雪垠：《苍蝇主义》，选自《姚雪垠文集》第14卷，人民文学出版社，2010年，第219页。

脱离现实的"趣味主义"与"个人主义"较之商业气息浓厚的"海派"对青年更具迷惑性，应该予以淘汰。而在《京派与魔道》一文中，他先对"京""海"两派进行总体性批判，称"海派有江湖气，流氓气，娼妓气；京派则有遗老气，绅士气，古物商人气"[1]。随后抨击"京派"盟主"知堂老人"是"介于人鬼之间"的"怪物"；"京派新贵"废名的《莫须有先生传》"文字令人不懂"，"故事架空，撇开现实"[2]。质实而言，姚雪垠对于"京派"持续批判虽然与不满于他们对北平文坛的"垄断"不无关系，但是其根本原因，仍是基于他所持有的左翼立场和现实主义文学理念与"京派"提倡的"为艺术而艺术""无用之用"等主张之间难以调和的内在矛盾。需要指出的是，这种同时阻击"京派""海派"，且对"京派"持论更严的态度，自二十年代末以来便是左翼文化人的共同态度。譬如钱杏邨就在《死去了的阿 Q 时代》中指出："在几个老作家看来，中国文坛似乎仍然是他们的'幽默'的势力，'趣味'的势力，'个人主义思潮'的势力，实际上，中心的力量早已暗暗的转移了方向。"[3]而胡风在《南北文学及其他》《再论京派海派及其他》以及曹聚仁在《京派与海派》《续谈"海派"》等文章中，也都曾先后发出过类似的表述，并认定"应当英勇地扫荡了海派，也扫荡了京派，方能开辟新文艺的路来"[4]。

再看姚雪垠在该时段创作的戏剧文学作品。他在该时段的戏剧作

---

1 姚雪垠：《京派与魔道》，选自《姚雪垠文集》第 14 卷，人民文学出版社，2010 年，第 215 页。
2 同上，第 217 页。
3 钱杏邨：《死去了的阿 Q 时代》，《太阳月刊》，1928 年第 3 期，第 2 页。
4 曹聚仁：《京派与海派》，《现代出版界》，1934 年第 22 期，第 15 页。

品共有三部，分别是《洛川之滨》《百姓》与《群绅》。较之充溢着浪漫主义气质的《洛川之滨》，刻画乡土人物群像的两部独幕剧《百姓》与《群绅》更值得我们关注。在《百姓》的"附记"中，作者明确地表达了对二十年代革命文学论争中声称"阿Q时代"已经"死去"，认定鲁迅"大部分的创作的时代是早已过去了，而且遥远了"[1]的激进左翼作家的不满，因而试图呈现一群"意识都比阿Q更其朦胧，更其对社会看得模糊不清"[2]的乡村人物，以再次提醒改造"国民性"之必要。因此姚雪垠在剧本《百姓》中，有意规避了左翼作家笔下常见的、农民得自"出身"的"先天进步性"，反而从"实情"出发，着力呈现他们的愚昧无知、自私自利的精神弱点：

> 李叔叔：二模糊才从省里回，对于打仗的事情应该知道一点。
> 二模糊：谁晓得，一点也没打听。
> 李叔叔：听说前线上打得很紧吗？
> 二模糊：谁晓得。
> 假斯文："国家兴亡，匹夫有责。"你为什么一点也不打听？
> 二模糊：只管吃饱不饥，打听那干吗？
> 假斯文：国亡了呢？
> 李叔叔：亡了也只该亡了。

---

1 钱杏邨：《死去了的阿Q时代》，《太阳月刊》，1928年第3期，第6页。
2 姚雪垠：《百姓（独幕剧）》，选自《姚雪垠文集》第15卷，人民文学出版社，2010年，第155页。

假斯文：家亡了呢？

二模糊：亡了亡了罢。

李大婶：你媳妇被日本人抢走了呢？

二模糊：抢走了……送给他。

假斯文：慷慨！

花老爹、李叔叔：大方！[1]

如果说充斥着抱怨"民国没有前清好"，认为"谁坐天下，我们就是谁的子民"的"愚民"的《百姓》，揭示的是乡土社会令人窒息的"底层结构"；那么《群绅》则刻画了乡土社会腐朽的"上层建筑"，民团团长和乡绅们沆瀣一气，不仅无视禁烟令，公然表决同意大量种植鸦片，还无端将前来告警的魏金声冤为土匪并枪毙：

金声：（冷笑）我们早就明白，如今更加清楚了。

团长：你明白什么？

金声：明白团队只管催款讹诈，不管打土匪！还明白……

团长：（忍耐）还明白什么？

金声：还明白老百姓也应该觉悟了。

团长：（拳脚交下）混蛋！混蛋！土匪，共产党！（停

---

[1] 姚雪垠：《百姓（独幕剧）》，选自《姚雪垠文集》第15卷，人民文学出版社，2010年，第151—152页。

打）来！把他绑起来！[1]

以魏金声在临刑前与民团长的冲突点出百姓"觉悟"之于乡土世界"重造"的特殊意义，作者又一次回归了自己在小说创作中经常展现的，对乡土世界农民群体心灵深处所蕴藏的"革命潜能"的关注。然而需要指出的是，虽然作者暴露乡土中国的黑暗与不公的目的与许多左翼作家一样，都是为革命发生的必要性正名。但是从《百姓》的笔调又不难发现，姚雪垠并不像当时相当数量的左翼普罗小说家那样，仅仅美化农民得自阶级出身的"进步性"，却对该群体身上的诸多"国民性"问题视而不见。相反的，姚雪垠仍然坚持以启蒙视角对乡土世界进行呈现，他虽然同样将乡土世界根本性转变的期待寄托于农民，但是他所寄希望于的"农民"又并非普罗小说中习见的作为"阶级符号"的农民，而是在"被启蒙后"获得崭新世界观的农民。进一步说，当我们通览姚雪垠的创作生涯，会发现自三十年代到四十年代末，他其实一直是以"启蒙"与"革命"的双重视角来书写农民问题的，这使得他一方面深入发掘农民思想深处"革命性"的反抗质素，另一方面又不吝于暴露他们精神层面上的诸多"国民性"弱点。而这种展示"事实"优于阐释"概念"的书写态度，是由于姚雪垠是以自身切实的生活经验联结革命叙事，而非依照革命叙事的既有框架裁剪现实生活。这使得他天然地规避了革命"浪漫谛克的路线"[2]，而是倾向于接绩以茅盾为代表的，源

---

[1] 姚雪垠：《群绅（独幕剧）》，选自《姚雪垠文集》第15卷，人民文学出版社，2010年，第173页。
[2] 瞿秋白：《革命的浪漫谛克》，《知识（哈尔滨）》，1947年第3卷第6期，第22页。

于"五四"的"忠于现实,敢于正视和揭露现实"[1]的现实主义创作传统[2]。

1937年春末,姚雪垠携妻子返回北平,打算以稿费为生,写作一部长篇小说《五月的鲜花》。然而这时"七七事变"爆发,北平成为前线,姚雪垠只能先送走妻子,自己从天津返回开封。姚雪垠本打算从开封前往延安,但是在与时任河南大学文学院院长的嵇文甫和王阑西会面后,决定"留在开封同他一起办个刊物,鼓吹抗日救亡"[3]。据嵇文甫的次子嵇道之回忆,时值日军即将进攻河南之际,嵇文甫在开封文化界救亡协会时事座谈会上"提出了办宣传抗战的刊物问题","大家同意后,就决定刊物的名字为《风雨》周刊"[4]。《风雨》虽设编委四人,但是实际负责的是嵇文甫、王阑西与姚雪垠三位主编。三位主编各有分工,"嵇文甫负责组织文艺界、教育界人士的稿件,姚雪垠负责文艺界的稿件,王阑西则负责中共方面的稿件"[5]。作为抗日统一战线性质的刊物,该刊于1937年9月创刊后,不仅受到了河南各界读者的热烈欢

---

[1] 温儒敏:《新文学现实主义的流变》,北京大学出版社,1988年,第121页。
[2] 值得指出的是,姚雪垠对于现实主义的认知主要来源于茅盾,而他现实主义创作的主要模板也是茅盾。这构成了姚雪垠与茅盾长期保持紧密互动的思想前提,从在《文艺阵地》上帮助姚雪垠发表《差半车麦秸》开始,到晚年与姚雪垠探讨其长篇巨著《李自成》的写作,两人的文学"友谊"长达四十余年,甚至可以说《李自成》才是当代小说中《子夜》模式"的真正继承者。胡风对姚雪垠《春暖花开的时候》的抨击,实际上也与他和茅盾的竞争关系有着相当的内在关联。而茅盾晚年与姚雪垠的通信,以及二人在七十年代的一系列联动,也是我们了解"晚期茅盾"文化心态的重要切入点。
[3] 姚雪垠:《学习追求五十年》,选自《姚雪垠文集》第16卷,人民文学出版社,2010年,第21页。
[4] 嵇道之:《回顾抗战初期嵇文甫与范文澜先生在河南的抗日活动》,选自《河南省国统区革命文化史料选编(一)》,梁小岑、陈进功编,河南省革命文化史料征编室,1991年,第256页。
[5] 吴永平:《姚雪垠抗战时期小说创作研究》,中州古籍出版社,2015年,第117页。

迎,更风行全国,担任《风雨》前十四期编辑的姚雪垠为刊物约集了洪深、碧野、荒煤等多位名家的文稿。然而在1937年11月后,《风雨》在最后的十三期中,几乎突然从一个综合性的文艺刊物彻底转型为政治性刊物。而对于刊物的这次"嬗变",作为主编之一的姚雪垠并未有过多的表述。即使是他在之后回忆自己的抗战经历的时候,也刻意地略过了这次"变故",直接追忆了自己在进入第五战区之前的行踪——"一九三八年春天,大概是三月中旬,我因为自己的工作问题到武汉住了一个多月,五月初离开武汉……台儿庄胜利后,我曾用《风雨》周刊主编和全民通讯社特约记者的名义赴徐州采访,并且到了驻扎在宿县境内的于学忠将军的军部。"[1] 然而,以姚雪垠的个性,使他完全对自己人生中的一段重要记忆避而不谈是难以做到的。他在1983年6月和8月给计划写作《姚雪垠评传》的河南大学教师刘增杰的两封信件,终于为揭开"《风雨》事件"的"内幕"提供了线索:

> 有两件事拜托你:① 请你将《风雨》创刊日期查查,告诉我。②《风雨》某期有一篇文章,全是摘录八路军将领的抗战言论。《风雨》本是一个在国统区鼓吹抗日民族统一战线的刊物,忽然发表这样的文章,反映了当时某些同志们的极左思想和态度,这内幕对我以后受排斥,走曲折道路有密切关系。这个历史问题我从来不谈,社会上完全不知。请你将

---

[1] 姚雪垠:《学习追求五十年》,选自《姚雪垠文集》第16卷,人民文学出版社,2010年,第21—22页。

这篇文章替我复制一份，作为重要材料。[1]

关于你打算将来写评传事，我是重视的。有一些资料方面的空白，须要补充。例如《风雨》内部是有斗争的，我为照顾朋友关系，在《学习追求五十年》中一字未写。评传中要不要写？……诸如此类，还有一些我不愿谈的事，但作为对我的深入研究，似乎你应该知道。[2]

有了以上两条线索，再加上嵇道之提供的信息："河南省政府及一些中学于十一月已南迁，开封的文化界人士基本都走了。《风雨》这个刊物便由王阑西一人主编，成为彻底的共产党刊物了。"[3] 相关研究者最终揭开了《风雨》事件的"内幕"：

> 此时，文委书记王阑西提出要将《风雨》变为省委的公开的机关刊物，预备党员姚雪垠是无权提出质疑的。然而，他偏偏提出了异议。王阑西批评姚"右倾"，姚雪垠则指责王"左倾"，闹得不可开交。
>
> 1938年3月初，上级有关领导出席了《风雨》的编委会议，决定改组编辑部经过激烈的争论，作出了最后的决议：支持王阑西将《风雨》改为省公开机关刊物；将姚雪垠调离

---

[1] 姚雪垠：《给刘增杰》，选自《姚雪垠文集》第19卷，人民文学出版社，2010年，第222页。
[2] 同上，第223页。
[3] 嵇道之：《回顾抗战初期嵇文甫与范文澜先生在河南的抗日活动》，选自《河南省国统区革命文化史料选编（一）》，梁小岑、陈进功编，河南省革命文化史料征编室，1991年，第257—258页。

编辑部,派往竹沟另行安排工作。[1]

笔者梳理"《风雨》事件"的"内幕"发掘的经过,其志不在证实姚雪垠的"委屈",进而为之"辩诬",而在于通过探讨作为"名作家"的姚雪垠在组织内部所遭遇的"困境"对其心理结构进行揭示。姚雪垠虽然在给刘增杰的信中谈到自己为照顾朋友关系,始终未曾提及"《风雨》事件",然而却又在1986、1987年将该事件的详细经过几乎不加涂抹地添加进了自己的自传体小说《春暖花开的时候》之中[2]:

> 寄萍问道:"陶先生,有一个问题我很想知道,可以告诉我么?"
>
> "什么问题"?
>
> "你在开封主编的《同舟》旬刊,去年秋天创刊后在中原读者很多,对宣传抗战救亡起了很大影响。为什么你不再编了,离开了那个刊物?"
>
> ……
>
> 陶春冰明白吴寄萍对他说的这番话都是出于十分真挚的友情,使他的心中感到亲切和温暖,同时不由得想起来一个月前他在开封的一段痛心的经历。

---

[1] 吴永平:《姚雪垠抗战时期小说创作研究》,中州古籍出版社,2015年,第120—121页。
[2] 根据笔者对小说的初刊本(1940—1941)、初版本(1944)、再版本(1986、1987年修改)的细致对校,发现再版本中陶春冰与吴寄萍饮茶夜谈,控诉革命阵营内部的"左倾"思想危害的桥段在初刊本与初版本中从未出现,正是作者在1986、1987年的"最后一次修改"中重新添加的,而陶春冰所代表的正是作者本人,并且作者在这段对话中以稍作改动的方式,还原了自己当年所遭遇的"《风雨》事件"的来龙去脉。

他和同志所创办的救亡刊物，本来是一个抗日统一战线性质的刊物，可是后来在一部分同志的主张下，刊物愈办愈左，几乎成了地下共产党宣传刊物，而且他的面貌愈来愈显著，有一时用大量篇幅辑录共产党中央领导人和八路军将领的抗日言论。在这样的编辑方针下，撰稿人的圈子大大缩小，原来统一战线性质的编辑委员们不再同刊物发生关系了，刊物的发行范围也很快缩小，各县的书店不敢代售。陶春冰是有自己见解的人，不轻易随波逐流，因此一些同志认为他思想右倾，又不十分听话，非把他排挤出刊物的主编岗位不可。一天上午，有几位上级领导出席，开会研究刊物的编辑工作，突然宣布组织决定：陶春冰不再参加《同舟》旬刊的主编工作，派往某地去做某种工作。陶说他在城市中做文化工作比较适宜，请组织重新考虑。

……

一位参加《同舟》旬刊编委会的同志赞同他的请求，并且说："春冰同志的理论和文化修养较好，在读者中较有威望，在社会上较有影响，这都是事实。我们党也需要文化工作，需要培养一批作家、理论家和学者。我希望组织能考虑春冰同志的意见，让他留在城市继续做文化工作，发挥他的长处。"

一位有决定权力的上级同志马上说道："党只能考虑他应该无条件地服从组织决定，不能考虑他的较好的文化和理论修养，也不能考虑他在社会上较有影响……"

陶春冰突然明白，在《同舟》旬刊中有人决心将他排挤出去，经常对某几位上级领导说一些歪曲中伤他的话，使上级对他成见很深，已经没有他陈述意见的余地……陶春冰一时无话可说，不禁失声痛哭。

在这次会上，陶春冰提出来三个小的要求都被组织答应了。第一个要求是允许到徐州前线看看，做点采访。第二个要求是让他到武汉看看，多了解一些抗战的整个局势……陶春冰的三个要求都得到同意，于是他以《同舟》旬刊主编和全民抗战通讯社特约记者的名义到了徐州，又南去访问了于学忠将军驻守的淮北前线。[1]

从这段长长的引文里，我们不难发现，即使已经过了将近半个世纪，姚雪垠对于"《风雨》事件"仍难以释怀，在叙述中仍然对当年的处理结果流露出明显批判态度。在他看来，这次事件代表着"革命阵营"中的某些不健康的现象[2]，因此，作为作者"代言人"的陶春冰"每次想起来，他都暗暗地心中难过，好似心灵上的创伤至今仍在流血"[3]。对于事件发生的缘由，姚雪垠的着眼点在于组织内部个体对权力的滥用，批评"不少人将私心杂念，争名利争权位的非无产阶级思想带进了革命事业"[4]。无疑，姚雪垠认为"《风雨》事件"的发生是组织原则未能得到正确执行的结果，在理想的组织环境之中，陶春冰（姚雪垠）的悲剧是不会发生的。

---

1 姚雪垠：《姚雪垠文集》第11卷，人民文学出版社，2010年，第141—145页。
2 姚雪垠：《前言》，选自《姚雪垠文集》第11卷，人民文学出版社，2010年，第14页。
3 姚雪垠：《姚雪垠文集》第11卷，人民文学出版社，2010年，第145页。
4 同上，第139页。

然而，倘若我们从政党组织的角度来看，就会发现作为革命团体一员的姚雪垠对于组织的理解，实在是过于的个人化和主观化了。正如专事组织工作的陈云所言，"我们的党是一个战斗的党，我们在斗争中依靠的武器，唯一的就是纪律"。[1] 革命的意志要靠纪律来实现，政党的运作要靠纪律来维持，纪律（或者说程序）所代表的集体意志，在组织生活中是始终高于个人认知层面的"道德/是非"的存在。革命组织所真正需要的，是具有文化才能却必须服从集体意志，能够自觉让渡主体性，将自身融入组织的"有机知识分子"——"基本上是党员，文化工作只是党内分工。"[2] 而从姚雪垠的表现来看，当时他似乎不仅并未完全放弃自身的"文化人"定位，而且也没有彻底地完成个人主体性的让渡，对于这一革命组织的根本性要求，当时的他实际上是抵触甚至"抗拒"的。基于此，他更多是以"精神左翼"或者"革命同路人"的姿态参与革命运动的。而这种思想状态，也正是他理解之后的一系列革命运动的一个重要前提，进而也深刻地影响了他在其后的革命生涯中的个人命运。

---

[1] 陈云：《关于党的文艺工作者的两个倾向问题》，《文艺理论与批评》，1995年第3期，第6页。
[2] 同上，第4页。

第二章 『立体战争』下的文艺新变与『火线青年』的自我形塑

第一节 "立体战争"情势与抗战文艺"时段性"品格的生成

1937年7月,以"卢沟桥事变"为标志的抗日战争全面爆发,标志着整个中华民族开始陷入二十世纪最严重的生存危机之中。由于该时段中国与日本悬殊的国家实力差距,中国军队尽管在一系列会战中浴血奋战,一再给敌军以沉重打击,挫败了日方"三个月灭亡中国"的狂妄计划,却无力挽回节节败退、领土不断沦陷的战局。残酷的现实使蒙受战乱的人们日益确信,除非寻找到民族力量的崭新增长点,否则在这场关乎民族生死存亡,堪称近代中国历史进程中最重要的"转捩点"的搏斗中,代表正义的一方难以幸存。与对民族力量增长点的寻找相伴生的,是人们基于现实体验所产生的对于"战争"概念的全新体认。这场战争的影响,似乎并未止于交战地及临近区域,还"广泛波及到民众的生活"[1],战局的变动往往被相当迅速地传达到民众的生存体验之上。有识之士就敏锐地察觉到,"战争的规模和形式,其进化是很可以惊人的"。[2] 随着技术/战术的长足进步,中国当时所面临的战

---

[1] 刘奎:《总体战与动员文艺——抗战初期郭沫若的文化政治实践》,《文艺研究》,2016年第1期,第65页。
[2] 郭沫若:《全面抗战的再认识》,《抗战半月刊》,1937年第1卷第3期,第5页。

争已经属于"现代的立体战争"。在郭沫若看来,新的战争形势下,尽快地更新对于战争的认知是全体国民的当务之急,因为:

> 这种现代的立体战争已经不是单独的军事上的事体,这儿是把全国的力量集中了起来。全国的学术,产业,政治,经济,教育,训练等等,在平时都要有充分的素养,而且是有系统有计划的素养,然后才能结晶成为现代的立体战争。
>
> ……
>
> 我们中国因为产业落后,文化落后,因此在作现代的立体战上我们便感受着很大缺陷。[1]

郭沫若所说的"涵盖一切"的"立体战争",实际上早已有之,并非他个人的发明创造。他所谓的"立体战争"在现代战争学上有一个更标准的提法,即所谓的"总体战"。"总体战"的概念,一般被认为来自被称为"现代战争理论之父"的军事家克劳塞维茨,战争的本质在他看来"是迫使敌人服从我们意志的一种暴力行为"[2]。在大作《战争论》中,他特别强调了常备军事力量之外的各种因素在现代战争中的重要意义:"1813年的普鲁士进一步说明,紧急地建立民兵可以使军队增加到平时兵力的六倍,这些民兵在国外像在国内一样可以使用。上述这些情况表明,民心和民意在国家力量、军事力量和作战力量中是一个多么

---

[1] 郭沫若:《全面抗战的再认识》,《抗战半月刊》,1937年第1卷第3期,第5页。
[2] [德] 克劳塞维茨:《战争论(上卷)》,中国人民解放军军事科学院译,解放军出版社,1994年,第12页。

重要的因素。"¹ 无独有偶，立意于在理论上挑战克劳塞维茨的德国军事家埃里希·鲁登道夫也在专著《总体战》中明确指出"总体战不单单是军队的事，它直接涉及参战国每个人的生活和精神"²。而他对民众力量在现代战争中效力的强调，则有过之而无不及，他认定：

> 人民的力量表现在其体力的，经济的和精神的力量上，并决定了军队在总体战中的力量强弱。精神力量在维护民族生存的斗争中是必不可少的，它可以使军民团结如一，休戚与共。今天，没有一个国家部队军队的武器、训练和装备给以高度重视，然而只有精神团结能最终决定这场争取民族生存战争的结局。³

从前面两位军事家的论述，不难发现战争形态在世界范围内的转变，其一，现代战争不再局限于纯粹的军事对抗层面，而是深入国家肌体组织内部。因此交战国双方，尤其是国家实力偏弱的一方，为了救亡图存，实在极有将"国家社会内的一切设施的战时机构化"⁴之必要。其二，民众力量在现代战争的胜负中日益占据关键性地位。由此就不难理解，军事理论家蒋百里（蒋方震）为何在自己的"国力三元素"理论中，格外强调"人"的作用——"国力有三个元素：一曰'人'，

---

1 [德]克劳塞维茨：《战争论（上卷）》，中国人民解放军军事科学院译，解放军出版社，1994年，第195页。
2 [德]埃里希·鲁登道夫：《总体战》，戴耀先译，解放军出版社，2005年，第4页。
3 同上，第13页。
4 郭沫若：《全面抗战的再认识》，《抗战半月刊》，1937年第1卷第3期，第6页。

二曰'物',三曰人与物品的'组织'。"[1]

民众力量的团结与凝聚如此重要,在危机四伏的现实情境下,实行"全民抗战"政策就成了保全民族国家的唯一良方。想要推动"全民抗战","就必须鼓舞民众抗战热情,唤醒并强化民众的民族意识,凝聚民族精神,传达国家意志,使个体的力量形成一种合力,从而战胜民族共同的敌人"[2]。"文艺"正是在这种特殊的历史情势下,被视为"抗战进行精神动员的最重要的手段"[3],得到各方的高度重视的。但是,既然要以抗战文艺来推动广大民众投身抗战,就必须首先考虑到受众的知识水平与理解能力。时任国民政府军委会政治部第三厅厅长的郭沫若,就曾专文记述过这种"创作者"与"接受者"之间的认知差距,给抗战宣传带来的"难题":

> 去年九月,我到第九战区去慰劳,带了《热血忠魂》,《保卫我们的土地》,《八百壮士》,《抗战特辑第五辑》,这种影片已经算是够"大众化"了。可是出乎意料,可以用眼睛看,发音,变化的影片,乡下的百姓对它完全两样,一点没有兴趣。当然这就是教育太不普及,他们不能够得到教育的恩惠。我们要发动民众,唤起民族意识,发动认识敌人,增加同仇敌忾,但是这样的同胞是着大多数,这样的同胞是抗战

---

1 蒋方震:《国防论》,商务印书馆,1945年,第11页。
2 吕彦霖:《抗战文学"时段性"品格的生成、意义及其突破——以〈文艺复兴〉杂志的三部长篇小说为例》,《海南师范大学学报(社会科学版)》,2017年第5期,第29页。
3 耿传明:《轻逸与沉重之间——"现代性"问题视野中的"新浪漫派"文学》,南开大学出版社,2004年,第77页。

的主力军,要动员这些民众保卫我们文化,保卫我们祖国,保卫我们民族,就是说,我们要增加抗战力量,我们的文化工作还要切实做"大众化"的工作。要少用花样,少经过变化,将故事简单化,老百姓就看得懂了。[1]

郭沫若的感悟无疑点出了抗战宣传工作中最重要的问题,即如何克服国家内部少数知识精英与绝大多数民众知识水平/认知能力的巨大"鸿沟",做到"真正的大众化",最终达到凝聚民众力量、推动抗战胜利的根本目的。实际上也正如多数论者所言,文艺"大众化"自构想提出,中经影响颇大的"文艺民族形式"论争,直到抗战期间才真正得以广泛实践。需要注意的是,助推"大众化"成为知识分子共同意识的,除去民族国家严峻生存危机的大环境和作家自身的家国情怀等主观因素之外,还有客观因素——即"总体战"对固有文化生产/消费机制的破坏。正如时人所言,这一变化从两个维度上深刻地改变了作家的生活:"第一,作家向各地各领域分散了,这就脱出了狭隘的文化圈子底束缚,使他们不得不和战斗的社会集团合流;第二,文化中心崩溃了,交通线缩小而且破碎了,这就使专以全国范围的文化水准高的读者为对象的惰性不能继续。"[2] 这种文学"生产—消费"机制的重构,对新文学的发展的影响无疑是相当深远的。它使得整个文艺界意识到:

以上海为代表的商业大城市在中国社会中只是非常特殊

---

[1] 郭沫若:《抗战促进了文化的发展》,选自《战区文化工作》,独立出版社编印,独立出版社,1939年,第6页。
[2] 杨晋豪:《怎样写抗战文艺》,战时出版社,1938年,第84—85页。

的存在,只有农村的乡土社会才能真正代表中国。在这个意义上,抗日战争以前长期依托城市出版机构而生存,并以城市作为自己最重要的书写对象的"五四新文学",在最根本的层面上是与中国社会相脱节的。[1]

经历了"从沿海到内地/从城市到乡村"的流乱、迁徙的作家,开始真正地亲近以往只存在于书本上的"大众化对象",并体会到蕴藏在他们体内的"民族的伟力";同时也开始真正了解在以往只作为地理概念而存在的"中国"。这种触及心灵的生存体验,使得他们中的绝大多数都迫切希望"以笔为枪、文章入伍",加入以抗战文艺的宣传效能激发民众抗战潜能的行动中来。这种因应现实境遇而生发的集体意识,使得"集团性"成为作家们的共同意识。而这种普遍的"集团性"正是诱发抗战文艺理念新变及锻造抗战文艺"时段性"品格的内在动因。

如前所述,现代的"立体战争"带来了两大根本性改变——交战国的对抗从纯军事领域延伸到国家的各个部分,实力偏弱的一方极有可能将所有有生力量"战时机构化"以救亡图存;民众力量在战局胜负中愈发占据关键性地位。因此,致力于抗战文艺的创作者们,也必须通过自我改造使自身"战时机构化",同时在战争造就的复杂环境执行抗战精神动员的神圣职责。

先看抗战文艺的"战时机构化",这种转变主要体现在抗战文艺创作者和其作品两个层面。文化组织既然与军事部门一样,成为战斗序

---

[1] 李松睿:《书写"我乡我土":地方性与20世纪40年代中国小说》,上海人民出版社,2016年,第14页。

列中的组成部分,抗战文化人自然就是民族精神领域的"战斗员":

> 现代的战争,不但是全民战争,不但是物力与人力的对比,不但是争地夺城,它的领域及于一切的文化部门;我们自从对日抗战发动之后,自然也逃不了例外,所以敌人的飞机大炮不仅只袭击我们的军事工程,作战部队,而且伸入一切没有战争的城市,轰炸我们的文化机关,也就是说,敌人的诡计,不但想消灭我们的武力,而且要推(摧)毁我们的文化。
>
> 要在这种战争形态下的人民,无分职业,无分年龄,无分贫富,无分阶级,无分思想,无分党派,可以说都是敌人的敌人,都是抗战的战斗员,更深一层的说,处在这种战争形态之下的一切的一切,都是战争的武器。
>
> 由此,我们更不要说,便可知道,我们的新闻事业,当然也是战争中的武器之一,报人当然也是战争中的战斗员了。[1]

抗战文艺创作者显然是欢欣鼓舞于这种身份的转化的,他们以"民族阵线中文化的前卫"[2]自我期许,确信"文艺家的笔杆就是兵家的枪杆"[3]。"文章入伍"的自己完全可以"像前敌将士一样,成为优良的射击手","他们写出的文句,能够深中敌人要害,而致敌人于死灭"[4]。既

---

1 殷元章:《战时的报人和报纸》,《风雨(开封)》,1937年第8期,第14页。
2 胡春冰:《抗战进展中文艺作家的任务》,选自《抗战文艺论》,中山日报社图书出版委员会印行,1937年,第12页。
3 林焕平:《抗战文艺评论集》,希望书店,1939年,第1页。
4 杨晋豪:《怎样写抗战文艺》,战时出版社,1938年,第6页。

然已经成了厕身战斗序列的"战士":

> 为要把一分一毫的力量都献给当前的抗战,以保证抗战的最后胜利,抗战文化必须绝对避免内部不必要的摩擦,避免一切不必要的论证。一切不同派别,不同意见,不同趣味的文化人,必须彻底扫除过去的门户偏见,打破彼此的隔膜,在民族解放斗争的大旗下结成坚强的统一战线,把所有"文化枪口"一致对外。[1]

这就要求文化人改变"文人相轻"的积习,破除已有的"门户之见",在创作中需要抑制主体性,个体必须为集团目标让步,以争取抗战文艺界之最大程度的团结。

其次是需要改变文化人之间旧有的组织形态。在抗战发生之前,文化人多跻身发达的现代都市,周旋于"文坛"与"学院"之间。多以艺术志趣或师友学统为号召,生成同人性质浓厚、结构松散的文学组织,组织成员多处于"相对自由漂浮"[2]的状态。待到战时,一方面是原来精英化的文化生产机制及相对狭隘的文化圈层被战乱破坏,另一方面现实压力又推动新的更为集中有效的组织形态的生成,在两者的合力作用下,抗战文化人确信:"没有组织,不能产生力量。赤血淋漓的抗战,要求文艺家们的统一战线和最高机关之立即成立。"[3]因此,

---

1 林淡秋:《抗战文化与文化青年》,上海杂志公司,1937年,第5页。
2 [德]卡尔·曼海姆:《卡尔·曼海姆精粹》,徐彬译,南京大学出版社,2002年,第174页。
3 林焕平:《抗战文艺评论集》,希望书店,1939年,第16页。

第二章 "立体战争"下的文艺新变与"火线青年"的自我形塑

从1937年年底到1938年年初,在政府的推动之下,从全国各地汇聚到当时的抗战文化中心——武汉的文化人,先后成立了中华全国戏剧界抗敌协会、中华全国电影界抗敌协会等战时全国性文化组织,最终以此为基础于1938年3月27日组成了"中国现代文学史上明确而自觉地以领导和组织抗战时期的文艺运动为目标的一个全国性文学组织"[1]——中华全国文艺界抗敌协会(简称"文协")。"文协"总会成立之后,不仅是大后方区域,即使战区也相继成立了"文协"分会。例如第五战区就在1938年12月23日,"由孙陵、臧克家、姚雪垠等组织成立了中华全国文艺界抗敌协会宜昌襄樊分会,到会有七十余人,由臧克家担任主席,孙陵报告总会详情,及分会成立经过,继而由姚雪垠说明抗战以来文艺界活动状况"[2]。既然有总会作为节制,分会自当"令行禁止",这种颇具战时色彩的"总/分"二元架构,无疑有利于抗战文化人贯彻抗战政策并对战局变动做出及时反应。不仅如此,有论者还认为仅仅成立"总会/分会"尚嫌不足,难以使"总会"决议被传达到更低级别的行政区域,因此提议建立"文艺通讯员制度":

> "全协"领导下的各省分会——如广东之广东文学会——设文艺通讯员总站,由该总站直接领导该省文艺通讯员运动,免得因离开太远,通讯不便,生活不熟悉,指导困难。这样分布全国的文艺通讯员分站和支站,或当为"全协"的直属组织,或当为外围组织,而各省的总站则必须由"全协"直

---

1 段从学:《"文协"与抗战时期文艺运动》,北京大学出版社,2012年,第5页。
2 丘立才:《抗日时期的孙陵》,《中国现代文学研究丛刊》,1987年第1期,第258页。

接指挥领导。[1]

以数量庞大的"文艺通讯员"作为"总会"与"分会"的中介，确实可以极大地补充抗战文艺组织的机动性，实现"总会"对"分会"及下属机构的垂直管理，极大地提升组织整体的工作效率。不难发现，新的组织形态的诞生与普及，表明"五四"以来依赖作者、读者和文化市场的相对自由的文学生产模式，开始被一种政治深度介入的组织模式所取代。

再看作品层面，既然抗战文化人已经转为"战士"。他们的作品中"写什么"自然需要从"重性灵"转为"听将令"。而在当时的文化人眼中，文艺活动积极配合政治活动，文艺创作自觉完成对政府政策的传达和阐释乃是其首要目标：

> 抗战文学以增强我方力量，打击敌人为一切活动的目标，它除掉在间接方面可以从各处帮助政府抗战政令的推行外，它也直接针对着抗战的各种重要政令，进行了许多工作，以帮助这些政令的推行。[2]

其次，还必须要极大强化作为精神动员媒介的抗战文艺作品中的"战争性"质素，提升其战斗效能。这种价值诉求在时人眼中，多被称之为抗战文艺的"武器化"：

---

[1] 林焕平：《抗战文艺评论集》，希望书店，1939年，第29页。
[2] 徐中玉：《抗战中的文学》，国民图书出版社，1941年，第23页。

> 抗战文化既是维护抗战，充实抗战，推动抗战，争取抗战最后胜利的文化，它与当前政治的关系就特别密切，它的武器性也特别明显。为要完成它的特殊的任务，抗战文化应该特别强调武器性，它应该彻底武器化。
>
> 理想的抗战文化对于抗战的助力，并不弱于飞机，大炮，坦克车和机关枪的。[1]

使用武器要因地因时制宜，运用"精神武器"也有相似之处。"烽火遍地、硝烟弥漫的战争时期，这时的读者需要刺激，需要比炮火更刺激性的东西，至少要炮火一样刺激的东西，他们才会满意，才会感动，才会接受。"[2] 对于旨在"应急"的抗战文学作品来说，首要目的在于"有效"而非"载道"，因此必然催生一套适应于战争语境的新的文艺评价标准：

> 从那作品在民众间所灌注的民族意识的程度，从那作品在民众间所唤起的抗战激情，从而直接间接地参加到全民长期抗战的火线上来的程度而决定。
>
> 作品如不是直接间接地补益于全民长期抗战，就根本谈不上抗战艺术。
>
> 因之，抗战艺术，要求现实，英雄，乐观，热情，激

---

1 徐中玉：《抗战中的文学》，国民图书出版社，1941年，第14页。
2 刘心皇：《抗战时期的文学》，编译馆，1995年，第601页。

烈，大众化。

反对浪漫，颓废，虚无，悲观，幻想，艺术至上主义。

艺术家的生活实践与差不多主义。[1]

显然，我们应该承认，这种标准下创作出的文学作品，有它生成的特殊原因，在当时也确实达成了"震慑敌方、激励我方"的现实效果，彰显了抗战文化人在这场"立体战争"中的独特作用。但是从长远角度来看，这种要求在创作中压缩主观因素，将现实政治功利性置于首位的创作导向，是较为极端、偏颇的。以它为指导，创作者在作品内容的传达、题材的选取、感情色彩的呈现、描写技法的采用上均须"有所为、有所不为"[2]。长此以往，其结果必然导致创作模式的僵化，造成内容空洞的"抗战八股"四处泛滥，严重妨碍宣传功能的发挥，这

---

[1] 林焕平：《抗战文艺评论集》，希望书店，1939年，第7页。
[2] 在黄源的《一个开展群众文学创作的实例——编写〈新四军一日〉》一文中，作者提供了一个典型的"有所取舍"的例子："来稿中有一篇写一个青年女同志，初次在伤员的手术室服务，她面临着手术台上伤员血流如注，初次看到这些流血，显出胆怯，害怕的心理和感情，文章活现出一个未经严峻考验的年轻女同志初临血的场面的情境。其中描写血的场面，渲染得很强烈，逼真，文笔细致有力。我看了很喜欢，感受很深，决定在《抗敌》上发表，被发排了。我自己又看了清样，仍然认为是一篇好文章。但转而深思一下，我们的杂志《抗敌》是发给部队战士看的，他们看了这部作品会发生什么影响？假如留着一个潜在的血的恐怖印象，这对一个时刻处在生死搏斗的革命战士来说，含有不利的因素吧！为此我忍痛割爱，把清样抽下来。我有没有写信给作者，说明原委，请她谅解，我忘记了，但是我至今认为这稿件这样处理，是正确的。发表文章，必须很郑重地考虑后果。"参见黄源：《一个开展群众文学创作的实例——编写〈新四军一日〉》，选自《中国人民解放军文艺史料选编：抗日战争时期》（第四册），中国人民解放军文艺史料编辑部编，解放军出版社，1988年，第98页。

也最终促成了1940年"文协"同人的热烈讨论与集中反思。[1]

敌强我弱的现实困境，使得激发蕴藏于广大民众的抗战潜能，"源源不断地动员更多的民众力量参加到抗战的队伍中来"[2]，成为争取最终胜利的必由之路。在这种情势下，"一篇作品能够获得巨量的读者并收到强烈的宣传教育的效果的，也就是一篇不朽的纪念碑的作品"[3]。一方面是宣传动员效力成为衡量标准，且战乱使得作家们缺乏思考静观的余裕；另一方面他们的宣传对象，如今变为教育水平普遍低下的广大民众。在这种情况下，"小、快、灵"的"轻骑兵式的小型作品"[4]与契合一般民众口味的、各种源自民间的旧有艺术形式，都对他们具有巨大诱惑力。学界对这种变化的考察与反思已颇为详尽，在此不予赘述。然而需要指出的是，既有研究大多对催生这种变化的"战场"缺乏足够关注，即使有所触及，也局限于对个别文本的解读，未能发掘两者之间的联动机制及其内在多样性。这种情况，显然又与抗战文学研究中"对后方的关注反而大大超过对战场的关注"[5]的视角偏好有关。事实上，以战区为单位的正面战场内在的复杂性远超我们的想象，对它们的了解有利于我们全面认知抗战文学的内在结构，进而避免在反思抗战文学时轻率地表现出一种结果决定论式的"后见之明"。

所谓"战区"，即国民政府军事委员会为应对抗战所进行的军事部

---

[1] "文协"同人对抗战初期文学模式的弊端进行的反思，详见姚蓬子等：《一九四一年文学趋向的展望（会报座谈会）》，《抗战文艺》，1940年，第7卷第1期。

[2] 蓬子：《文艺的"功利性"与抗战文艺的大众化》，《抗战文艺》，1938年第1卷第8期，第82页。

[3] 同上。

[4] 蓝海：《中国抗战文艺史》，现代出版社，1947年，第108页。

[5] 张中良：《中国抗日战场文学论》，《西南民族大学学报》，2015年第10期，第162页。

署。自战事全面展开，战区即成为直接对敌作战及保护大后方的核心区域——"今天前方重于后方。今天敌人的中心工作是肃清他的'后方'，即我们的战区"[1]。而如何在战区中推动文化工作，"增强我方军民之战斗意志与力量"[2]，是与政治、经济工作同等重要且艰巨的任务。实际上，根据敌我力量的对比，战区又可以细分为三种类别：

> 甲种战区——即现在与敌人有军事战斗的地带，如今日的钟祥一带，临近的地带亦属之，如宜昌。
> 乙种战区——业已为敌人占领的地带，如都市及交通线。如北平、上海、南京及其附近。
> 丙种战区——即当地中心地虽为敌人占领，但其乡村仍在我们手中，或我们游击军手中。如湖北首府虽失，各县各镇各乡仍多在我们手中。[3]

划分战区等级，是为了在推动抗战文化工作的过程中，要根据不同战区的特征"对症下药"。然而值得注意的是，这三种基本划分又因为战局的千变万化，"甲种战区"随时有可能转化为"乙种战区"乃至"丙种战区"，这就使得抗战文化工作还必须目光长远，留下后手。对于"甲种战区"来说，因为我军实力较强，抗战文化机关可以随军行动并采取积极进取的行动姿态，拥有较为开阔的运作空间，"甲种战区"

---

[1] 胡秋原：《战区文化工作的实施》，选自《战区文化工作》，独立出版社编印，独立出版社，1939年，第11页。
[2] 同上，第12页。
[3] 同上，第11页。

的抗战文化活动也因此最为丰富。因为"甲种战区"临近火线，从社会结构上说，属于兵民杂处。因此，抗战文化工作需要分别从"兵/民"两端入手。对于民众，一般由战区的文化机关总领其职，以"宣传队、演剧队、战地服务团等，固定的或是流动的至各地工作，灌输民众各种救亡知识和组织民众"[1]。上述抗战文化团体多会以"文化站"或"救亡室"为中心，综合利用民间通俗小说、唱本、图画、小报纸等为读者灌注抗敌救国意志。而在流动宣传中则多采用融合了地方特色与民众诉求的演剧、歌咏、讲演等调动观者的抗战热情。相比之下，在战地的战斗部队中间推广抗战文化则要困难得多，囿于现实环境，士兵们面对的并非文化活动式样多寡的焦虑而是有无的煎熬。为了解决这一问题，武汉各界曾成立"战地文化服务处"，战地记者也陆续将报纸刊物带上前线，然而终究"不易深入部队，更由于联络困难和交通阻滞，不能灵活地适应每一部队每一个战员的要求；战地记者随带一点点东西，更无从满足千万人的期望"[2]。为了解决这些问题，抗战文化工作者在江南前线的三十一集团军总部，成立了"三十一文化兵站"，利用军邮专线之便利，专门为作战部队官兵代办及转送书报杂志。在相关人士看来，以机动性见长的"文化兵站"在未来还将自带"出版部"，用以"适应战争形势及环境，出版日报、期刊、通俗读物，内容主要在于报告战争情况，坚定决心与信念，加强持久和反攻的力量，协作政

---

[1] 《新华日报》社评：《战区文化工作的方法》，选自《战区文化工作》，独立出版社编印，独立出版社，1939年，第18页。
[2] 高天：《普遍建立战区的"文化兵站"》，选自《战区文化工作》，独立出版社编印，独立出版社，1939年，第48页。

治教育，培养高度机动性，提高独立作战的能力"[1]。

较之"甲种战区"，另外两种战区则不易开展主动的抗战文化攻势，一般只能依靠"居留该地之政治文化工作者，发动消极抗战运动"[2]。然而由于后两种战区的可活动的地区主要位于农村，因此较之"甲种战区"，须格外地强调对民间资源和旧文艺形式的运用：

> 凡旧民间艺术方式，如大戏花鼓，及运动赛会，宜加以利用，插入过去及今日民族英雄之忠义旗帜。
>
> 在有印刷地方，必须将印机妥为保护，印刷小报小册图书；否则利用旧式木板及绣像画，印行通俗木刻书画。
>
> 利用孔孟、神道和医卜星相之类进行侦探和宣传。我们须加注意及打击。我们对于宗教之迷信部分，不必注意攻讦，而当发挥各种宗教之爱国精神。此外，当与当地士绅联络，教育及组织人民。
>
> 旧时各种民间读物，如小说，唱本，履历，可加改编，注入抗日建国材料。[3]

综观抗战文化人在战区推动抗战文化宣传的一系列措施，有两种文学生产形态最为引人注目。其一就是在抗战演剧过程中，以"观众—演员"之间幕后即席讨论的方式，主动破除"第四堵墙"，以观众/

---

1 高天：《普遍建立战区的"文化兵站"》，选自《战区文化工作》，独立出版社编印，独立出版社，1939年，第50页。
2 胡秋原：《战区文化工作的实施》，选自《战区文化工作》，独立出版社编印，独立出版社，1939年，第14页。
3 同上。

演员意志的直接碰撞,推动两者的双向互动,并以此为依据修正自身的"大众化"实践:

> 军部观看演出有个特点:演出一结束,幕布刚闭上,观众就即席展开对剧本、演出、效果等的评论。有的演员来不及卸妆就参加了讨论。有时候争论很激烈,一次讨论不完,就连续讨论几次。这种群众性的文艺评论活动,对提高编剧的思想性和艺术性,对演员艺技的提升和演出效果的注重,都有莫大益处,对于台上台下、演员观众打成一片,也起着非常积极的作用。[1]

其二就是在抗战文化生产中实践集体写作,倡议者认为此举可以迎合多方面反映现实的时代要求,又足以克服来自城市、未能充分接触现实的中国作家们的认知缺陷。其好处在于可以"使作品内所蕴含的观点更正确",且"从多方面显示出现实的本质,把握住现实的形象"[2]。倡议者还依照自己的实践列出了具体的操作步骤:

> 甲,分工分头向各社会层,各地域,各种生产场合,各个历史巨变,和大众英勇的救亡行动斗争中,搜寻活生生的现实题材。
>
> 乙,把题材整理成一个最简明的提要,然后去处理材料。集体地认识过程。

---

[1] 鲁冰:《新四军文化队生活散记》,选自《中国人民解放军文艺史料选编:抗日战争时期(第四册)》,中国人民解放军文艺史料编辑部编,解放军出版社,1988年,第43页。
[2] 杨晋豪:《怎样写抗战文艺》,战时出版社,1938年,第93页。

甲，讨论进行（推定主席，纪律，按次序发言。）

一，题材报告。

二，讨论题材的社会意义和历史意义。

三，研究题材中的社会生活特点。

四，研究人物的性格特征，和典型人物的创造和设立。

五，把握中心事件和主题底积极性。

六，艺术地概括（把不必要的素材去掉）。

七，对照——发展的结构和统一。[1]

以上两种文学生产实践之所以引人注目，在于它们展现了抗战文化人力图使得自身"大众化"文艺实践更为"纯粹"的努力。在这样的文艺实践中，文艺的宣传潜能被激发到极致，创作者与观众的直接互动以及集体写作的尝试，与中共苏区时期的文艺实践思路与设想颇多重合，可以说是与苏区时期的相关实践一起"为延安新文艺的发展积累了宝贵经验，也深刻影响了此后中国当代文学的发展路向和思想内涵"[2]。

还有一点值得注意，就是在上述文艺实践中，在战前文学界曾经引起激烈争论的"功利性"与"艺术性"之分野，变得不再重要。如同相关人士指出的那样，往日"一谈到'通俗化'有许多人便以为要减损'艺术化'而加以反对，其实这是完全错误的。不但'通俗化'也有'通俗化'的艺术，而且'通俗化'本身也是艺术手腕之一"[3]。在当时"艺术

---

[1] 杨晋豪：《怎样写抗战文艺》，战时出版社，1938年，第99页。

[2] 傅修海：《瞿秋白与中国现代集体写作制度——以苏区戏剧大众化为中心》，《中国现代文学研究丛刊》，2013年第6期，第123页。

[3] 朱绛：《推进歌咏的通俗化运动》，《战地》，1938年第6期，第189页。

性/功利性"的合流的"幕后推手",正是凭借自身的巨大潜能,成为了拥有最终裁决权的"一个伸缩吐纳的集体化历史主体"[1]——"大众"。与之相对应的,是抗战文化人的职责从"主导"与"启蒙",转向"'催生'或者是'过渡'的工作和责任"[2]。这种抗战文化人身份定位及组织形式,以及文艺生产模式的演进所展露的话语权力的转移,正可说是"立体战争"情势所塑造的抗战文学"时段性"特征的核心特征。不能忘记的是,这种转变也同样意味着,知识分子的启蒙任务,由此彻底让位于救亡使命,还预示着文艺创作由文化人的"志业"(韦伯意义上的)转为"职业"乃至于"职务",文化人自"广场"逐渐走向"岗位"。"他们的这种'转向'预示着'五四'知识分子原有的价值自信由'显'向'隐'"[3]。

最后,倘若以文学史的长线眼光来审视抗战文艺的这种"时段性"品格的影响,我们显然无法忽视其在战时动员民众、激励人民"苦撑待变"的重要作用。同时,我们也不能不注意到由于战后的环境始终对这种"功利化"的思维惯性缺乏必要的理性节制,乃至于有意推动其进一步的发展,最终为民族文化与民族精神走向现代化制造了一系列阻碍。

第二节 在"文人"与"军人"之间
——第五战区抗战文化实践考察

前文梳理了在严峻的民族危机语境下,参与构筑抗战文艺"时段

---

[1] 唐小兵:《再解读:大众文艺与意识形态》,北京大学出版社,2007年,第11页。
[2] 朱绛:《推进歌咏的通俗化运动》,《战地》,1938年第6期,第189页。
[3] 吕彦霖:《试论1940年代后期"中间"知识分子的审美取向与心态转换——以〈文艺复兴〉杂志为中心》,《中国现代文学研究丛刊》,2018年第12期,第223页。

性"品格的诸多文艺构想及其实践。然而,这种脱离具体实践场域的"理念旅行",对于抗战(尤其是战区)文艺理念之新变及文艺实践之创造的呈现,毕竟还嫌不够深入与立体。因此,也就有了以一个抗战文艺运动的典范型战区予以讨论的必要,而姚雪垠所在的第五战区无疑是最佳的模板。

1937年8月20日,国民政府军事委员会设立第五战区,该战区辖地辽阔,战略意义极为重要,共涵盖黄河以南的山东地区、长江以北的江苏地区以及皖东地区,暂由蒋介石兼任司令长官。根据后来主政该战区的李宗仁回忆:"当我于1937年10月12日抵达南京时,中央统帅部对全面抗战的通盘战略已经拟好,任命我担任第五战区司令长官,驻节徐州。职务是指挥保卫津浦路的防御战。而最高统帅部为集中力量起见,特规定长官部的职权,可直接指挥辖区内的党政机构。"[1] 李宗仁就任司令长官后,该战区发生了多次大型会战,战事的发展使得战区的辖地也随之变动:

> 1938年春,该战区组织徐州会战。同年夏秋又进行了武汉会战。11月辖区改为安徽淮河以南,河南信阳以南和湖北长江以北地区。1939年后进行了冬季攻势作战,随枣、枣宜会战。1941年6月,辖区改为安徽皖北和豫南鄂北部分地区。[2]

---

[1] 唐德刚:《李宗仁回忆录(下)》,广西师范大学出版社,2015年,第492页。
[2] 李占才:《江淮血——第五战区抗战纪实》,中国档案出版社,1995年,第3页。

第二章 "立体战争"下的文艺新变与"火线青年"的自我形塑

与辖地变动相始终的,是战区司令长官部门及相关机构的迁移,自徐州会战开始,第五战区司令长官部先后驻节于江苏徐州、河南潢川,湖北蕲水、麻城、枣阳。1938年10月武汉陷落后,转移至襄樊,最终于1939年10月定居老河口。有论者指出"第五战区的文化工作,大致可以分为三个时期"[1],而在阅读相关资料后可以明显发见,这三个时期的抗战文化工作的重点又明显地"受制/服务"于该时段的战区形态。两者之间的显豁关联使我们意识到,在以后研究战区文化活动的过程中,必须格外注意对战区空间的研究,因为较之其他行政区划,战区在地理区划上明显具有更高的伸缩性。这种特征也赋予置身其中的文化场域以同样高弹性、多变化的特点,也使得战区文化工作必须以安抚、维系人心为第一要务。与此同时,战争环境使得区域内的权力更为集中,致使抗战文化人的"生存环境更多地取决于地方长官的个人意志与好恶"[2],因此战区最高长官的思想倾向也必须纳入战区文化研究的考量范围。

反观第五战区,司令长官是与蒋介石矛盾颇多的桂系领袖李宗仁。李宗仁在履新掌握战区大权后,随即引入大量桂系人马,将文化工作交于自己的外甥韦永成掌握。该地区军队也均属非"中央军"的"杂牌"部队,"可用的兵力尚不足七个军。而且这些部队均久被中央列为'杂牌军队',蓄意加以淘汰之不暇,更谈不到粮饷和械弹的补充了"[3]。这就使得李宗仁在该战区治理中受"中央政府"掣肘极少,不仅得以收揽大量立志抗敌的流亡青年组织著名的"潢川青年干部训练团",还能够与中共直接合作;在第五战区总揽抗战文化工作的"第五

---

1 吴永平:《鄂北第五战区抗战文艺活动概略》,《江汉论坛》,1995年第7期,第13页。
2 同上。
3 唐德刚:《李宗仁回忆录(下)》,广西师范大学出版社,2015年,第493—494页。

战区文化工作委员会"即是由"中共长江局周恩来、董必武与战区司令长官李宗仁协商建立的"[1]。由于以上因素的存在,第五战区对于进步文化人的包容度在全国可说是独一无二,左翼进步文化人得以在此较为从容地开展工作,正如臧克家所说:

> 就是在文化工作团成立不到三个月,又成立了以钱俊瑞同志为主任委员的第五战区文化工作委员会,委员有胡绳、夏征农、孟宪章、陈北鸥和我。委员会下,有两个文工团,我们的文化工作团也归文委会领导。当时的《鄂北日报》,后来改为《阵中日报》,在我们掌握之中,另外还办了一个干部训练班,由曹荻秋同志负责。整个第五战区的文化工作,全在共产党和进步分子的领导和影响之下,甚为活跃。[2]

在相对宽松的文化生态中,进步文化人得以充分发挥自己在文化动员方面的经验与优长。在文化组织层面,先后成立了第五战区战时文化工作团(臧克家、于黑丁为正副团长)、第五战区文化工作委员会、因俊彦咸集而有"小文协"美誉的中华全国文艺界抗敌协会第五战区分会(臧克家、姚雪垠为筹备委员)等机关。在宣传机构层面,不仅在重点乡镇建立了数十个文化站作为宣传基地,还因为考虑到歌咏与演剧的宣传效力最佳,因此先后成立了"抗战剧团,学声剧社,雪影剧团,县党部移动剧队,少年剧团等十余各戏剧团体"[3],还在襄樊

---

1 吴永平:《鄂北第五战区抗战文艺活动概略》,《江汉论坛》,1995年第7期,第13页。
2 臧克家:《高唱战歌赴疆场》,《新文学史料》,1980年第4期,第57页。
3 北鸥:《文艺工作在第五战区》,《抗战文艺》,1939年第4卷第1期,第26页。

建立了三个儿童剧团；歌咏方面则有战区政治部艺术宣传队、三八妇女歌咏队等机构。出版物方面，第五战区"文委会"于1939年4月将《鄂北日报》改组为《阵中日报》，由胡绳担任主编，该报文艺副刊改名《台儿庄》，由田涛编辑。值得注意的还有抗敌协会第五战区分会出版了十期八开大的单张会刊《抗战文艺》，而田涛还在给朋友的信件中透露了战区"正筹出《大地文丛》纯文艺月刊，编辑人为臧克家，碧野，李蕤及弟等"[1]的讯息。另外，进步文化人还致力于兴办抗战文教机构，在战区，一方面"维系人心，应特别注重文化教育工作"[2]，另一方面自四方沦陷区流离而来的知识青年，也需要培训学校予以训练、安置。因此除了"潢川青年干部训练团"外，第五战区还在均县设置了一个"抗日文化工作讲习班"，姚雪垠即在其中教授马克思主义：

> 我于一九三八年冬参加文工会工作，被派往均县留守处。均县留守处经文工会批准，决定在均县城内办一所抗日文化工作讲习班。我担任讲的课程是唯物辩证法。经过一段筹备，讲习班就在文化站中开学了。这事在均县引起很大震动，除讲习班学员外，还有许多人前去旁听。[3]

第五战区的进步文化人不仅在抗战文化的"硬件建设"上卓有成

---

[1] 田涛：《在第五战区（摘来信）》，《文艺生活（桂林）》，1942年第2卷第1期，第12页。
[2] 《大公报》社评：《战区的文化教育工作是维系人心的主要工具》，选自《战区文化工作》，独立出版社编印，独立出版社，1939年，第10页。
[3] 姚雪垠：《学习追求五十年》，选自《姚雪垠文集》第16卷，人民文学出版社，2010年版，第35页。

效,他们的文学创作力也备受肯定。当时负责《大公报》文学版面编辑的陈纪滢在论及战区作家时候就特别提道:

> 第三个稿源则是战区。抗战时期文化人在战区的真是不少。他们那时都从事文宣工作、办报、办刊物,以及演剧、组织歌咏的到处都是。他们都经常把前方所闻所见,写成不同形式的文学作品,寄给我发表。其中尤其是臧克家、碧野、田涛、姚雪垠及黑丁、曾克等文章更多。[1]

在该战区文化人的作品中,姚雪垠的散文《春到前线》《四月交响曲》《战地书简》《界首集》,以及小说《春暖花开的时候》《牛全德与红萝卜》;臧克家的战地诗集《随枣行》(含《均县——你这水光里的山城》《我们这十四个》等);碧野的《乌兰不浪的夜祭》、孙陵的《突围记》、田涛的《子午线》、黑丁的《我们在潢川》等,均产生了全国性的影响。在维持如此高效的抗战宣传实践的同时,还拥有佳作迭出的创作成绩,也就难怪被周恩来引荐来此地采访的美国记者史沫特莱会称其为"模范战区""文化战区"了。然而好景不长,1939年初,国民党的五届五中全会后[2],又在4月颁行所谓的《限制异党活动办法》,左翼色彩强烈的第五战区文化组织自然首当其冲。李宗仁迫于压力解散第五战区"文工会",第五战区抗战文艺的"黄金时代"一去不返,进步文化人也散去大半。姚雪垠、孙陵、臧克家、田涛等人以第五战区长官秘书的身份,仍然留

---

[1] 陈纪滢:《抗战时期的大公报》,黎明文化事业公司,1981年,第143页。
[2] 1939年1月21日至1月30日国民党在重庆召开五届五中全会,全会确定了"溶共、防共、限共、反共"的行动方针,将"抗战与反共"作为主旨议题。

在第五战区从事抗战文化工作，直到1941年陆续离开。

在对第五战区抗战文化工作进行宏观梳理之后，让我们借助"一总、一分"两副亲历者的眼光，以及在各战区堪称独步的三次"笔部队"出征，再现系列实践的具象景观，探索其典型意义及背后的精神指向。北鸥的《文艺工作在第五战区》是对第五战区具体文艺实践的总括概述，北鸥认为第五战区以"战壕文艺"与"农村文艺"的推广，彻底解答了对"文章下乡、文章入伍"的疑问。而困扰着抗战文化人的"中心热闹——边缘冷清"的痼疾，也被广泛存在于各个村镇，且在抗战宣传中主动借鉴当地文化习俗的文化站解决。文化宣传的实干经验使他们确信："更重要的工作不是建立在纸上的作品里。在广场、在集会、在剧台上，都是我们好的工作地域。"[1] 在宣传手段的选取上，"为了使更广大的群众，尤其是老百姓能理解，演剧、歌咏就是极必要的"[2]。与此同时，该战区还坚持"宣传工作"与"自身建设"并重，其"自身建设"又涵盖提升现有力量和培养后备力量两端。在培养后备力量方面，主要在均县、襄樊等地通过"讲习会"培养了三百多名负责基层抗战文艺宣传的"文艺通讯员"。提升现有力量方面，主要以"戏剧座谈会"的形式，"讨论戏剧的造技巧和方法，互相批判个人的创作"[3]。除此之外，还开过两次"文艺座谈会"，议题涉及"二期抗战中文艺工作者的任务"及"文艺大众化问题"[4]。值得注意的是，集体协作未曾止步于理念探讨，战区文化人还进行了集体创作的实践：

1　北鸥：《文艺工作在第五战区》，《抗战文艺》，1939第4卷第1期，第25页。
2　同上，第26页。
3　同上，第26—27页。
4　同上，第27页。

集体写作《在鄂地》已经集稿。

集体写作《抗战文艺诸问题》是具体讨论目前文艺界成为问题的问题，在意见完全变换之后，将以在战区所见到的具体为来解决目前文艺界的问题。[1]

由黑丁执笔的"第五战区战时文化工作团集体报告"——《我们在潢川》，则以富于激情的个性化视角，再现了战区文化工作的诸多闪光桥段。虽然组织工作团的只有十六个青年男女，依然有着严密的组织：

> 现在我们已经有一个组织纲领了。这纲领分设：总务股、组宣股、编辑股和研究股。我们在组宣股分设了民众工作，部队工作，敌军工作，讲演，戏剧，歌咏，这些小组。而在编辑股里却分设了通讯、收音、壁报和出版等小组。为了加强每一个人的政治认识和时事理解，我们特别注重自我教育，于是研究股便负起管理我们和督促我们的责任，而给我们一个坚强的生命力，这里我们有战时书报流通，生活检讨，座谈，和集体读书。[2]

如同北鸥所描述的，"战时文化工作团"也特别重视以"生活检讨会"和"集体读书会"的形式进行"自我教育"。值得注意的还有，黑丁他们组织的"潢川各界纪念七七抗战建国周年大会"，以多种艺术形式

---

1 北鸥：《文艺工作在第五战区》，《抗战文艺》，1939 第 4 卷第 1 期，第 27 页。
2 黑丁：《我们在潢川》，《文艺阵地》，1938 年第 2 卷第 2 期，第 445 页。

激扬民众的民族意识与爱国热情：

> 七七前一天，我们底七七纪念特刊出版了，我们底同志臧克家作的七七纪念的歌印好了，我们在县城里每个角落里张贴着。
>
> 表情不同的老乡走拢来，闪着光芒灿灿的眼睛，瞧着贴的特刊，歌曲。每在一个地方张贴，都同样的吸引着人。不同的人用着不同的情绪作出凝视……
>
> 七七。
>
> 我们整队走向会场。
>
> 会场上，高搭纪念台，台上白色的挽联在风中飘动着。穿着绿色武装的七七军，挺威武的在绿色的草地上站立着……
>
> 千百双眼睛静静的注视着纪念台，注视着台前雄健的大字：潢川各界纪念七七抗战建国周年大会……
>
> 抗战呵，已经一整年。
>
> 争取最后的胜利，
>
> 胜利就在明天。
>
> 沉痛的歌唱，充满着力，震撼着会场。
>
> 响亮，热烈的响声中，我们底七七纪念歌唱完了……[1]

不难看出，这次反响热烈的抗战文化宣传中，第五战区抗战文化工作者以"国耻日"周年纪念为意义媒介，综合了文字传达、救亡歌

---

[1] 黑丁：《我们在潢川》，《文艺阵地》，1938年第2卷第2期，第447页。

咏、讲演互动等宣传手段，辅以汇集了诸多战争元素的纪念场景，建构起一个足以强烈激发民族意识的"立体化"的特殊仪式空间。

再看该战区的三次"笔部队"出征[1]，"第五战区"的"笔部队"出征在各战区中不仅次数最多，而且开始最早[2]。第五战区"笔部队"首次出征是在1939年4月，其时随枣战役即将爆发，战区司令长官部为了鼓舞战斗士气，号召战区作家深入战地采访。于是臧克家、姚雪垠与孙陵组成了"文艺人从军部队"（即所谓"笔部队"）开赴前线，据孙陵回忆：

> 廿八年四月，我和雪垠、克家三个人，结伴由樊城出发，经枣阳到随县前线，实地看看第一线的情况，这时候我们三个底名义，都是第五战区长官部底秘书。[3]

三人来到了"广西部队八十四军"[4]，姚雪垠去了174师，臧克家去了173师，孙陵去了189师，三人与能文能武、性情率真的爱国将领钟毅、黄樵松将军结为挚友。他们不仅在与追求进步的爱国将领、士

---

[1] 1939—1940年间是第五战区作战最为密集的时期，三次"笔部队"出征也发生在该时段，分别是1939年4月、1939年8月和1939年"冬季攻势"期间。
[2] 大后方的"文协"由王礼锡担任团长的"作家战地访问团"于1939年5月成立，6月出发。而由老舍、胡风参与的"文协"南北"慰劳团"则于1939年7月才集结完成。参见杨洪承：《抗战文学中活跃的"笔部队"作家群体考察》，《文艺争鸣》，2015年第7期。
[3] 孙陵：《我熟识的三十年代作家》，成文出版社，1980年，第43页。
[4] 臧克家：《高唱战歌赴疆场》，《新文学史料》，1980年第4期，第58页。

兵的交往中增加了对中国军人的信心[1]，也愈发坚信未来的胜利。与此同时，"从师部、团部、营部、连部，一直到了山头的前沿阵地"[2]的实战经验，以及随枣突围的生死考验，使他们对战争有了最为深刻直观的认识，"给他们四人平添了许多写作材料"。[3]其后，这种对"军队"和"战争"的重新认知迅速被反映到了姚雪垠的《春到前线》《战地书简》和臧克家的《随枣行》、孙陵的《突围记》之中。第二次"笔部队"出征是1939年8月，成员只有臧克家与姚雪垠，据姚雪垠回忆：

> 从随枣突围回来没休息多久，我同克家又第二次结成小组笔部队冒着溽暑就道远征淮上。
>
> 我同克家这次远征，算是鄂北分会（文协襄樊分会）第二次组织笔部队访问战地。这时候总会组织的战地访问团已经向北战场出发了，这对于我们是一个很大的激动，要求到敌后远征的心愿非常热切……
>
> 在皖北绕了个大圈子，转到立煌去，逗留了一个星期，

---

[1] 尤其是姚雪垠，他的二哥在洛阳加入吴佩孚的部队时就受尽折磨，他自己的少年时代也有一段不长的时间到樊钟秀的部队当兵的经历。而他的大哥更是因为当兵不知所终，他曾于1933年4月写作诗歌《最后的一面》来追怀从军的大哥，诗中历数军队之残酷，哀叹："三年来，我常想作点东西来哭你、吊你，/到如今还不曾写下了片语只字。""唉！你究竟死在何年和何月，/你究竟是死在南方还是北方？"上述经历使得姚雪垠长期对军队与军人抱有较为负面的看法。参见姚雪垠：《最后的一面》，选自《姚雪垠文集》第15卷，人民文学出版社，2010年，第123、129页。

[2] 臧克家：《高唱战歌赴疆场》，《新文学史料》，1980年第4期，第58页。

[3] 陈纪滢：《记姚雪垠（上）——"三十年代作家直接印象记"之十》，《传记文学》，1982年第14卷第2期，第40页。

又穿过河南平原，回到鄂北。[1]

两人的"笔部队"的二次出征有深入敌后、去豫南皖西开拓抗日文化宣传的重任，可谓是"一双脚穿过三省，徒步往返几千里"[2]。他们从襄樊到南阳，由周口而界首，渡过洰水抵达涡阳，经过蒙城抵达大别山的战时省府立煌。两人也在漫长的跋涉中，经历了抗战中习见的"行走——改变"的体验结构转换，意识到自古至今"百姓"都无法挣脱的悲剧性命运，以及战时中国的黑暗与光明交织的复杂内质，因而创作中也呈现出"悲欣交集"的色调。姚雪垠在《界首集》中，控诉了"三不管"地区的封建势力压制救国青年，暗中与敌伪交易；在《血的蒙城》中，记述了随枣会战中无数爱国军人惨烈悲壮的死亡；在《春到前线》中刻画了一个"她第一是爱惜生命，第二是爱惜花子，然而却情愿把生命献给这革命战争"[3]的救亡女青年"琳"。当他和臧克家共同抵达目的地——大别山中的立煌，曾经的根据地在两位进步文化人眼中无疑有着特殊的意义：

> 在悬崖陡壁上还残留着红军的革命标语，我还弄到了苏维埃时代的两枚铜币，风风雨雨多少年，忆往事，看眼前，我们心里真真是感慨万端！[4]

---

[1] 姚雪垠：《大别山中的文艺孤军》，选自《四月交响曲》，中州古籍出版社，2015年，第176页。
[2] 臧克家：《高唱战歌赴疆场》，《新文学史料》，1980年第4期，第60页。
[3] 姚雪垠：《春到前线》，选自《四月交响曲》，中州古籍出版社，2015年，第98页。
[4] 臧克家：《高唱战歌赴疆场》，《新文学史料》，1980年第4期，第60页。

这段场景对姚雪垠的冲击一定不下于臧克家，因此在应战区好友胡绳所编辑的《读书月报》邀请，写于第五战区的长篇处女作《春暖花开的时候》中，他特意将故事背景设置在大别山中的县城。

通观第五战区的一系列卓有成效的抗战文化实践，我们不难发现进步文化人的主导，使得其具有浓厚的左翼色彩。其中的各种宣传手法，以及针对创作者而设定的"集体创作""自我教育"等措施，都多少承袭了苏区及左联的固有经验，并有所创新，且取得了良好的现实效果。从这个角度来看，无论是当时所谓的"前线主义"的批评，抑或是八十年代后对"文章入伍、作家入伍"的过分苛责，都是仅从自己的论点出发，未曾意识到"作家"与"战争"实际上是两个互相敞开的互动主体。因此，这两种论调的持有者也就不能从更广阔的角度，去理解投身抗战文化宣传对于进步文化人的除去爱国热情之外的别样吸引力，以及该时段的文艺实践的历史意义。

作为现代知识界的重要转捩点，"五四"新文化运动在起始阶段即强调"大众"的意义，在《文学革命论》中，陈独秀即宣布要"推倒雕琢的阿谀的贵族文学，建设平易的抒情的国民文学"[1]，此中"国民"可视之为"大众"的雏形。其后对"平民／底层阶级"的刻写，始终是新文学的重要面向。进入三十年代，"大众化"问题虽然成为日渐掌握话语

---

[1] 陈独秀：《文学革命论》，选自《中国新文学大系·建设理论集》，上海良友图书印刷股份有限公司，1935年，第44页。

权力的左翼文学界的第一要务[1]和头号课题,却始终无法掩饰现实层面"理念"与"创作"的脱节,正像时人分析的:

> 中国普洛文学的发生,实由于一部分急进的智识分子所促成。他们对于社会的机构和社会变革的必然,是有相当的认识;然而和社会的实生活,却是非常隔阂。换句话,他们的意识还高,然而生活经验却等于零。因此,他们写出的作品,往往是理论的例证,非常缺乏具体性,只能说服读者的头脑,不能激起读者的感情……[2]

这种认为"大众化"所以不能"撄人心",是源于创作者缺乏现实经验而造成"理长情短"的缺陷的论断,确实深刻触及了问题本质,因而得到了广泛的认同。有论者则指出,除了心理机制的欠缺之外,"大众化"作品在文体层面的过度精英化也必须改变:

> 所以普洛大众文艺所要写的东西,应当是旧式题材的故事小说,歌曲小调,歌剧和对话剧等,因为识字人数的极端稀少,还应当运用连环图画的形式;还应当竭力使一切作品

---

[1] 1931年11月左联执委会的决议指出:"为完成当前迫切的任务,中国无产阶级革命文学必须确定新的路线。首先第一个重大问题,就是文学的大众化。只有通过大众化的路线,即实现了运动与组织的大众化,作品,批评以及其他一切的大众化,才能完成我们当前的反帝反国民党的苏维埃革命的任务,才能创造出真正的中国无产阶级革命文学。"参见中国左翼作家联盟执行委员会:《中国无产阶级革命文学的新任务》,《文学导报》1931年第1卷第8期,第4—5页。
[2] 何大白:《文学的大众化与大众文学》,《北斗》,1932年第2卷第3—4期,第427页。

能够成为口头朗诵，宣唱，讲演的底稿。我们要写的是体裁朴素的东西——和口头文学离的很近的作品。[1]

然而自抗战军兴，当我们仔细比照左翼知识界的相关构想和第五战区的抗战文化实践时，就会发现特殊的历史情境意外地为战区进步文化人补足了既有左翼"大众化"实践的诸般"短板"，使他们的抗战文化实践相当完满地解决了长期困扰左翼知识界的"大众化"难题。由此可见，战区的文化实践对于左翼文学的发展与成熟实在具有极其深远的意义。我们也注意到，除了爱国热情之外，通过具体抗战文化实践解决同样困扰自己的"大众化"难题的成就感，也是促使进步文化人以更大热情投入抗战文化实践之中的动力。与此同时，还要看到同为左翼"大众化"理念的实践者，第五战区的进步文化人与延安文化人之间仍有相当的区别。正如论者所言，"大众化"理念的发展过程中，存在着"'大众'身份由'底层阶层'向'阶级属性'突进，知识者的立场由'启蒙的大众化'向'革命的大众化'转换"[2]的现象。延安文化人在创作中显然更关注大众的"阶级属性"，倾向于通过"和工农兵大众思想感情打成一片"[3]的方式，以实现"革命的大众化"。反观第五战区的进步文化人，他们的文化实践虽然同样具有鲜明的左翼色彩，但是并未对"大众"的属性进行精细区分，如果定要予以判别，那么他们的目

---

1 史铁儿（瞿秋白）：《普洛大众文艺的现实问题》，《文学（上海）》，1932年第1卷第1期，第23—24页。
2 黄科安：《启蒙·革命·规训——"文艺大众化"考论》，《文史哲》，2012年第3期，第102页。
3 毛泽东：《在延安文艺座谈会上的讲话》，选自《毛泽东选集》第3卷，人民出版社，1991年，第851页。

光似乎仍较多地停留在作为"底层"的"大众"之上。而在"大众化"的立场问题上,他们也不同于延安文化人。在黑丁执笔,以"第五战区战时文化工作团集体报告"名义发表的《我们在潢川》一文中,我们不难发现,一方面他们在组织架构上具有鲜明的左翼色彩,自身也具备了明确的"岗位意识";另一方面又强调身处"文化岗位"的自己的使命是,"要挤尽最后一滴脑汁,一滴心血。喂养着广大的民众和士兵"[1]。由此可见,在他们的意识中,自身与被视为抗战主体的士兵和民众间仍属"启蒙"与"被启蒙"的关系。因此,他们的立场显然更接近于"启蒙大众化",或者说还处在"启蒙大众化"向"革命大众化"转变的"途中"。因而,从延安方面的标准来看,他们只能算作有"思想改造必要"的革命"同路人",而非革命队伍中的"有机知识分子"。而这种思想差异,恐怕与他们所处的战区环境有莫大关系,李宗仁虽然因蒋桂的派系矛盾而引中共为援手,从而为进步文化人提供了较为宽松的行动空间,但从根本上来讲,该战区的系列文化机构仍属于"统一战线"性质。即便进步文化人也承袭了"自我教育/集体创作"等诸般左翼经验,但与延安的革命组织生活相比,在思想改造上的力度和深度都远不能及。值得注意的是,这种基于特殊环境而生成的"大众化"认知与实践经验,相当程度上影响了他们的精神气质,也构成了他们中间的相当一部分人在其后接受《讲话》的"前理解"。

需要补充的是,姚雪垠于1941年离开老河口之后,并未如其他"战友"那样,直接奔赴战时的文化中心——重庆,而是来到了第二次

---

[1] 黑丁:《我们在潢川》,《文艺阵地》,1938年第2卷第2期,第446页。

"笔征"的目的地——大别山,"在山中停留了将近一年半"[1],直到1942年秋天才离开。在这段时间,他与留守此地的"文协"鄂北分会成员刘芳松、黎嘉、白克一起,继续抗战文化宣传。他们接手了中原出版社的《中原副刊》(后改为《中原文化》),将其改造成"一个大方的,严严肃肃的,偏重文艺的综合性刊物",在上面刊发臧克家、田涛、碧野等人的文章,使之成为"茫茫中原,茫茫战区,茫茫江淮之间,唯一的文艺刊物,唯一的不含毒汁的菌蕈"[2]。另外,他们还在大别山中举办了第二届"诗人节",因此这段经历不妨视为战区生活的延续。而这段在大别山中"同大后方的朋友们远远隔离,在'风雨如晦'中死守着一道散兵线"[3]的"文艺孤军"生涯,同样了构成了作者战时体验的重要环节。

最后要探讨的,是这段三年半有余的第五战区"文人从军"生涯,到底给予了姚雪垠怎样的影响。从作品层面来看,这段战区经验推动了作者继《差半车麦秸》后创作出《牛全德与红萝卜》,生动传神地刻画了抗战给身为农村流氓无产者的牛全德带来的身心的转向,这显然与作者在战区对士兵的观察和接触所得密不可分。在创作谈中,作者还特别强调以该作"继《差半车麦秸》之后探索口头语言的运用和与这种语言相谐和的带有朴素美的作品风格"[4]的"企图"。而这种"企图"的部分实现,与作者在"文协"分会及战时教育工作团工作的两年间,得

---

[1] 姚雪垠:《大别山中的文艺孤军》,选自《四月交响曲》,中州古籍出版社,2015年,第177页。

[2] 同上。

[3] 同上,第178页。

[4] 姚雪垠:《学习追求五十年》,选自《姚雪垠文集》第16卷,人民文学出版社,2010年,第25页。

以广泛接触民众并从中学习的经历显然有着密切关联：

> 战争一方面破坏了上海和北平两个文化中心，一方面也打破了作家们生活活动的狭隘天地，把他们送到前线、后方、新生的地带和落后的穷乡僻壤。战争开展了他们的视野，丰富了他们的生活，使他们从生活中获得了有血有肉的大众语汇。[1]

两次"笔征"经历，赋予了他对"战时中国"及"战争与人"这两大时代课题的深切认知，同时也更新了他对中国军人的固有印象[2]。这种得自于"第一现场"的体验，造就了他的《战地书简》《春到前线》《母子篇》《四月交响曲》等作品，"平实中有奇崛"的阅读魅力，也奠定了作者其后美学追求的努力方向。更重要的是，作者转向长篇创作的起点，也是其长篇处女作及青年时期代表作的《春暖花开的时候》，就创作于第五战区，小说里著名的"三典型"（太阳、月亮、星星），正是脱胎于战区文化队中的两个十七八岁的女孩子。而小说中的诸多桥段，都取自于战区真实生活。譬如小说中讲习班撤离的场景，就完全复刻

---

1 姚雪垠：《论目前小说底创作》，选自《姚雪垠文集》第17卷，人民文学出版社，2010年，第177—178页。
2 姚雪垠曾在1924年高小毕业后"跑到洛阳，目的是进吴佩孚的幼年兵营当幼年兵"，但是被同在吴佩孚军队、了解其黑暗面的大哥劝退。其后他又去樊钟秀的部队当了三个月的兵，依然对军队留下了不佳印象。然而抗战时期自身深入到第五战区军队，参与现实战斗的经历，却使他更多地体验到中国军队和中国军人的动人道德品质。这种印象的转换，除去其自身境遇的差异，实际上也与抗战事业对中国军队整体精神面貌的改造有着直接关系。

了蒋介石下令撤销第五战区文化工作委员会,"均县留守处办完了结束工作,全体同志乘了几只大船去襄樊""讲习班的学员、均县城内的进步青年团体……打了很多火把,呼着口号,为我们送行"[1]的真实经验。可以说,《春暖花开的时候》记述了作者的战区生活,反映了作者在战区经验影响下创作技法和美学追求的嬗变,堪称作者战区生活的"心史"。很显然,这段给他带来多重蜕变的战区经验是他极为珍重的经历,因此他才对抗战前期所谓"前线主义"的攻击毫不留情:

> 抗战前期有人攻击过"差不多",抗战中有人攻击过"前线主义",不管攻击者的立场怎样,态度如何,但都是只看见创作上暂时的某一现象,而缺乏对现象的本质作一研究。其实所谓"差不多"、所谓"前线主义",并不是可以随便否定,一笔抹杀的。不仅这两种创作倾向各有其产生的根源,并且也都有其积极作用。被骂为"差不多"的作家和"前线主义"的作家,比之那班不关心国家民族生死存亡、不关心前线、不关心现实,只会发一些与抗战建国毫无益处的牢骚的作家们,简直是不能够放在一块儿比较。[2]

这段战区体验不仅造就了作者当时的一系列作品,还对其后的创作产生了深远的影响。这段战区体验为作者之后创作的小说《戎马恋》(又名《金千里》)提供了原型和诸多线索。更重要的是,它开启了作

---

[1] 姚雪垠:《学习追求五十年》,选自《姚雪垠文集》第16卷,人民文学出版社,2010年,第36页。
[2] 姚雪垠:《论深刻》,选自《姚雪垠文集》第17卷,人民文学出版社,2010年,第156页。

者对巨著《李自成》的构思，据作者回忆自己是"在抗日战争后期，准确地讲，是在皖南事变发生之后，我偶然接触到一些明末史料，动了我写一部历史小说的兴趣"[1]。而作者在第二次"笔征"曾登临李自成败亡之地九宫山，也刺激了作者"借古论今"的热情。不仅如此，深入战地前线以及亲历随枣会战突围的临战经验，使得作者对于战争的理解认知能力远高于书斋文人，因而得以在《李自成》中跳脱出既有窠臼，熟练刻写明末农民起义中的各种战争场面，并得到茅盾"写潼关之战，脱尽《三国演义》、《水浒传》之传统写法，疏密相间，呼应灵活，甚佩甚佩"[2]的高度评价。

除了以上方面，姚雪垠在该时段的意识形态倾向同样值得关注。前文提到黑丁在《我们在潢川》中所展现出的"启蒙大众化"的倾向，在战区进步文化人中具有相当的代表性。当我们反观姚雪垠在该时段的一系列文艺创作与实践，就会发现他虽然赞同"国防文学"的号召，并且亲身参与了"文章入伍"。但是在该时段的创作中，他似乎一直希望能够在抗战文学的功利主义层面之外另有开拓，因此在写作中始终坚持"事实先于概念"的创作原则。因此，在该时段的作品中，他时常会避开屡屡出现于其他作家笔端的"宏大叙事"，描写身处战场之中的个体细密琐碎的日常生活。无论是青年们关于胜利后生活的不切实际的幻想（《戎马恋》），还是战争带来的两性间情感的波动（《重逢》），抑或是战时的经济困境造成的家庭矛盾（《等待》），都被他一一收入笔

---

[1] 姚雪垠：《学习追求五十年》，选自《姚雪垠文集》第16卷，人民文学出版社，2010年，第129页。
[2] 茅盾：《茅盾致姚雪垠（1974年10月20日）》，选自《茅盾、姚雪垠谈艺书简》，姚海天编，人民文学出版社，2006年，第19页。

端。很显然,他将展现"抗战的深刻影响"的希望,寄托在了这些"去概念化"的现实场景之中。

另外,值得特别指出的是,在姚雪垠该时段的不少抗战书写之中,还少有地呈现出一种跳脱纯粹的民族仇恨、基于人道主义传统的"反战"观念。譬如,在散文《四月交响曲》中他就借转述战死的日军士兵大竹先生的遗书,展现日军士兵内心强烈的厌战情绪,感叹:"年年有一个四月,四月是美丽的。但对于出征异国的士兵们,四月真是一个忧郁的季节呵!"[1] 而在中篇小说《母爱》中,他则借助中国的战争遗孤小光明与日本的战争遗孤平林贞子的一段孩子气的对话,表现对未来和平的无限期待:

"你说,以后还打仗不打?"

"谁跟谁呀?"

"日本跟中国。"

"不打了。"

"真的吗?"

"打仗不好,为什么要打呢?"

"你怎么不知道不会再打了?"

"俺们队上都这样说。干爸爸跟大姐也这样说。"

"俺们队上也是这样说,"小女孩子忧郁的低声说,"可是我怕以后还打呢。"

"不打!"小光明用肯定的口气大声说,"永远都不再打

---

[1] 姚雪垠:《四月交响曲》,选自《四月交响曲》,中州古籍出版社,2015年,第119页。

仗了!"

　　于是小女孩子叹息着说:"真的,打仗真不好!"

　　"你看我这座小房子里好不好?"

　　"好。"

　　"咱们以后住在这房子里好不好?"[1]

　　由此可见,姚雪垠与战区的大部分文艺工作者一样,持有的仍是"启蒙大众化"的立场。另外,前面讲到姚雪垠来到战区的"前史",是被组织逐出开封的《风雨》杂志,原因是批评身为河南文委的王阑西在编辑《风雨》杂志时,贸然将刊物的"统一战线性质"为"机关报",乃是"左倾"。这种对组织纪律的"抗拒"与在战区"大众化"中抱持"启蒙者"立场一样,都展现出身为进步文化人的姚雪垠在知识分子"有机化"的历史时势面前让渡个人主体性的困难。而战区的特殊政治生态以及担当大别山"文艺孤军"的闭塞环境,都在一定程度上延宕了他对《讲话》的接受,缓解了他所面临的"自我改造"的直接压力。而这种思想状态,也是造成作者在《春暖花开的时候》中对"抗战与救亡运动"的刻画,与延安文化人的"定性"产生了诸多抵牾的内在原因。也正因为如此,作者曾经的战友,小说的最初编辑者胡绳,才撰文批判他在小说创作中过度的"主观主义",因而无法"用忠实于客观的历史现实的态度来进行创作",以至于造成"对于救亡运动的歪曲与侮弄"[2]。

　　综上所述,我们不难发现,在"文人"与"军人"之间,作者虽有

---

1 姚雪垠:《母爱》,选自《姚雪垠文集》第 13 卷,人民文学出版社,2010 年,第 459 页。
2 胡绳:《评姚雪垠的几本小说》,《大众文艺丛刊》,1948 年第 2 期,第 34—40 页。

"军人"经验,却难以做到全然的"听将令",说到底"文人"才是作者的思想底色。而这种立场的选取,亦可以作为我们理解作者在1949年后的一系列文艺实践和人生选择的重要切入点。

第三节 "火线青年"形象的自我形塑与多维凸显

本节中所谓的"火线青年",实际上是对抗战期间驱驰于战地的救亡青年的形象概括。之所以要对该青年群体的形象予以专门考察,是因为虽然同为战时青年三大类型之一,但较之于以西南联大学生为代表的大后方知识青年以及延安的革命青年[1],对该群体的关注至今还颇为不足[2]。究其原因,恐怕是因为与其他两种形象及精神气质特征鲜明、相关历史记述翔实的青年类型相比,"火线青年"群体流动性强、活跃时间短,其中的大多数人会二次分流进入延安或大后方。因此有不少

---

[1] 刘欣玥指出"延安青年的歌唱行为,蕴含着特殊的战时青春想象、抒情主体的解放,以及内在于二十世纪青春话语谱系中的延安青年的'诞生'";康宇辰则以宗璞的《西征记》为例,探讨作者如何在"诗与史的激荡和张力中凸显战争年代青年积极从军的爱国主义崇高精神";陈平原则从历史、追忆和阐释的角度呈现了联大青年身上的"民族精神以及抗战必胜的坚强信念"。参见刘欣玥:《抗战时期的延安歌咏与"青年"的诞生》,《中国现代文学研究丛刊》2018年第7期,第45页;康宇辰:《作为"诗教"的战争书写:论宗璞《西征记》中的诗与史》,《文学评论》2019年第5期,第205页;陈平原:《抗战烽火中的中国大学》,北京大学出版社,2015年,第6页。

[2] 对战区火线青年的研究大多集中于亲历者回忆与史料整理:杨洪承梳理了抗战期间战时作家组织笔部队支援抗战的史料;姚雪垠与臧克家则分别回忆了自己在第五战区"文章入伍"以及指导流亡学生进行抗战工作的经历。参见杨洪承:《抗战文学中活跃的"笔部队"作家群体考察》,《文艺争鸣》2015年第7期;臧克家:《高唱战歌赴疆场》,《新文学史料》1980年第4期;姚雪垠:《学习追求五十年》,选自《姚雪垠文集》第16卷,人民文学出版社,2010年,第1—168页。

研究者认为，与其将"火线青年"视为一种取向，不如将其视为战时青年生涯选择的一个作为"中间状态"的"阶段"。然而我们必须注意，虽然"火线青年"较之其他两种青年类型在形态上的确定性较弱，但其群体数量及历史作用都是我们无法忽视的。不仅如此，作为兼受家园沦丧苦难与直面敌锋危难的人群，他们的行为、情感最直接地反映了这场战争给个体带来的精神嬗变，而他们的见闻也最全面地呈现了战时中国的复杂景观。即便定要将其视为战时青年走向"延安/后方"的中转阶段，对这段经历的细致揭示也是我们理解他们最终选择的首要参照。由此可见，深入发掘"火线青年"形象，并将其放置于三种战时青年类别的多维比较之中予以呈现，对于如今日益强调对"战争与人"这一终极命题的追问的抗战文学研究而言，无疑具有相当意义的。另外，题目中提到"火线青年"形象的自我形塑的原因，是由于研究该类别青年形象所选取的材料，主要来自第五战区作家的创作，虽然他们当时多是"以'青年导师'的身份出现于青年面前"[1]，实际上也不过处在二十七八岁的年纪，广义上也可归入青年之列。而他们对各种"火线青年"形象的勾勒，相当程度上反映了自身在战时的所思所想。

敌强我弱的现实情境，使得"以拖待变"的持久抗战成为唯一选项，而以空间的牺牲换取时间的可能性，则必须寄托于代表未来希望的青年。因此，青年所肩负的历史重任也在抗战的诸多场合被一再强调：

> 青年是时代的骄子，时代给青年预备着许多有意义有兴趣的工作。在任何一个时代当中青年都是负着继往开来的

---

[1] 姚雪垠：《自省小记》，《姚雪垠文集》第14卷，人民文学出版社，2010年，第246页。

历史任务,他们凭着健强的体魄,敏锐的思想去克服一切困难,去扫除一切障碍,披荆斩棘,勇往直前去开发这时代的深山。[1]

这种"青年崇拜"的现象并非抗战所催生的"个例",实际上自近代以降,"青年"就开始成为一个被赋予各种积极意味的词汇。传统社会所推崇的,是一种"长幼有序",对年长者礼遇和尊重的文化秩序,在这种秩序中,"青年"的主要任务是接受长者的教诲并学习其经验,社会价值体系仍是"德本论"的。然而到了晚清,历经"数千年未有之大变局"的中国人恍然发现,尊奉传统文化秩序的中国暮气深沉,而西方列强朝气蓬勃,意识到旧有的"德本论"已为"力本论"所彻底取代,倘若不锐意进取,国家难以避免衰败灭亡的命运。当此之时,"青年/少年"成为国家锐意进取气质的隐喻,正如梁任公所言:"呜呼!我中国果其老大矣乎?恶是何言,是何言,吾也目中有一少年中国在!?"[2]他将改变中国的责任寄托在青年身上,认定"制出将来之少年中国者,则中国少年之责任也。故今日之责任,不在他人,则全在我少年"。[3]待到民国代清,不满于现实弊政的陈独秀,再次将目光投向思想较为纯粹的青年身上,视之为启蒙、改造社会的根本动力。他对青年极尽赞美,称他们:"如初春,如朝日,如百卉之萌动,如利刃之新发于硎,人生最可宝贵之时期也。青年之于社会,犹新鲜活泼细胞

---

[1] 李宗仁:《怎样做一个大时代中的青年——三民主义青年团二周年纪念告第五战区支团团员》,《建设研究》,1940 年第 4 卷第 1 期,第 93 页。
[2] 梁启超:《少年中国说》,选自《饮冰室文集之五》,中华书局,2003 年,第 10 页。
[3] 同上,第 11—12 页。

之在人身。"[1] 而陈独秀对青年的赞美与肯定，也开启了"五四"以来"青年崇拜"的序幕。如前所示，抗战时期"青年崇拜"仍在延续，所不同的是，相对于之前对青年的普泛化期待，战争语境对于"抗战青年"有了更为迫切的期待和具体的要求：

> 青年是抗战的中坚分子，也就是民族全体的灵魂……在民族战争的舞台上，民族英雄的角色往往是青年扮成的。
>
> 反过来看看暴寇的屠杀和麻醉我们青年的种种的残酷和卑污的手段，也就知道青年在抗战中之重要了。所以说青年是抗战的中坚分子。尤其是这一次的抗战，不但只注重抗战，相互的更要担任建国。抗战始能建国，建国方能抗战，这种一而二、二而一的重担子，无疑的是放在我们青年肩上的。
>
> 但是我们要反省一下，我们是不是能担负起来这个重任？在体、德、智、群各育方面，我们的修养到底够不够？
>
> ……任务是：（一）积极参加战时动员；（二）实施军事训练；（三）实施政治训练；（四）促进文化建设；（五）推行劳动服务；（六）培养生产技能。[2]

综上所述，抗战建国的重任要求抗战青年们从"精神世界"和"日常生活"两个层面做出改变，不仅召唤青年刚毅坚韧的意志品质，也格外强调集体主义、理想主义、严格的律己主义等思想品格的形成。

---

1 陈独秀：《敬告青年》，《青年杂志》，1915 年第 1 卷第 1 期，第 1 页。
2 吕一尊：《青年抗战与抗战青年》，《青年月刊（南京）》，1938 年第 6 卷第 2 期，第 5—6 页。

与此同时，还希望抗战青年们在诸般学习与实践中锻炼自己的行动能力[1]。面对历史的选择，身处三种不同地理空间的青年群体——战区的"火线青年"、延安边区的"革命青年"及大后方的"知识青年"，将如何回应这一时代的期许，而他们的回应方式又与各自所处的地理空间具有怎样的关联，正是下一步将要探究的问题。

首先关注延安的"革命青年"。由于生存空间对置身其中的个体的"精神世界"与"日常生活"的深刻影响，因此我们先从对作为地理空间的延安的解析入手。抗战时期的延安虽然生活非常艰苦，却是诗人眼中"太阳挂在它的头上／黑暗在那里扎不住根"的"最光明的部分"[2]。以"革命"作为中心话语的延安，对于身受三十年代左翼文化熏陶的青年具有难以估量的感召力与凝聚力。他们坚信："延安不仅抗战，在那里还摆脱了政治压迫和经济上的不平等，他们去延安是为了'干革命'，去寻求生活的真正意义。"[3]

曾经到过延安的孙陵对这座城市及活跃其间的青年在日常生活中所展现出的崭新气象有过细致的描摹：

> 在这些街道上走着的，十分之九是军队，学生，和机

---

[1] 在当时对抗战青年的各种能力的期待中，做"抗战文化和大众间的桥梁"被认为是抗战青年的特殊使命。因此，抗战文化宣传能力的训练最被看重，舆论普遍认为："只有发动广大的文化青年来共同弥补抗战文化的大缺陷，争取抗战文化大众化的实现，才能获得理想的效果。"参见张帷幄：《文化青年与抗战文化》，选自《战时的文化工作》，黑白丛书社，1937年，第29页。

[2] 臧克家：《别长安》，《臧克家文集》第1卷，山东文艺出版社，1985年，第224页。

[3] 高华：《革命大众主义的政治动员和社会改革》，选自《战时中国的社会与文化》，杨天石、黄道炫编，社会科学文献出版社，2009年，第31页。

关的职员们。他们和她们都穿着同样的装束,他们和她们没有长官和士兵,老爷和小姐的分别。他们和她们穿的是同样简单的,朴质的军装。这里绝对没有烫发,没有高跟鞋,没有花边旗袍,没有长筒马靴。有的是一种新的信念,新的精神,充分而且坚强地从他们和她们那矫健的面孔上和步伐中间表现了出来。是这些人们将这座偏远的老朽的从来不被人们注意的土城活跃了起来,带来了一股不可比拟的新鲜的气象和力量。

……

我走在这些人们的中间,我觉到我是走入另一个时代,另一个社会,另一个环境了。对于他们和她们这群艰苦奋斗的从全中国地方每一个都市和乡村汇集来的最优秀的儿女们,使我起了一种深深的敬爱和感激的心情。他们和她们的中间,有大多数全是抛弃了家庭,抛弃了一切,不顾困苦艰难地跑到这里来(或者再分散到外边去),甘心忍受所有的折磨和牺牲,甘心贡献出自己的青春和生命,从事那伟大的革命的斗争。[1]

不难发现,作为核心话语的"革命",构成了身处这一地理空间的青年们"日常生活"与"精神世界"的主题。强势的革命话语与青年自我发展需求的遇合,使得"抗战建国修养"只是一个必须完成的"阶段",而生成一种足以重新阐释/改造世界的革命价值观才是其"终

---

[1] 孙陵:《十月十日在延安》,《七月》,1937年第2期,第54页。

点"。作为高度意识形态化的社会,延安的青年们分属于不同组织,军事共产主义的社会体系保障了基本的生活需求,强大的动员机制实现了革命理想与生活实践的无缝对接,内在于革命理想的多种道德追求成为现实生活的准则,使得青年们多有焕然一新的情感体验。

在涉及延安革命青年的相关论述中,"集体主义""理想主义"和"律己主义"成为出现频率最高的词汇。"集体主义"意味着思想与话语体系的一致,意味着对青年常见的"个人主义"倾向的克服,也意味着一种以革命为前提的平等关系。在延安青年的笔下,它一方面被表现为一种平等、纯洁、直率且温暖的"同志之爱":

> 在苏区,男女之间并用不到那种虚伪性的避嫌,大家都像很好的朋友和同学一样。吃饭也是以室为单位,男女聚着一道吃的。因为缺少碗钵,所以打菜就用面盆,面盆在苏区内的用处是非常广大的,丁玲初到时,常有女同志如博古、周恩来或毛泽东的夫人们请她吃饭,所以她常在外边进膳。后来也就同我们一块儿在面盆里抢小菜吃了。[1]

另一方面又呈现为一种克服旧有观念,向"工农大众"学习,最终消除彼此隔阂的不懈努力:

> 我从前曾主张过文学大众化,老早也学唱过小调子,但总有一点勉强,我不真的爱那些,我的情感还是不能接受那

---

[1] L. Insun:《丁玲在陕北》,参见《女战士丁玲》,每日译报社,1938年,第27页。

些,但这次我们在山西工作时,我们的同志四方搜罗小曲、歌谣,改编新作,我觉得很贴切,我同许多人一样爱它们。[1]

"理想主义"则表现为革命价值观萌发所带来革命激情,推动了青年们的身心转向。在革命青年眼中,无论是延安的生活抑或是地理景观都成为赋情的对象,带有别样的光辉。

无论是陈明的追忆:

> 我终于到了朝思暮想的延安!心情激动得很,情绪十分高昂,看到红军战士,感到特别亲切。在上海我不吃黄瓜,此时却吃得津津有味,过去没吃过小米,现在吃起来分外香。一点也不觉得生活艰苦,却有一种整个身心都获得自由解放的强烈感觉。[2]

还是咏唱延安的诗歌中对"白羊肚手巾""宝塔山""延河"等意象的反复申说,都体现了革命激情推动下的延安青年朝气蓬勃的精神风貌。与此同时"理想主义"还意味着内在于革命理想的,"世界革命/解放全人类"所赋予的国际主义视野。在这里青年们原生的"乡土观念/籍贯意识"更多是被抽象的"五湖四海"所代替,身在"偏远的土城"的青年们密切关注的,竟然是弗朗哥叛军攻击下的马德里城的安危,还产生了田间的《致西班牙》等声援诗作。按照杜赞奇的说法:

---

[1] 丁玲:《前记》,选自《战地歌声》,生活书店,1939年,第1页。
[2] 陈明口述,查振科、李向东整理:《我与丁玲五十年——陈明回忆录》,中国大百科全书出版社,2015年,第31页。

> 民族主义一般被看做一个社会中压倒其他一切认同，诸如宗教的、种族的、语言的、阶级的、性别的、甚至历史之类的认同，并把这些差异融汇到一个更大的认同之中。[1]

然而在延安，民族主义并未取得独一无二的压倒性认同，一切原有的理念都被包蕴在"新的宏大的革命话语系统"[2]之中。这种思维模式，在危机日益强化民族意识、催生国民意识的抗战时期，无疑是引人注目的。

最后是"律己主义"。对"律己主义"的强调是延安的生活条件与革命道德要求的共同结果，也是许多投奔延安的知识青年认定的"自我改造"途径。在当时的话语体系中，"律己主义"多与"奉献精神"搭配出现，两者共同被视为建构理想同志间关系的支柱，同时也是深刻融入集体并获得自身意义的不二法门。当时负责领导"西战团"的丁玲，就曾特意提点组织的新成员田间：

> 我便再三叮咛他，一切都应该与全体一样，劳苦吃力的工作要抢着去做，要留心政治，留心团内整个工作，这样你才有意见……[3]

---

1 [美] 杜赞奇：《从民族国家拯救历史：民族主义话语与中国现代史研究》，王宪明、高继美、李海燕、李点译，社会科学文献出版社，2003年，第8页。
2 高华：《革命大众主义的政治动员和社会改革》，选自《战时中国的社会与文化》，杨天石、黄道炫编，社会科学文献出版社，2009年，第34页。
3 丁玲：《序》，选自《呈在大风沙里奔走的岗位们》，生活书店，1938年，第4页。

再看身处大后方文化中心西南联大的知识青年。较之由"革命"话语宰制、高度组织化和意识形态化的延安，身处昆明的西南联大的环境则较为宽松。其原因除去联大自身"自由包容"的学统之外，也和云南省主席龙云与中央政府的长期利益冲突密切相关。"龙云一方面控诉战争，与中央政府合作，另一方面反抗重庆当局在军事、政治和经济方面对云南的逐步渗透，以维护其自治"[1]。当时，声誉卓著的西南联大自然是最佳团结对象：

> 除了把自己树立成一位爱国者，龙云还大胆与冷淡的联大教师发展关系……龙把附近的一栋房子改造为生活区，以象征性的租金出租给联大教授。龙云还把他的孩子送到学校，与联大教师一起生活。
>
> ……
>
> 他是一座堡垒，而堡垒背后是教授和学生对蒋介石的抨击，这同时提升了他自己的形象——作为一个统治者，他理解这所伟大的大学所展示的文化氛围。这样一来，他便成了文人的庇护者，这种儒家式的角色具有悠久的历史。[2]

显然，与地方统治者的良好关系，对于西南联大成为大后方的"民主堡垒、学术高地"多有助益。然而西南联大能在短短八年成为中国教育史的传奇，除了北大、清华、南开三校的雄厚实力、地方主政

---

[1] ［美］易社强：《战争与革命中的西南联大》，饶佳荣译，九州出版社，2012年，第78页。
[2] 同上，第79页。

者的关照与"兼容并包"的学术氛围之外,与众不同的战时教育方针同样发挥了重要作用。面对教育界普遍存在的战时大学教育应调整学科、全面服务于抗战的动议[1],时任教育部高教司司长的吴俊升认为:"教育为百年大计,只应对于战时需要,作若干临时适应的措施,不应全般改弦更张,使有关百年大计的正规教育中断。"[2] "战时须作平时看",这种处变不惊的风格气度,构成了联大与联大人精神气质的重要面向。

与延安的革命青年基本生活无忧,经济地位平等不同,联大学生无法仰赖军事共产主义的配给制度,虽然"为了保证流亡学生能够顺利完成学业","1938年2月,国民政府教育部颁布了《公立专科以上学校战区学生贷金办法》十一条",[3] 然而面对不断高启的物价,政府贷金也不过是杯水车薪,学生之间的贫富差距分外鲜明。绝大多数学生为了维持生活,不得不在课外另寻生路:

> 因为战争,绝大多数学生的经济来源都断绝了。全靠学校发的贷金糊口。贷金分甲、乙、丙三种。金额最高的甲种贷金,也只能够维持最低的生活水平。为了维持生活,不少学生给初创的分校作些零活,如挑水、挑粪以及抄抄写写的

---

[1] 当时代表性的建议是:"在战时,为着要使教育与全面抗战结合起来,对教育机构与课程予以根本改革,同时把过去个人主义的训练方法改变为集体主义的训练方法,把过去形式主义的教育改变为自我教育,不用说,这是有绝对的必要的。"参见杨东莼:《要从战时教育中树立起新文化的基础》,选自《战时教育论集》,生活书店,1938年,第10页。
[2] 金以林:《战时国民党教育政策的若干问题》,选自《战时中国的社会与文化》,杨天石、黄道炫编,社会科学文献出版社,2009年,第3页。
[3] 同上,第11页。

工作。运气好的,还偶尔能在城中找到小学教员和家庭教师的差事。

大多数学生营养不良,没有膳厅设备,学生们一律蹲在地上用餐。每餐吃的都是生虫掺沙的陈仓糙米,难得吃到一点荤菜。只是个别家里有接济的人才能有时上小馆子打打"牙祭"。一般人偶尔吃上一碗"抄手"(即馄饨)和炒米糖开水,就算是不错的点心了。学校的用水,是从永宁河挑来的浑水,用白矾沉淀后才能饮用,因此患肠胃消化系统病的人不少。[1]

生活的困窘之外,学生们还要承受战时教育资源的匮乏。根据当时的学生回忆:

那时候的同学学习也是紧张的,教室分配在工校,昆南昆北(今瑞云中学)新舍四处,每下课十分钟跑煞同学。图书馆里要抢位子,抢灯光,抢参考书,教室里有人隔夜就占有位子的,拥挤在图书馆的同学,有一次竟为云南朋友误认为是挤电影票。[2]

然而,困窘的生活与匮乏的教育资源并没有使联大的学生陷于消

---

[1] 秦泥:《联大叙永分校生活纪实》,选自《笳吹弦诵在春城——回忆西南联大》,西南联合大学北京校友会、校史编辑委员会编,云南人民出版社,1986年,第232页。
[2] 资料室:《八年来的生活与学习》,选自《联大八年》,西南联大《除夕副刊》主编,新星出版社,2013年,第54页。

沉。与此相反,"个人主义是这座学府的鲜明特色"[1],也是学校力图通过各种形式传递给学生的核心价值理念[2]。这在当时"要求个人自觉放弃与社会的对立的个体性立场,加入民族解放的群体性目标中来"[3]的历史情势下,确实显得与众不同。

而联大对"个人主义"的推重,又被身在其中的学生阐释出不同的指向与意涵。有人从这种"个人主义"中发现了"联大个人主义源于内心深处的自信"。[4]在小说《未央歌》中,金先生就以宋捷军轻易的"堕落"提醒学生们"修心"的重要性:

> "所以常说给别的意志不坚强的同学听,劝大家别为外面繁华的景象所欺,误了自己脚跟下大事。他说:'做事要挑阻力大的路走'。同时人要抵抗引诱,而引诱永远是付不出抵抗引诱那么大的酬劳的。宋捷军顺从了引诱,你们已经看见的酬劳是如此。你们试试抵抗引诱看。也许那时才懂得什么是真值得的追求。如今缅甸公路上遍地黄金。俯首即是。这太容易了。倒是不肯弯一下腰的,难能可贵。三个月在用

---

[1] [美] 易社强:《战争与革命中的西南联大》,饶佳荣译,九州出版社,2012年,第318页。
[2] 在联大学生杨道南的回忆中,校方在教学中也希望以潜移默化的方式,推动这种价值理念的形成:"联大教授,很多是国内外知名学者,还有外籍教师,他们的教学方法,都是启发学生以自学为主,提倡独立思考。联大非但考试严格,学术空气也浓厚;但是并不是死读书,读死书,相反的,学术空气比较自由,学生可以选择自己喜爱的课程,还可以申请去自己最感兴趣,能发挥自己才能的院系。"参见杨道南:《刻苦攻读,弦歌不绝——联大图书馆纪实》,选自《笳吹弦诵在春城——回忆西南联大》,西南联合大学北京校友会、校史编辑委员会编,云南人民出版社,1986年,第208—209页。
[3] 段从学:《穆旦的精神结构与现代性问题》,人民出版社,2014年,第39页。
[4] [美] 易社强:《战争与革命中的西南联大》,饶佳荣译,九州出版社,2012年,第275页。

功，与三个月的改行，其中差别有多大呢！"[1]

有人则从这种"个人主义"中发掘出联大精神的真谛——"对真知的无限执着"：

> 你想知道联大精神吗？这里没有升旗，更没有纪念周训话，也不像别的大学，一进去有一个月的新生训练，灌输你什么校史和"总裁言论"。在联大你要想了解联大精神，只有自己去体会，也许亲身的经历比训练一下来得更亲切，更明了……
>
> 你空了，走到民主墙下读读壁报，你就会知道这里的文字，在国内还没有一个杂志和报纸刊登得出来……
>
> 慢慢地，你把许多事实，故事，演讲和自己的经验混在一起，你会像发现真理样的体验到联大的精神：永远不断的追求真理。真理是愈辩愈明白的，是非黑白，在你眼底下划分了显明的界限，你也就快变成"联大人"了。[2]

还有人赋予了这种"个人主义"以存在主义的底色，为了摆脱战争造成的深重精神危机，相当数量的知识分子在当时选择了存在主义。存在主义使他们明白，面对动荡的时代，不能够随波逐流，必须扬弃

---

[1] 鹿桥：《未央歌》，台湾商务印书馆，1992年，第102页。
[2] 冷眉：《我是联大一年级生》，选自《联大八年》，西南联大《除夕副刊》主编，新星出版社，2013年，第112—113页。

自欺心理，勇于"自我决断"，从"自在的存在"抵达"自为的存在"。[1] 这种"个人主义"意味着个体对真实自由的主动追求，也意味着对责任的全部承担[2]，在日常生活中则表现为"严正而又从容的态度"[3]和"工作而等待"[4]的姿态。

如前所述，各界希望肩负抗战建国重任的青年成为"抗战文化和大众间的桥梁"[5]，因而格外强调青年对民众的动员能力，呼吁他们主动调整与民众的关系。对于延安的革命青年来说，这种要求自然不是问题。但对于身受精英主义教育的联大知识青年而言，却并非易事。论者曾经指出："北大、清华、南开这三所学校，和中国西南内陆差不多就是两个不同的世界。在中国东部沿海接受新式教育的知识群体，对纽约和伦敦的思想潮流的了解，远超过他们对本国农村生活的肤浅了解。"[6]这种新式教育所带来的知识体系的鸿沟，正成为现时他们深入"乡土中国"的障碍。更重要的是，在大众被视为历史主体，"人民史观"被日益广泛接受的时代，他们所受的教育使其对历史的认知模式仍偏向"天才/英雄史观"。在《未央歌》中代表"哲思精神"的童孝贤

---

[1] [法]萨特：《存在与虚无》，陈宣良等译，生活·读书·新知三联书店，2007年，第27—105页。
[2] 论者指出，萨特将选择的自由说成绝对性的原因："旨在加强人对其存在的自主性。而且在萨特那里，自由选择的绝对性同时即意味着人的全面负责，意味着人的责任——对自身、对世界、对他人的责任——的绝对性。"参见解志熙：《生的执著——存在主义与中国现代文学》，人民文学出版社，1999年，第23页。
[3] 范智红：《世变缘常——四十年代小说论》，人民文学出版社，2002年，第11—12页。
[4] 冯至：《工作而等待》，选自《冯至全集》第4卷，河北教育出版社，1999年，第96页。
[5] 张帷幄：《文化青年与抗战文化》，选自《战时的文化工作》，黑白丛书社，1937年，第29页。
[6] [美]易社强：《战争与革命中的西南联大》，饶佳荣译，九州出版社，2012年，第73页。

就如此概括自己对历史规律的认知：

> "……庸庸碌碌的一般学生是无作用的。他们不过是纳税人。每人只纳一点税来建造这名誉的官殿。这官殿是阻拦不住要被建起来的，一两个人反叛也不能成功。"
>
> ……
>
> "当然。而且这官殿的建筑是个合力。每一份小力量也都有他的意义。或是改了官殿的外形，或是创造力的方向。这官殿之成功，不管你喜欢他不喜欢，他是最稳固的，因为他是最公平的产物。"[1]

既然认定追求真理只是少数人的事业，对于他们来说，"接近大众，深入大众，和大众们生活在一起，把自己当作大众的一分子"[2]的要求就显得过于繁难了。"个人主义"的精神底色，知识体系与认知模式的隔膜使得他们更倾向于与"乡土中国"的大众保持一种"各安其事"的"和谐且疏离"的关系。[3]

与此形成强烈对比的，则是他们求知的热望和对友谊的珍视。求

---

1 鹿桥：《未央歌》，台湾商务印书馆，1992年，第73页。
2 杨晋豪：《怎样写抗战文艺》，战时出版社，1938年，第86页。
3 《未央歌》中对于研究水螅的童孝贤与农夫关系的刻画就是典型的例子："他虽然忘不了上次就是这老人迫他放去那只有麻雀大的飞蛾，他也无从把他对这一小瓶浑水的野心，说给这老农夫听，他们仍快乐地谈了许久，他这样一个离家很远的学生是很容易把爱父母，爱家庭的一片热情，一股脑地倾在一个陌生慈颜的老年人身上。老年人也喜欢年轻人有耐心，有礼貌。他们彼此都觉得作个邻居很不错。"参见鹿桥：《未央歌》，台湾商务印书馆，1992年，第13页。

知本是学生的天职,然而在烽火遍地的战时中国,能够在昆明的最高学府里经历"那种又像诗篇又像论文似的日子"[1],无疑意味着一种极大的幸运。战时物资的匮乏,也促使知识青年们以真知的营养来滋润疲弱的肉身。每有所得,他们就"忘了衣单,忘了无家,也忘了饥肠,确实快乐得和王子一样"[2]。另外,中国知识分子"感时忧国"传统的影响也同样不可忽视,经历了"万里长征",目睹了"九州遍撒黎元血"的联大学子,自然会将当下的刻苦求真与未来"多难殷忧新国运"[3]的远景结合起来。与延安青年更强调革命理想的"道合"不同,联大青年在缔结友谊时则更重视性情、趣味的"志同"。在联大,友谊不仅带来情感的慰藉,也常常扮演一种互助共生的"应急机制":

> 同学之间的感情也受了这种新处境的影响,从前在太平日子里,每人都把私人的事用礼貌保护起来,不叫别人过问。那时节大家的生活问题似乎不怎么需要应付,问起人家的经济情形似乎是一件过分亲近的事情。在那样环境里穷学生固然只好自己蛰伏起来。稍好些的,又苦于装那装不完的腔。现在这一层幌子是不用装了。一个人有了钱,人人都晓得,一个人挨了饿,谁也不会袖手旁观。
>
> ……
>
> 大家之间那一层碍于情面不好探问的心虑既经除去,便

---

1 鹿桥:《前奏曲》,选自《未央歌》,台湾商务印书馆,1992年,第1页。
2 同上,第13页。
3 罗庸:《西南联大校歌》,选自《百年中国歌词博览》,晨枫主编,安徽文艺出版社,2011年,第79页。

可以放胆地去帮助别人，或是接受别人的帮忙。离开了学校，分别了许久都不会改变；我仍可以给你一支洋烛去伴你写文章，你仍可以把半旧的衬衣截下一块布来给我做袜底。我们决不会彼此看了好朋友手中有价值的工作被生活艰难劈面夺下来。[1]

这种战时的校园情谊如此动人，以至于回忆者在书中"处处找机会描写友情之可爱"[2]。因为崇尚"个人主义"，联大对于男女同学的交往问题也持肯定态度——"在联大，在白天的时候，男女同学双双带笑带说的挽手而过，并没有人会看他们一眼觉得奇怪。"[3]

有意思的是，比之于"五湖四海"取代"乡土观念"的延安青年，思想新派的联大青年反而不时会触景生情，勾动桑梓之思。

《未央歌》中就有这样一个桥段：

"这地方就像我们杭州一样，"薛令超说："笕桥中央航空学校就是这个样子，一片田，那边飞机一个劲儿地起落。背后一片山。"

"水田又像我们吴兴一样，也是河沟，也是树，不过，河里太狭不能走船。"乔倩垠说。

---

1 鹿桥：《未央歌》，台湾商务印书馆，1992年，第113页。
2 同上，第612页。
3 走幸田：《我住在新校舍——联大的衣食住行及其他》，选自《笳吹弦诵在春城——回忆西南联大》，西南联合大学北京校友会、校史编辑委员会编，云南人民出版社，1986年，第223页。

> "我想何处不是中国？"大宴说："我们这一辈的人乡土观念已轻得多了。我们不但爱昆明人，也能什么地方，及什么地方的人都爱！"[1]

然而这种"动心忍性希前哲"的恬静生活，最终还是被政治所打破，残酷的现实体验已经对联大青年所尊奉的"五四"传统构成了巨大挑战，他们开始从学术中抽身，转向关注政治和时事。

在1945年的联大"五四"纪念中，吴晗的总结发言道出了青年们的心声[2]，而"一二·一"惨案的发生，则更加速了联大青年的"集体左转"，自此以后："《中央日报》及其副刊的一套东西已经完全破产。军委会及中宣部发言人的谈话，大家也都不会相信。相反的，因为《新华日报》关于'一二·一'运动没有半点失实的报道，大家也都不予怀疑。现在《新华日报》已经成为联大拥有读者最多的报纸。"[3]从这个角度来看，联大青年似乎在缩短他们与延安青年的思想"差距"，然而吊诡的是，支持他们"向左转"的却并非革命信仰，而是联大的核心理念——"个人主义"。

最后，需要注意的还有联大学生的"从军经验"。抗战后期国民政

---

[1] 鹿桥：《未央歌》，台湾商务印书馆，1992年，第123页。
[2] 吴晗在发言中总结了青年们的四点变化："一、从五四到现在有一个鲜明的改变，那就是从反帝反封建到反独裁反法西斯。二、从文化革命，到政治经济革命。三、从校内到校外，都市，工厂，农村，到人民大众。四、从过去的步调的不一致到一致，从散漫到集体。"足见当时的联大青年思想也在迅速地左翼化。参见资料室：《三十四年五四在联大》，选自《联大八年》，西南联大《除夕副刊》主编，新星出版社，2013年，第37—38页。
[3] 走幸田：《我住在新校舍——联大的衣食住行及其他》，选自《笳吹弦诵在春城——回忆西南联大》，西南联合大学北京校友会、校史编辑委员会编，云南人民出版社，1986年，第221页。

府出于提升军队素质和战斗力的需要，提出"十万青年十万军"的号召，而大量外国作战人员的到来也需要相当数量的翻译人员，大量联大学生开始进入军队服役。然而在不少联大学生笔下，这次满怀热情的报国之旅却毁于掌权者的腐化与堕落。不仅之前对学生的许诺全无兑现的可能，贪食兵血的军中权力阶层，还对立意正风清源的学生军必欲除之而后快，对他们进行人格侮辱，肉体折磨，组织解散，无处声张的他们只能化悲愤为歌咏。[1]对于满怀理想的联大青年来说，正是从军经历使青年们首次走出象牙塔，"钻进了中国现代社会最阴暗的一面"[2]，进而开启了他们投身民主运动的征途。

最后是驱驰于战地的"火线青年"。该群体的成员除了第五战区的抗战文化人之外，多半是失学离乡、意图杀敌报国的知识青年。据李宗仁回忆：

> 原来在抗战开始之后，平、津、京、沪学校泰半停办。青年人请缨心切，纷纷投入军旅报效。我于1937年11月抵徐时，平、津方面退下的大、中学男女学生、教授、教员不下数千人。无不热情兴奋，希望有杀敌报国的机会。为收容

---

[1] 由联大学生组成的"天声服二连"被无端解散后，学生军们创作了一首名为《从军苦》的军歌，发泄内心的不满："从军的热情 / 到这里已经从头冷到脚跟 / 从军原来的动机 / 为的是提高军人的素质 / 为的是建立国家的军队 / 为的是想从党的武力变为人民的武力 / 可是国民党 / 只会骗人 / 只会说谎 / 只会造谣 / 说让最好的军官训练我们 / 说绝不受党的统治。"参见王宗周：《从军生活》，选自《联大八年》，西南联大《除夕副刊》主编，新星出版社，2013年，第147页。
[2] 资料室：《三十四年五四在联大》，选自《联大八年》，西南联大《除夕副刊》主编，新星出版社，2013年，第55页。

这批知识青年，我便命令长官部在徐州成立"第五战区徐州抗战青年干部训练团"，共有学员四五千人……但是当时中央没有这笔经费，我便商请广西绥靖公署汇款前来维持。经过短期训练后，毕业学员都分发至地方行政或各部队担任组训练民众和宣传等政治工作，以提高军民抗敌情绪，成效颇著。徐州撤退时，在该团受训学员尚有两三千人，遂迁至潢川继续训练。各地青年来归，仍络绎于途，朝气蓬勃，俱有志为抗战效死力。无奈为时不久，委员长忽有命令将该团停办，殊令人不解。然为免中央多心，只有遵命办理。一个朝气蓬勃的青年训练机构，便无端夭折了。这批青年学生后来投效延安方面的为数甚多。[1]

由此可见，无论是比之于仰赖革命组织的延安青年，还是寄身最高学府的联大青年，"火线青年"都是处境最为艰险的一群。身处战区这一动荡的地理空间，行政当局态度的变动，抑或战局的失利等等，都可能再次陷他们于一无所有的境地。因此在战时选择投效军旅，就意味着必须承受"精神/肉体"的双重蜕变：

> 这一群中华民族的好儿女们，为了祖国把长衫脱掉，个人主义，漫浪旧习，颓废的姿态，脆弱的心怀，统统死灭了，一身浅绿色的戎装抱着一条条英武的躯体，他们另换了

---

[1] 唐德刚:《李宗仁回忆录（下）》，广西师范大学出版社，2015年，第566—567页。

一条生命。[1]

作为战斗机关的一员，经历了因敌人侵略造成的"无学可上，无书可读，甚至无家可归"[2]，激发了他们格外强烈的战斗和工作热情。前面谈到的第五战区的一系列抗战文化宣传活动就是明证——他们将抗战文化宣传工作做到了前敌线，也带到了乡野间。

值得注意的是，由于缺乏稳定的外部环境，加之兵火对原有政治架构的持续冲击，战区无法如其他地区那样形成对内部的统一管控，因而形成了相当数量的权力真空地带。而背景庞杂的军事力量，以及秘密社会色彩浓郁的民间抗敌自治组织[3]，则是战区最需要争取和团结的力量，如何对他们进行抗战宣传与动员，是"火线青年"的一项特殊任务。而这种任务的执行，在军队与抗敌自治组织上又各有不同。

针对民间抗敌组织的工作，格外需要青年们思维模式的转换。既然立意于介入与动员，便须卸下知识青年的思维定式，深入了解并借助其特有的文化符号系统进行宣传教育。由于这些抗敌组织内部保留

---

[1] 臧克家：《"铁的一团"——第五战区青年军团在前线》，《新语周刊》，1938年第1卷第1期，第8页。
[2] 张帷幄：《战时的文化工作》，黑白丛书社，1937年，第32页。
[3] 观察者意识到，这些权力真空地带相当一部分被有秘密社会色彩的民间自发抗敌组织所控制："各种秘密的会社以及农民和其他的组织，知名于河南的'红枪会'和'大刀队'的组织是从这里起来的。日本刚一入侵河南境，所有这些秘密和半秘密的组织联合起来了，手携武器一起来反抗侵略者。一月中一个新的强有力的组织出现了，叫做'同盟会'，它是由许多组织联合而成的，同盟会的分会在每一个县里都有了，同盟会的纲领中是这样写着：同盟会的主要工作是军事训练和组织民众，使他们能够参加战争。欲入会者必得经人介绍。假若发现新会员是汉奸，介绍人被枪决。会员有各种的权利。"参见VI.Rogoff：《前线一带》，张郁廉译，《战地》，1938年第1卷第5期，第143页。

了浓厚的乡土宗法社会色彩,这就也意味着,被新式教育武装头脑的"火线青年"必须重新回到被宣判"死刑"的封建传统之中,充当"乡民"走向"国民"的意识桥梁。这对于"火线青年"而言,也是极为独特的"化大众"体验。臧克家曾经以诗歌的形式,对此进行了细致的描述:

> 我们在土匪群里/说着"黑话"/一寸舌锋/把一串黑心拉向光明/在红枪会里/学会了咒符和经文/我们把更多的东西/教给他们/认干爸/认干妈/结兄弟,拜姊妹/把感情做了/救亡的线穗。[1]

针对封建色彩浓厚的军队的宣传工作则更为复杂和艰巨,不唯动员工作不可操之过急,还需要从军官和士兵两个层级分别入手。对于思想落后的军队长官,"火线青年"们强调"以身作则","小心的在行动上和谈话上去影响他们,转化他们"[2]。而在宣传教育上,则"投其所好",根据军官的兴趣制造"救亡故事",辅以京戏、大鼓书、说书等传播形式,"去消灭流行在部队里和社会上的汉奸理论"[3]。对于士兵的改造,则思想教育与文化教育并重,以"启发的,民族的,避免板起面孔讲道理"[4]为原则,为他们编印《抗日三字经》等战地教材,组织识字

---

1 臧克家:《祖国叫我们这样——为河南"战教团"同志们作》,选自《臧克家文集》第1卷,山东文艺出版社,1985年,第283—284页。
2 姚雪垠:《战地书简》,选自《四月交响曲》,中州古籍出版社,2015年,第40页。
3 同上,第42页。
4 同上。

小组。与此同时,"为着使士兵们养成集团生活的好习惯,每晚举行歌咏会,每星期举行生活检讨会"。[1] "火线青年"的努力没有白费,自此他们与军官和士兵建立起了良好的互动关系,并成为他们在思想上转型为"现代"抗战队伍的指引者。

在抗战宣传工作层面,"火线青年"基于工作经验对在民间推行"大众化"的独特见解同样值得注意。他们认为:"一般的说来,街头剧,歌咏,漫画和讲演,这些办法我们都采用。不过想深深的钻进民众里,这些办法还不够。"[2] 因为要想动员乡民,就必须按照"乡下的规矩"行事。直接地以知识者的"大众化"设想介入"乡土中国",只会被农人们视为"一群不懂乡下规矩的洋学生"[3]。他们发现在城市中已经"过时"的礼教传统,在战时的乡土社会仍然发挥着相当的效力,"重长幼""别男女"仍是常态。意识到问题症结的青年们迅速调整策略:

> 经过了一番严厉的工作检讨之后,我们男同学的头发剃光了,男女的工作分开了,在谈话的技术上也纠正使用新名词和缺乏土语的毛病了。并且为了征得农人信任起见,我们第一次到某一个村子去宣传,总要通过一点旧关系,比如我们有时拿地主的一封介绍信,有时请一位稍孚众望的乡绅跟着去,有时就请保长替我们做介绍。这效果是出乎你想象之外的:农人们对我们热情招待着,再也不怕我们了。[4]

---

[1] 姚雪垠:《战地书简》,选自《四月交响曲》,中州古籍出版社,2015年,第42页。
[2] 同上,第45页。
[3] 同上,第46页。
[4] 同上。

第二章 "立体战争"下的文艺新变与"火线青年"的自我形塑

不难发现,战区的特殊环境使"火线青年"必须应对各种复杂考验,因此"我们在学习,我们在工作"[1]就成了生活常态。同时,作为接受新文化洗礼的知识青年,面对思想差异巨大的工作对象和极具风险的工作环境,行动与思想上的集体性就显得尤为重要。这种"集体性"的日常化,造就了青年之间亲逾骨肉的战斗情谊——"女的是姊妹,男的是弟兄,立脚在一条战线上,我们一点也不陌生。"[2]为国牺牲的奉献精神、坚韧乐观的意志品质、亲逾骨肉的战斗情谊,将他们淬炼成不畏艰险的"一块整个的钢铁":

  睡在星光下/睡在土地上/我们十四个/身子同着心/紧紧地靠拢着。

  蚊虫吸我们的血/泥土吸我们的汗/霉气刺着我们的鼻孔/白血球同着病菌剧战。

  我们工作着/从白昼到黑天/把心血/把大汗/灌注每一刻的时间/我们在苦斗里/拉紧了生命的弓弦。

  灯火熬肿了眼皮/笔杆在手中打颤(战)/挥一挥拳头把瞌睡驱走。[3]

在相互依赖的集体之中,"火线青年"真切地感受到彼此"紧紧地

---

[1] 黑丁:《我们在潢川》,《文艺阵地》,1938年第2卷第2期,第445页。
[2] 臧克家:《别潢川——赠青年战友们》,《臧克家文集》第1卷,山东文艺出版社,1985年,第243页。
[3] 臧克家:《我们这十四个》,《臧克家文集》第1卷,山东文艺出版社,1985年,第265页。

被一条时代的铁索牵连在一起了"[1]，在此时，具体的"家乡之思"已逐渐被整体性的"祖国之爱"取代，正如臧克家的回忆："他们不是念不起家乡，然而更挂怀祖国。他们都肯为祖国去死。"[2] 然而令人惊讶的是，这批生活在动荡的战区，每日应付繁难的工作，徘徊于生死战线的年轻人，却鲜有低徊抑郁的情绪流露，取而代之的叙述是——"一种说不出来的兴奋支配着我们每一个人的情绪，有如一团火燃烧着我们的心。"[3] 这种坚韧、乐观、昂扬的情态，相信与他们经历的战争洗礼密切相关。在笔者看来，正是战场的淬炼使他们得以突破对"自我意识"的过度耽溺，"以小见大"切入时代的核心命题。进而将张扬个体生命价值的现代性追求，与建构现代民族国家的战争实践结合在一起。而这种结合，也可成为我们再次审视经典的"救亡压倒启蒙"理论的另一种思路。

最后，让我们再看以"青年导师"的身份刻画"火线青年"形象的第五战区作家。作为"北伐大革命失败后走上写作道路"[4]的深受革命风潮影响的"新文学运动的第二代"[5]，目睹了建构自身的思想并持续鼓舞他们青春激情的"国民大革命"在 1927 年的落幕，成为他们无法遗忘的创伤体验。抗战的开始，带来了民众的再次集结、国共的二度携手，恰似时光倒转十年，弥补当年遗憾的时机也随之到来。因此参与抗战

---

[1] 黑丁：《我们在潢川》，《文艺阵地》，1938 年第 2 卷第 2 期，第 445 页。
[2] 臧克家：《"铁的一团"——第五战区青年军团在前线》，《新语周刊》，1938 年第 1 卷第 1 期，第 9 页。
[3] 黑丁：《我们在潢川》，《文艺阵地》，1938 年第 2 卷第 2 期，第 446 页。
[4] 姚雪垠：《给刘岱》，选自《姚雪垠文集》第 19 卷，人民文学出版社，2010 年，第 205 页。
[5] 姚雪垠：《感激与惭愧——在"三老"创作活动纪念会上的发言》，选自《姚雪垠文集》第 16 卷，人民文学出版社，2010 年，第 333 页。

对他们而言，不仅是义不容辞的爱国职责，更是一次直接重启中断十年的革命理想、实现"青春再兴"的契机：

>穿起同样的戎装／手握一支枪／在"一九二七"的大潮流中／作过猛烈的激荡。
>
>从什么时候起／我被握在平凡的掌心／生活的钝刀／锯断我十个年头的青春。
>
>我不能再不动／四面一片时代的呼声／敌人的炮火粉碎了我们的河山／也粉碎了我们身上的铐镣／叫起了我们那四万万五千万。[1]

反观姚雪垠，与臧克家具有相似人生履历的他，无疑也沉浸于这种"青春再兴"的集体情绪之中。此时，他在"均县城内办一所抗日文化工作讲习班"[2]，担任唯物辩证法课程的讲师。之所以选择这门课程，正是为了回应自己青春时代的"成为一个马克思主义史学家或中国文学史家"的梦想[3]。同样的，这种集体情绪也深刻地影响了作者在该时段创作的长篇小说《春暖花开的时候》：

>在动笔写之前，我将小说定名为《春暖花开的时候》。我

---

1 臧克家：《换上了戎装》，选自《臧克家文集》第1卷，山东文艺出版社，1994年，第226页。
2 姚雪垠：《学习追求五十年》，选自《姚雪垠文集》第16卷，人民文学出版社，2010年，第35页。
3 同上，第8—9页。

认为自从一九二七年大革命失败之后,这是第二次革命高潮。一二·九运动是一声春雷,抗战开始后就进入春暖花开的时候。虽然会有急风骤雨,但春天的到来毕竟不可阻挡。国民党右派势力对抗日青年的压迫和打击,会使抗日青年发生分化,但是主流继续前进,很多青年会锻炼得更成熟、更坚强,勇敢地投身民族革命的洪流。这就是《春暖花开的时候》所要表现的主题思想。[1]

也正是这种"青春再兴"的集体情绪,赋予了这部小说明快流丽的情感色调,使得观者赞叹"本书在人读完后,仿佛听得一群少女的笑声"[2]。由此看来,第五战区作家笔下的"火线青年"们坚韧、乐观且昂扬的形象特质,恐怕也与这种"青春再兴"的集体情绪密切相关。

总体而言,"革命"是身处延安这一地理空间的青年的核心价值观。"革命"所赋予的"集体主义""理想主义""律己主义"等道德追求,成就了他们扎实苦干的大众情怀、朝气蓬勃的精神面貌、友爱无间的同志情谊和心怀世界的思想质地。而这些又与在"在一个声音"中不断消泯"个人主义"所造就的诸多缺憾,共同组成了延安革命青年的形象特征。与延安青年的一切从"信"起步不同,以"个人主义"为核心价值观的联大知识青年,格外强调"思"的重要性。在他们那里,"个人主义"代表着"自我决断"未来道路和承担所有责任的勇气,也意味着"永远不断地追求真理"的执着。较之另外两种青年类型,驱驰于动荡

---

[1] 姚雪垠:《学习追求五十年》,选自《姚雪垠文集》第16卷,人民文学出版社,2010年,第38页。
[2] 李长之:《春暖花开的时候(第一部)》,《时与潮文艺》,1944年第3卷第5期,第117页。

战的"火线青年"则在复杂多变的战区环境中迅速成长，在繁难的工作与危险的生存环境中形成了乐观激情的精神气质，练就了坚韧不屈的战斗意志，收获了亲逾骨肉的战斗情谊。相似之处在于，延安革命青年与战区"火线青年"都极其强调"在实践中学习"[1]。而三种青年类型均已逐渐重新调整"乡土"与"国家"的价值等级，这种转变也昭示着抗战在"国民意识"生成中的重要意义。

---

[1] 据延安"西站团"团员史轮的回忆："就我个人的观察（诸同志们也一致承认的），就是她和我们每一个工作人员，事务人员一样地在——'学习，学习，再学习！'一样地在抗日工作中，在战场上，在集体的生活里艰苦地学习着。也就是——'从实践中学习'着。"参见史轮：《丁玲同志》，选自《西线生活》，西北战地服务团集体创作，生活书店，1939年，第176页。

第三章 史学观念与历史书写动力结构之探析

——以《李自成》为例

第一节　时代"大气候"与三本"小书"
——姚雪垠史学观念的生成

　　自1957年秋天，在"被错误地作为反党、反社会主义和反人民的右派分子进行批斗"[1]的境遇中开始小说第一卷的写作，直至"1997年2月24日下午，姚老突发脑血栓，于次日下午住进复兴医院"[2]，近四十年间，创作长篇历史小说《李自成》一直是姚雪垠后半生最主要的任务。为了实现自己"通过小说艺术，忠实、广博而又深刻地展现中国十七世纪中叶——明、清之际的政治动态、军事活动、社会风貌，从朝堂到战场，从宫廷到民间，从北京到农村，从辽东到江南……各方面的生活画面"[3]的创作意图，作者可谓殚精竭虑、披肝沥胆，据他自己回忆："过去许多岁月，只要我有可能在家工作，我总是无冬、无夏、无节日、无例假，每日工作在十个小时以上。"[4]

1　姚雪垠：《李自成为什么失败——兼论〈李自成〉的主题思想》，选自《姚雪垠文集》第18卷，人民文学出版社，2010年，第66页。
2　许建辉：《〈李自成〉的遗憾》，《新文学史料》，2010年第3期，第28页。
3　姚雪垠：《给艾恺》，选自《姚雪垠文集》第19卷，人民文学出版社，2010年，第159页。
4　姚雪垠：《给茅盾（三十三）》，选自《姚雪垠文集》第19卷，人民文学出版社，2010年，第429页。

然而，这部凝聚了作者无数心血的鸿篇巨制，却与它的创造者一样命运多舛。《李自成》刚一出版就风靡全国，作者在给其视为恩师的茅盾的信件中报告了小说出版后一时洛阳纸贵的盛况：

> 《李自成》自第一卷出版以来，已经深入人心，不需要一般性的评介文章。第一卷出版之后，没有一篇评介文章，它从工厂到边疆，从机关到学校，默默旅行，到处获得热情的欢迎。它是那种"雅俗共赏"的书，所以从高干和高级知识分子到青年工人、士兵、学生，都有读者。工人们说这部小说"耐看"。有很多读者将第一卷读了一遍又一遍，竟有读了十几遍到二十几遍的。上月看见曹禺，他说："你的第一卷不知陪伴我多少失眠之夜，不知我看过多少遍！第一卷已经获得这样效果，第二卷就更不需要一般的评介文章了。"目前的问题不是读者尚不重视，而是纸张十分缺乏，印数远远不能满足读者需要。[1]

难能可贵的是，小说不仅深受读者欢迎，也得到了茅盾、秦牧、朱光潜、刘以鬯等文学界"宿将"的一致好评。然而，八十年代却成为小说与小说作者命运的"分水岭"。自此以后，小说《李自成》从话题中心逐渐走向边缘，乃至于接近"冰点"。对这部曾经广受欢迎的鸿篇巨制的评价也急转直下，它甚至成了"未及阅读就被看扁、定性的'投

---

[1] 姚雪垠：《姚雪垠致茅盾（1977年3月11日）》，选自《茅盾、姚雪垠谈艺书简》，姚海天编，人民文学出版社，2006年，第99—100页。

机'之作"。[1] 这种接受层面的巨大断裂，无疑与八十年代生成的"认知装置"有着密切关联，这点将放在下一章予以重点解析。对于这种过度绝对化的判断，近年来实际上也不乏批判之声。有论者就指出这种"先入为主的政治成见会影响研究者的判断能力"[2]，极易于因情绪化而忽略作品本身复杂的内在意涵。有论者则主动为姚雪垠"辩诬"，认为小说的遭遇是由于"一些非文学因素影响了对《李自成》的评价"，认定《李自成》的被曲解和误解反映了当代文学批评界存在的不良偏向"[3]。正如美国史学家海登·怀特所言，"每一种历史观也伴随着特殊而确定的意识形态蕴涵"[4]。由此观之，学术界对于姚雪垠的这部历史小说的不同态度，背后正是基于不同意识形态的差异化历史观念。无论从何种意义上来看，这种多样化的历史认知的交锋所造成的"众声喧哗"，都是极为正常的现象。但是我们也不能不认识到，这种基于各自立场的辩论，在许多时候似乎只能导向对于各自主张的放任，而非对研究对象本身的深切体认。基于此，就有必要转向作品生产的"内面"——也即对作者思想结构的认知之中，以寻求更为恰切的答案。进而实现对小说的创作取向与历史意义更为深入的把握。因此笔者将聚焦于历史小说的独特结构模式，从"写什么"和"怎么写"这两个核

---

[1] 李丹梦：《最后的"史官"——姚雪垠论》，《中国现代文学研究丛刊》，2018 年第 6 期，第 2 页。
[2] 姜玉琴：《"两个姚雪垠"：政治时代的艺术创作——重读创作于十七年中的〈李自成〉第一卷》，《江苏社会科学》，2015 年第 1 期，第 189 页。
[3] 阎浩岗、李秋香：《〈李自成〉：被曲解遮蔽的当代长篇小说杰作》，《中国现代文学研究丛刊》，2011 年第 2 期，第 116 页。
[4] [美] 海登·怀特：《元史学：十九世纪欧洲的历史想像》，陈新译，译林出版社，2004 年，第 31 页。

心关切出发，借助"史学理念的获得"和"小说内容的选择"，以及"历史书写的尺度"三重维度，呈现姚雪垠借助小说创作建构史学理论与历史书写互动机制的思想历程，进而实现对小说的创作取向与历史意义更为深入的把握。

要考索姚雪垠史学理念的生成，离不开对其所在时代的整体性思潮及其个体性经验的深入辨析。先看作为"大气候"的时代思潮语境，姚雪垠迈向青年的时段，正是二十世纪二十年代中后期到三十年代初期。从历史的纵深来看，这一时段是中国近代史上少有的思想激荡、政局变动频繁的时期，而对该时段社会面貌进行形塑的，正是"辛亥革命到五四运动的一系列动荡"[1]。在这一时段的思潮语境之中，新文化运动余威尚健，马克思主义思想日益得到广泛传播，北伐战争的巨大成功极大地动员起"国民革命"的集体热情，使得人们普遍将"革命"视为完成现代民族国家转型的必由之路。而这种耳闻目睹的亲身经验，也推动了对"国民革命"信仰并构成了亲历者体验结构的重要部分，赋予了当时的青年在思想层面鲜明的代际特征。仅以姚雪垠为例，"为新文学运动所影响，在大革命失败后走上文坛"的"新文学运动的第二代"[2]成为他在自我指认时反复强调的身份定位，而这种身份定位正对应着一种独特的时代经验和思维模式：

  我是五四新文学革命以后成长起来的一代青年，尽管我

---

[1] 黄锐杰：《三十年代大革命思潮的起源——以唯物史观的传播为中心》，《枣庄学院学报》，2013年第4期，第8页。
[2] 姚雪垠：《感激与惭愧——在"三老"创作活动纪念会上的发言》，选自《姚雪垠文集》第16卷，人民文学出版社，2010年，第333页。

处在风气闭塞的故乡，又上的教会学校，但是时代的春风也徐徐地吹到了我的身上，北伐的浪潮更给了我强烈影响。[1]

然而带给身在闭塞乡村的姚雪垠巨大冲击的"大革命"，在"四·一二事件"发生后迅速终结。中国的进步知识界，当然也包括时年十九岁，考入河南大学法学院预科的姚雪垠，似乎都忽然陷入了一种在鲁迅所谓的"走向大时代的时代"中戛然而止，以至于要像朱自清那样反复追问应该往"那里走呢"[2]的困惑之中。"大革命"的战果如此灿烂，破灭又如此迅疾，如何认知它的成败得失，无疑构成了其后进步知识界思想运动的主要问题意识，也正是"中国社会性质论战"的缘起。恰如何干之所言："中国社会性质问题的论战，是在中国民族解放暂时停顿后才出现的。革命的实践，引起了革命的论争，论争所得到的结果，又纠正了民族集团中的偏向，帮助了实践的开展。"[3] 除了"中国社会性质问题"论战，"普罗文学运动"也发生于此时，而两者一起构成了姚雪垠从闭塞的乡村进入到河南新文化运动的中心——开封时思想生成的"大传统"。在姚雪垠看来，这两次思想运动几乎决定了他日后的思想走向，堪称"二次启蒙"：

我到了开封的时候，国内史学界、社会科学界正在热烈讨论中国社会性质和社会发展史的问题，建立新史学，而文学界

---

1 姚雪垠：《学习追求五十年》，选自《姚雪垠文集》第16卷，人民文学出版社，2010年，第4页。
2 朱自清：《那里走——呈萍郢火栗四君》，《一般》，1928年第4卷第3期，第369页。
3 何干之：《中国社会性质问题论战》，上海书店，1990年，第1页。

正在掀起普罗文学运动，同时大量介绍苏联的新作品和文艺理论，这后者被称做"新兴文艺理论"。史学界的新浪潮和文学界的新浪潮都给了我很大影响……可以说，五四新文学革命给予我第一次启蒙作用，而一九二七年大革命失败后的革命文学运动（普罗文学运动包括在内）给予我第二次启蒙作用。[1]

从历史的经验来看，个体与时代思潮间的互动往往并非单一向度的"冲击—反应"。那些能将时代思潮内化为自身思想结构性成分的个体，一般来说都具有内在于自我的、与时代思潮的主旨相契合的认知／精神需求。对于出生于乡村破落地主家庭的姚雪垠而言，在他少年失学的乡居时光之中，给予他最大刺激的便是自己家庭与整个乡村的迅速衰败——失地农民由此变为土匪，家乡邓县也因此成为著名的凶蛮之地，连他自己也身受其害[2]。然而以他当时的认知水平和家乡可以供给的文化资源，无疑是无法对这种无可抗拒的、迅速改变周遭乡土世界面貌的力量做出解释的：

　　生活在变，分明有一种不可抗拒的力量使生活的各个方

---

[1] 姚雪垠：《学习追求五十年》，选自《姚雪垠文集》第16卷，人民文学出版社，2010年，第4页。
[2] 据姚雪垠的回忆："小说的主人公陶菊生就是我自己……这故事发生在一九二四年冬天到次年春天，大约一百天的时间……由于信阳的局势混乱，学校提前放假，通知学生们迅速离校。我同我的二哥，还有另外两个学生，顺铁路往北，到了驻马店，然后往西，奔往邓县，在中途被土匪捉去。"这段真实的经历被作者写成了自传小说《长夜》。参见姚雪垠：《为重印〈长夜〉致读者的一封信》，选自《姚雪垠文集》第12卷，人民文学出版社，2010年，第269—271页。

面都在变，变得很快很怕人。所谓怕人，就是叫你没有力量来抗拒。而且需要钱的地方一天比一天多了，使一般的小地主甚至中等地主的当家人都感到日子一天比一天艰难了。

从我诞生到七八岁，这短短的几年是我们家乡变化最快的几年。静静的农村就是这么崩溃了，然后转入一个更黑暗、更悲惨的阶段。在这迅速崩溃的年头里，农民失去了土地，有的当了盗贼，地方上开始荒乱起来。而地主阶级内部大鱼吃小鱼，互相勾心斗角的情况，在我们村里也表现得特别激烈、特别动荡。[1]

这种难以索解的困惑无疑推动着他在新的文化场域中，接收全新认知方式的启迪。这种求知的渴慕，因而也就构成了姚雪垠"走异路、逃异地"、离开闭塞的故乡来到省城开封寻找出路的内在动因的关键一环。与此同时，在中国知识界进行得如火如荼的"中国社会性质论战"中，宣传唯物史观的"新思潮派"在一系列论争中异军突起，获得了越来越大的影响力。论战的最终结果，一方面极大地促进了马克思主义在中国知识界的传播；另一方面，主张"从生产力、经济基础、社会存在等客观物质条件出发去把握人类社会历史发展进程和中国历史发展基本脉络"[2]，以唯物史观作为研究基础的"新史学"由此开始占据学术主导权，成为解释国家命运与社会现实的主要参照。这种重视"经

---

1 姚雪垠：《我的故乡、家庭与童年——回忆录片断》，选自《姚雪垠文集》第16卷，人民文学出版社，2010年，第202、210页。
2 黄修卓：《20世纪二三十年代中国社会性质论战对马克思主义中国化的影响论》，《郑州大学学报》，2010年第2期，第30页。

济基础"之根本作用的认知模式，显然为从衰败的乡土世界来到城市、亟待以"新知识"解决缠绕自身的"旧问题"的姚雪垠开辟了全新的思想天地。有了唯物史观作为解决思想困境的良药，加之位于省城的河南大学提供的先进文化资源与文化空间，长期心灵受困的青年姚雪垠的人生由此步入了崭新阶段。这种犹如"脱胎换骨"的心灵体验，即使在作者年逾古稀之时仍然记忆犹新：

> 在这以前，我在家乡，也想学习，但对于学习什么，走什么道路，心中是糊涂的，混沌未开，而且没有学习条件。从这以后，我好比混沌初开，开始有了追求、理想，并开始有目的的努力，而且有了读书的环境和得到书籍的条件。总之一句话，对我这一生具有决定性的日子开始了。[1]

唯物史观所提供的从客观物质条件出发的思考理路，及其对社会现实强大的解释效力，极大地改变了姚雪垠对现实世界状况与历史发展趋势的认知，促使他由对单纯现象的"感性评判"[2]转向对内在动因的

---

[1] 姚雪垠：《七十述略》，选自《姚雪垠文集》第16卷，人民文学出版社，2010年，第226—227页。
[2] 这种"感性评判"源于个人追求与"少年时代常在失学之中，苦闷、悲观，只感到毫无出路，谈不到有什么人生目的"的客观现实的冲突。这种无可纾解的矛盾造成了姚雪垠"对当时的社会充满愤恨"的心理，也构成了他在来到省城之后逐渐走上革命道路的心理前提。参见姚雪垠：《学习追求五十年》，选自《姚雪垠文集》第16卷，人民文学出版社，2010年，第1—3页。

"理性探索",进而培养起对于社会科学的浓厚兴趣[1]。在被他视为"一生中的关键时代"[2]的两年开封学生生活之中,"读了在当时白色恐怖条件下我在一个内地省城所能找到的介绍马克思主义的书籍,使我初步掌握了一些关于历史唯物主义、辩证唯物主义以及马克思主义政治经济学的常识"[3]。依照文学社会学研究者的说法,个体的阅读行为"临时割断了读者个人与周围世界的联系,但又使读者与作品中的宇宙建立起新的关系"[4]。姚雪垠在该时段的阅读经验,同样改变了他当时投考河南大学法学院的自我预设——"学习那种能够'经邦济世'的学问,能够'达则兼善天下'"[5]。自此之后他的崭新身份想象,是"希望自己通过若干年埋头图书馆的刻苦努力,能够成为一个马克思主义史学家或中国文学史家"[6]。

由此可见,唯物史观的输入构成了姚雪垠青年时代思想生成"大环境"的核心要素,推动了他"身"与"心"的双重转向,奠定了他之后人生的走向和思想生成的路径。从这个意义上,我们就不难理解在之后的回忆文章中,姚雪垠何以一再强调这段学习生涯在自己人生中

---

1 在当时,类似姚雪垠的这种被自身困境所推动,从"以文学为志业"走向"以社会科学研究为己任"的青年并不少见。而这种青年的大量出现,也意味着"五四"新文化运动所塑造的"文学青年",正在被"大革命"及其后续效应所产出的"革命青年"所逐步取代。
2 姚雪垠:《学习追求五十年》,选自《姚雪垠文集》第16卷,人民文学出版社,2010年,第3页。
3 同上。
4 [法]罗贝尔·埃斯卡皮:《文学社会学》,于沛选编,浙江人民出版社,1987年,第91页。
5 姚雪垠:《七十述略》,选自《姚雪垠文集》第16卷,人民文学出版社,2010年,第226页。
6 姚雪垠:《学习追求五十年》,选自《姚雪垠文集》第16卷,人民文学出版社,2010年,第8—9页。

的"决定性"意义；他为何将在"'可塑性'较大的时候，我接受了马克思主义的理论影响"[1]作为自身的显著特征[2]，并将其视为日后创作《李自成》的必然因素，以及他对唯物史观"发现历史运动的内在客观规律"的阐释功能的无限推崇。

再看作为"小气候"的学习氛围与阅读经验。在唯物史观与"普罗文学运动"的双重吸引下，作为法学院预科生的姚雪垠"对学校设置的课程失去了兴趣"[3]。除了阅读乡间稀有的新文学作品，便是"积极参加中共开封地下党领导的政治斗争"[4]。政治实践推动了他"革命人"身份意识的确立，促进了他对马克思主义知识与现实主义文学理论的吸收，实现了他对知识青年习见的感伤情调的克服——"思想感情的变化促使我将'雪痕'的笔名抛弃了。"[5]在这里，我们先将姚雪垠参与的一系列政治斗争，及导致其"被学校开除——前往北平自学——走上写作道路"的生活转向按下不表，着重关注姚雪垠在此时段的历史书籍的阅读经验，以及相关书籍对其自我意识建构带来的影响。在回忆该时段的学习经历时，姚雪垠重点提到了从史学研究视野、史学研究标准及史学研究追求三个向度对自身产生深远影响的三套历史著作。

在史学研究视野方面带来影响的，是以顾颉刚、胡适为代表的

---

[1] 姚雪垠：《学习追求五十年》，选自《姚雪垠文集》第16卷，人民文学出版社，2010年，第7页。
[2] 姚雪垠在给友人的信中强调："我和许多老知识分子同中有异，这个'异'就是指的我在三十年代就接受了马克思主义，并不是到解放后才接触马克思主义的哲学思想。"参见姚雪垠：《给刘岱》，选自《姚雪垠文集》第19卷，人民文学出版社，2010年，第206页。
[3] 许建辉：《姚雪垠传》，湖北人民出版社，2007年，第31页。
[4] 姚雪垠：《学习追求五十年》，选自《姚雪垠文集》第16卷，人民文学出版社，2010年，第3页。
[5] 同上，第5页。

"古史辨"派所编辑的《古史辨》。该派主张与晚清今文经学相类,反对"唯古是从",强调在研究古代经典时以考证为手段,以"疑古"为旨归,顾颉刚所谓的"层累造成的中国古史"[1]的论断无疑极大地挑战了古代经典的"信史"地位。与许多对该派行为予以肆意嘲讽的人物不同,青年时代的姚雪垠将《古史辨》四大册,前三册都从头到尾看了一遍,第四册挑着看了一部分"[2]。从其后他的回忆不难看出,这种破除"经典论断"权威的主张,无疑赐予了姚雪垠更为开阔的史学视野。作为一个文化新质的吸取者,这种辨别意识对他而言颇有必要,而随之而来的由"信"转向"思"的思维模式,对他之后的创作/学术生涯也大有裨益。因此直到七十岁时,他依然认定"古史辨"派的贡献"不容抹煞,它是属于五四新文化的一个组成部分"[3]。

开阔了视野之后,史学研究标准也即所谓的"史德"的养成便成为必须,而梁启超的《清代学术概论》正好对此做出了最佳示范。该书以胡适邀请梁启超回顾晚清今文经学运动为缘起,杂糅以梁氏对"有清一代"学术演进的思考写作而成。梁启超认为清代前期之"考证学",清代后期之"今文学"为学术思潮的两大顶峰,而"而今文学又实从考证学衍生而来",进而指出"凡欲一种学术之发达,其第一要件,在先

---

1 顾颉刚:《与钱玄同先生论古史书》,《古史辨(一)》,上海古籍出版社,1981年,第60页。
2 姚雪垠:《我的前半生》,选自《姚雪垠文集》第16卷,人民文学出版社,2010年,第263页。
3 姚雪垠:《学习追求五十年》,选自《姚雪垠文集》第16卷,人民文学出版社,2010年,第6页。

有精良之研究法"[1]。梁启超同时指出，研究精神的持守较之研究技术的提升更为重要，因此他强调为了"致真知"，学术研究要树立一种"不问其所疑、所求、所创者在何部分，亦不问其所得之巨细；要之经一番研究，即有一番贡献"[2]的"非功利"化求知观念。姚雪垠在回忆文章中极言此书的示范意义：

> 这本书使我初步知道从顾炎武以来清代学者们的值得我们认真继承的治学态度和治学方法。那种实事求是的严肃态度和勤于收集资料，以众多经过推敲辨析的资料为基础，以老老实实的态度论证问题，然后得出结论，这种治学方法，使我非常佩服。[3]

姚雪垠对此书的观念不止于"认同"更付诸"实践"，倘若放眼其创作生涯，则会发现这部被他称为对自己"这一生起了重大影响"[4]的史学著作，主要从三个向度给他带来改变。其一是为其树立了"重实轻虚"的学术理念，因而"看见态度不严肃的种种海派学风，总不免产生

---

1 梁启超：《清代学术概论·自序》，选自《中国历史研究法（外二种）》，河北教育出版社，2000年，第362—396页。
2 同上，第479页。
3 姚雪垠：《学习追求五十年》，选自《姚雪垠文集》第16卷，人民文学出版社，2010年，第6页。
4 同上。

反感"[1]；其二是在自身的历史文学创作中践行这种审慎的学术态度[2]；其三是萌生了将这种治学态度融入马克思主义方法论之中，以细密实证承托先进理论，以更深刻地反映历史内在规律的构想，并将之运用于《李自成》的创作之中。

影响姚雪垠史学研究追求的著作，则是郭沫若的《中国古代社会研究》。郭沫若在序言中即开宗明义，指出写作该书目的与胡适等所主导的"整理国故"运动之差异——"'整理'的究极目标是在'实事求是'，我们的'批判'精神是要在'实事之中求其所以是'"。[3]他坦承"本书的性质可以说是恩格斯的《家庭、私有制和国家的起源》的续篇"[4]。他在这本著作中正是以恩格斯提出的"人类社会的发展是以经济基础的发展为前提"[5]的理念，将中国历史归纳入马克思主义的"奴隶社会—封建社会—资本主义社会"的社会形态框架之中。作者的最终目的，是试图"证明马克思主义理论在中国历史的'适应度'"[6]，以及在中国以革命形势推动民族国家现代化进程的合理性。这种以甲骨考证等古代文明研究为介质，传达马克思主义社会发展史观念的"著史笔法"，确

1　姚雪垠：《学习追求五十年》，选自《姚雪垠文集》第16卷，人民文学出版社，2010年，第6页。
2　姚雪垠指出："如今人们多知道我为写《李自成》使蝇头小楷抄写了不少卡片，而很少人会想到是由于我在青年时期受到梁启超《清代学术概论》的启发，是学习了前代学者们的部分经验。"参见姚雪垠：《学习追求五十年》，选自《姚雪垠文集》第16卷，人民文学出版社，2010年，第6页。
3　郭沫若：《自序》，选自《郭沫若全集·历史编》第1卷，人民出版社，1982年，第7页。
4　同上，第9页。
5　郭沫若：《导论中国社会之历史的发展阶段》，选自《郭沫若全集·历史编》第1卷，人民出版社，1982年，第13页。
6　周宁：《从历史构筑意识形态：中国现代史学与史剧的意义》，《人文杂志》，2003年第2期，第82页。

实令当时的姚雪垠深感耳目一新,因此目之为"开创性著作",还在该书封面上题字,称之为"心爱的书"[1]。然而在姚雪垠后来的回忆中,阅读《中国古代社会研究》的时段,竟然是自己"对郭沫若在学术上最崇拜的阶段,到我三十岁以后,这种崇拜心情就逐渐减退"[2]。随着时间的推移,这种"崇拜的消减"竟然转为对郭沫若史学成果乃至学风的公开批评,认为他的"崇高威望也有一半是建筑在沙滩上"[3]。写作《李自成》与批判郭沫若写作于抗战胜利前的名文《甲申三百年祭》,成为姚雪垠晚年历史书写的两个主要向度。应当如何理解姚雪垠的这种情感态度的转换,它的发生究竟源于作者怎样的心态结构,无疑值得我们深入探究。

另外值得我们注意的还有姚雪垠与历史学家吕克难在1948年的一场"笔墨官司"。造成这场"笔墨官司"的起因,是姚雪垠不满于吕克难在《论逼上梁山》一文中,将"皇帝与大盗""兵与匪""顺民与叛民"等性质截然相反的事物等量齐观,看作"一个物体的两面"。在姚雪垠看来,吕克难的这种"齐物论"实质上是一种严重缺乏"是非心"和"正义感"的唯心主义论调,其用意在于将一切反抗现政权的力量都归于"盗"之列,从而为当时的政权辩护。他特别强调,当前的"中国正处在一个大转变的关头,这是中国历史,特别是近代史发展的必然结果。对于中国历史发展的道路及规律,应该给以科学的理解和阐释,而不

---

[1] 姚雪垠:《学习追求五十年》,选自《姚雪垠文集》第16卷,人民文学出版社,2010年,第7页。
[2] 同上。
[3] 姚雪垠:《给丰村》,选自《姚雪垠文集》第19卷,人民文学出版社,2010年,第115页。

应凭着自己的主观去随便歪曲"[1]。对于姚雪垠的批判,吕克难做出了回应,在他看来姚雪垠全然误解了他的主张,他的论文并无对"盗权"专门批判的意思。他随即举出洪秀全的例子,表示自己希望通过论文揭示的,其实是"皇权和盗权乃是形式相矛盾,本质相一致的怪物,好比一条轨道,盗权是起点,皇权是终点,由盗权出发必然走到皇权。这是中国客观的历史"[2]。通过对双方言论的梳理,不难发现辩论的双方对该问题的着眼点不尽相同。吕克难对"皇权"与"盗权"的一体化处理,并非意图通过"盗权"的批判为"皇权"辩护,而是认为"盗权"和"皇权"两者都需要为中国历史上的诸多悲剧负责,他强调想要跳出历史"周期律",真正的解决之道在于英国大宪章(Great Charter)式的立宪民主制,这种设想无疑体现了他的自由主义立场。而姚雪垠在辩论中的主要关注点则在于"盗权"与"皇权"的不可通约性,在他看来将以"争天下"为目的的"皇权"与不得以才铤而走险的"盗权"混为一谈,是完全违背历史现实的。很显然,姚雪垠之所以为"盗权"正名,是因为看到了其"破坏性"中所蕴藏的"阶级属性"。而这种注重发掘"阶级属性"视角的生成,则来源于他青年时代所接受的唯物史观教育与四十年代以来对新民主主义理论的吸取,以及少年时期即萌生的对"官逼民反"的农民阶层的深切同情。而这种理念,同样也构成了姚雪垠在1949年后写作《李自成》的思想基础。

总而言之,由"国民革命"的伟人力量所造就的,进步知识界以唯

---

[1] 姚雪垠:《历史不容曲解——评吕克难君的中国史观》,《时与文》,1948年第3卷第16期,第5页。
[2] 吕克难:《论一种评价标准——答覆姚雪垠君的责难》,《世纪评论》,1948年第4卷第11期,第8页。

物史观为准绳思索民族国家发展新道路的时代"大气候",改变了姚雪垠认知历史与现实世界的方式,将他的人生路径导向了崭新的方向。而《古史辨》《清代学术概论》《中国古代社会研究》三部历史著作则为他提供了一套可供模仿的历史书写范式——即将史学反叛意识与严谨治学态度相互结合,进而实现"深入历史"的目标。其后以此为基础重述历史并赋予其意识形态内涵,达到"跳出历史"的目的,这种历史认知模式也就成了姚雪垠创作《李自成》时的主要书写范式。

第二节 史学理念与历史书写的互动机制
——以《李自成》为中心

对于姚雪垠而言,《李自成》的产生是一种命运中的"偶然"与"必然"相互交织的产物。1951年7月,他之所以辞去大夏大学教职并拒绝诸多学校的邀约,毅然回到故乡河南担任省文联的专业创作员,主要是出于创作需要的考虑[1]。作为一个勤勉的作家,在回归故里专职创作之前他就拟定了创作计划:

> 我回河南之前,原来打算利用我对河南风土人情的比较熟悉,对群众语言比较熟悉,以及我对中国现代史的知识

---

[1] 在大夏大学期间,参与了浙东土改的姚雪垠发现自己对当地的风俗、语言及生活均不熟悉。作为一个现实主义作家,他认为"写他比较熟悉的生活、人物、社会环境等等,才能发挥作家主观所具备的艺术的创作才能"。加之"当时河南省文联的两位负责同志曾一再写信劝我回去,也是我回河南的一个因素"。但是在他看来,"我要回河南去的根本动力是我迫切希望在文学创作方面为祖国做出一点贡献的热烈愿望和决心"。参见姚雪垠:《学习追求五十年》,选自《姚雪垠文集》第16卷,人民文学出版社,2010年,第67—68页。

较多，以河南农村作背景，以一家四代人的生活和命运为线索，写一部反映河南农村从民国初年到解放初，几十年间变化的大部头长篇小说。[1]

从姚雪垠后来的回忆来看，这个笼统的创作计划其实具有多个不同的版本，既包含完全取材于家乡历史人物——"以镇平的彭锡田和内乡的别廷芳为原型"[2]的长篇小说《小独裁者》，又包含着两个宏大的"长河"小说计划，其一是创作一部定名为《大江流日夜》的长篇小说，在作者的规划中，这将会是"一部从辛亥革命到第一次国共合作开始的现代历史题材小说，反映如何从旧民主主义革命转到新民主主义革命"[3]。这部小说将与作者规划中的反映明清之变的《李自成》与刻画太平天国运动的《天京悲剧》，一起构成"反映古代、近代和现代三种性质的革命运动的'三部曲'"[4]。另一个计划，则是以作者已经完成的反映河南匪患的自传体长篇小说《长夜》为中轴，补上其"前史"《黄昏》和其"后记"《黎明》，创作一部反映乡土中国时代命运的长篇小说"三

---

[1] 姚雪垠：《学习追求五十年》，选自《姚雪垠文集》第16卷，人民文学出版社，2010年，第81页。

[2] 同上，第82页。

[3] 姚雪垠：《给邓小平》，选自《姚雪垠文集》第19卷，人民文学出版社，2010年，第155页。

[4] 同上。

部曲"[1]。从姚雪垠以上的写作计划中，除了作者宏大的创作"野心"与旺盛的创造力，我们还不难发现致力于揭示人类历史内在规律的唯物史观对他写作选材的深远影响。然而，作者的宏大规划在来到河南之后全部沦为泡影。当时的河南省文联领导认定文艺根本价值在于"普及"，希望"名作家"姚雪垠也来为以发表"小唱本"为主的通俗文艺刊物《翻身文艺》提供支持。他所构想的一系列宏大的写作计划，则全部被领导视为有"私心"和"想打翻身仗"，因而无法得到实质性的支持，最终全部无法展开。

既然创作规模宏大的历史小说这条道路走不通，那么创作现实题材作品也是相当理想的选择。作为一个自诩"决不做历史的旁观者，而是历史的参加者和推动者"[2]的人，姚雪垠在1949年之前的创作始终保持着与现实生活的密切关联，因此他对于现实题材自然也有浓厚的兴趣。然而，在五十年代的文化语境下，原来可以自由选择的"创作题材"如今已"绝非客观自然存在的创作材料或素材，而是业已经由当代文化—权力结构划定、构建的具有等差级别的言说范围"[3]。因此，

---

[1] 根据作者的回忆："第一部要写原来交通闭塞的、封建小农经济的农村，如何受到帝国主义经济侵略的影响，'洋货'代替了自给自足的日用商品，主要土特产的销路受到帝国主义买办的控制，而大买办派来的客倌又与本地地主豪绅们所办的代理采购土特产的商行狼狈为奸，对农民层层剥削，原来保持着表面宁静的农村生活崩溃了，小盗渐起，随后土匪如毛，随后又受到军阀混战的波及。旧的封建社会在动乱中日趋死亡。第二部要写农村经济崩溃使农民大批失业，年轻人有的去吃粮当兵，为军阀混战供给炮灰，有的当土匪，拉杆子；杆子拉大了，受了招抚，变成了军阀部队。农村经历着漫漫长夜，土地荒芜，人口大减。第三部打算写在北伐战争的影响下，黎明开始了。"参见姚雪垠：《〈李自成〉创作余墨》，选自《姚雪垠文集》第18卷，人民文学出版社，2010年，第42—43页。

[2] 姚雪垠：《我走过的学习道路》，选自《姚雪垠文集》第16卷，人民文学出版社，2010年，第244页。

[3] 黄子平：《革命·历史·小说》，牛津大学出版社，1996年，第8页。

与意识形态合法性关联密切的现实题材，必然对创作者的各项政治素质有着比较严格的要求，身为"老作家"的姚雪垠显然是无法达标的。[1] 对于文艺界这种片面强调创作者阶级"纯粹性"，重视青年作者、忽视"历史关系复杂"的老作家的倾向，姚雪垠相当不满。他因此在1957年连续写作了《创作问题杂谈》与《要广开言路》两篇文章，批判文艺界"把生活机械地划分新旧，把解放后的生活从历史的奔流中孤立出来"[2]，忽视了老作家宝贵的生活经验。当"百花时代"结束，作者也因为这种激进的言行而被划为"极右派"，他也彻底失去了染指现实题材的可能性，这成为作者之后转向创作历史题材作品《李自成》的前提之一。

在成为"极右派"之后，姚雪垠虽然一度在暴风骤雨式的批判下陷于悲观绝望，但他最终暗自决定以秘密写作《李自成》的方式做出自己的贡献[3]。值得注意的是，这一大胆的决定，除了展现了他所自诩的"青

---

[1] 对于自己的创作不符合"现实题材"的"选材"标准，姚雪垠是有着清醒认识的："我们现实题材的创作，特别是重大现实题材，都有着严格的计划，从下生活到创作、出版，环环相套，步步相扣，从作品的主题到英雄人物的设计，领导上一竿子插到底。担负这样的创作任务的，都是又红又专的党员骨干作家。另外，我不是党员，即便写一般的现实题材也有许多不方便，首先是下生活不方便，许多会议不能参加，许多文件不能看，许多报告不能听，我们只能从报纸上或者某些领导同志的形势报告中了解一点精神，这对吃透生活是远远不够的。"参见周勃：《姚雪垠下放东西湖琐忆》，河南大学出版社，2010年，第65页。

[2] 姚雪垠：《创作问题杂谈》，选自《姚雪垠文集》第17卷，人民文学出版社，2010年，第264页。

[3] 姚雪垠后来回忆："当时我没有料到我的这部书能够在生前出版，更没有料到能够在几年之后出版。我是作了两种打算：一是能够在生前出版，但不会太快；二是生前没有机会出版，而是由我的后人将稿子献给党，通过党献给我的祖国、人民。"参见姚雪垠：《学习追求五十年》，选自《姚雪垠文集》第16卷，人民文学出版社，2010年，第124页。

年时代的积极进取的人生观所塑造的坚韧乐观的个性",也赋予了这次写作相当浓厚的政治意味,这部巨著不仅是文学／历史作品,更是"自我证明"。因此,成为"极右派"的政治挫败构成了姚雪垠开始创作《李自成》的另一个重要前提。在其后的回忆中,他曾多次强调:"假若不是五七年被划为'右派',我大概永远写不出《李自成》。""应该说,我的后半辈子的文学事业和艺术生命是从一九五七年的秋天开始的,我正确地利用了这次挫折。"[1] 除去这些"偶然性"因素,姚雪垠能够最终写出历史巨著《李自成》,也有赖于汇集在他身上的一系列"必然性"因素。

首先,决定写作《李自成》虽然是姚雪垠在突然降临的人生绝境中的选择,但却并非"无准备之仗"。姚雪垠对"晚明"历史的兴趣可说是由来已久,根据他自己的回忆:"在抗日战争后期,准确地说,是在皖南事变发生之后,我偶然接触到一些明末史料,动了我写一部历史小说的兴趣。"[2] 而对于创作的最初构想实际上可以追溯到1933年,当时正接受"新史学"洗礼的作者在位于开封的河南省图书馆里,"偶然阅读了明清之际的开封人所写的《守汴日志》和《大梁守城记》"[3],产生了描绘当时历史的愿望。在解放战争期间,住在沪上乡间的作者开始为写作晚明历史小说做准备,在搜集资料过程中,他还"抓住明代'绝对君权'制度的政治特点和形成崇祯性格的社会历史条件进行研究"[4],

---

[1] 姚雪垠:《学习追求五十年》,选自《姚雪垠文集》第16卷,人民文学出版社,2010年,第86、87页。
[2] 同上,第129页。
[3] 同上。
[4] 同上。

研究成果以《明代的锦衣卫》为题发表在1948年的进步学术刊物《建设》上。由此观之,作者在决定写作《李自成》之前,已经对相关历史脉络有了比较深刻的了解。

其次,作者早年的被土匪掳为义子的"神奇"际遇,使他对"蹚将"们的日常生活颇为熟悉,因而在刻画农民起义军的人物、生活上具有独特的优势。这也就是他为何总是将《长夜》与《李自成》并论的原因,因为"《李自成》中有些人物,有些细节,可以在《长夜》中找到雏形或原型,有些特殊语言也可以在《长夜》中找到根源"[1]。再次,姚雪垠在抗战时期的第五战区的从军经历,深入前线战地"笔征"的经历以及随枣战役突围的经验,使得作者对战争的理解能力及刻画笔力远高于一般的书斋文人。正因为如此,他才能在勾勒"潼关南原大战"及"商洛山突围"等宏大战争场面时游刃有余,因此得到了茅盾"写潼关之战,脱尽《三国演义》《水浒传》之传统写法,疏密相间,呼应灵活,甚佩甚佩"[2]的高度评价。

最后,是姚雪垠在古典文学方面的修养,自青年时代以来他就对古典文学颇为醉心,无论是阅读还是写作都下过相当的功夫。有论者就察觉到姚氏的艺术趣味在同时代青年中的"特殊性",指出"经过马克思主义'理论常识'的'启蒙和引路',又亲历共产党领导的学生运动,他在学术倾向和艺术趣味上却并不想从旧文学营垒冲杀出来"[3]。但

---

[1] 姚雪垠:《学习追求五十年》,选自《姚雪垠文集》第16卷,人民文学出版社,2010年,第59页。
[2] 茅盾:《茅盾致姚雪垠》(1974年10月20日),选自《茅盾、姚雪垠谈艺书简》,姚海天编,人民文学出版社,2006年,第19页。
[3] 董之林:《观念与小说——关于姚雪垠的五卷本〈李自成〉》,《文学评论》,2008年第2期,第75页。

从另一方面来看，姚雪垠的古典文学基础使得他"到中年时代突然开始写《李自成》才具备必要条件"[1]，《李自成》中数量繁多的楹联、词章、诗歌、奏折、诏书均是姚雪垠自己创作的，没有相当深厚的古典文学基础，显然是难以办到的。由此观之，姚雪垠在知识储备、生活经验、刻画笔力三方面的优势，注定使他成为写作《李自成》的不二人选。值得注意的是，《李自成》对于姚雪垠而言不仅意味着活下去的目的，也着实为他的"下半生的创作事业开辟了一条新路"[2]，使他得以突破长期以来对家乡风俗景观的依赖，走向历史的全景式呈现，这对于他文学史地位的提升大有裨益。[3]

在对《李自成》的"发生学"进行梳理之后，让我们开始对《李自成》中的作者史学观念与其历史书写的互动机制进行探究。之所以选择以这一角度切入《李自成》研究，目的是为了回应学术界长久以来关于《李自成》的争议，自小说诞生以来，小说及作者的支持者与批判者，就针对小说文本"艺术描写方面的'现代化'和人物塑造方面的'理想化'"[4]等问题展开持续的争论。论争双方均是从自身的历史意识出发去理解作者意图，这种态势使得讨论虽不乏真知灼见，却大多

---

[1] 姚雪垠：《七十述略》，选自《姚雪垠文集》第16卷，人民文学出版社，2010年，第229页。
[2] 姚雪垠：《学习追求五十年》，选自《姚雪垠文集》第16卷，人民文学出版社，2010年，第86页。
[3] 正如洪子诚所指出的："'史诗性'，是当代不少写作长篇小说的作家的追求，也是批评家用来评价一些长篇所达到的思想艺术高度的重要标尺。"姚雪垠写作《李自成》也使他由一个以"刻画风俗画卷"的乡土作家转变为一个创作"史诗性"巨著的作家。参见洪子诚：《中国当代文学史》，北京大学出版社，2003年，第106页。
[4] 阎浩岗、李秋香：《〈李自成〉：被曲解遮蔽的当代长篇小说杰作》，《中国现代文学研究丛刊》，2011年第2期，第123页。

流连于作品的"浅表"而难以越过作者的意图，深入到作品构成的"肌理"之中。因此，笔者希望以前述的作者的史学观念和特殊创作心态为切入点，探索作者的史学观念与史学书写的内在关联，进而深入地呈现作者创作时的内在心理机制。

在《中国当代文学史》中，洪子诚将《李自成》归入"革命历史小说"之列，是由于认定它与该类别的其他作品在"写作观念和叙事方式"[1]上的相似性。但是，他也同时提醒我们注意《李自成》与《红旗谱》《红日》《青春之歌》等"在既定意识形态的规限内讲述既定的历史题材，以达成既定的意识形态目的"[2]作品的差异。较之那些对已经"成为定论"的"革命历史"进行阐释的作品，姚雪垠的《李自成》处理的却是被视为现代革命的"历史资源"——明末农民起义。这种情况下，姚雪垠一方面因为稍微远离意识形态的标准规范而获得了较大发挥空间，另一方面却也不得不依照自己对意识形态需求的试探与理解，结合自己的创作企图来筛选、剪裁历史资料。正如被作者视为导师的茅盾所指出的那样，写作一部牵涉史料如此庞杂的历史巨著，"甄别"才是姚雪垠创作《李自成》的首要任务：

> 三百年前的史料既丰富而又庞杂。那些史料的作者又都是封建思想极浓重的人，他们所记载的史实，无论是关于李自成及农民军的，或者是关于明王朝的掌权者——崇祯及其亲信的文臣武将的，都是透过他们的封建思想的棱镜而被歪

---

1 洪子诚：《中国当代文学史》，北京大学出版社，2003年，第121页。
2 黄子平：《革命·历史·小说》，牛津大学出版社，1996年，第2页。

曲被颠倒了的。其次，这些史料，大部分并非身当其事者的实录，而是辗转传闻的记载。因此，如果作者是认真地以十分负责的态度去写一部历史小说而不是浮光掠影，抉取若干史料就主观地构思，特别是主观地塑造人物的话，那么，甄别这些史料，分辨其何者是真，何者是伪，何者是真伪相杂，又是必要的第一步的准备工作。[1]

由此可见，创作《李自成》意味着姚雪垠必须同时完成两项任务——对历史资料的选裁，以及符合历史逻辑的虚构。这就使得他同时兼备了"史学家"与"小说家"的两种身份。而观察他在创作中如何调配历史事实与历史想象，怎样平衡两种身份行为原则间的矛盾，正是我们窥探其史学观念与历史书写之间的互动机制，揭示其内在意图的窗口。由于工作性质具有颇多相似之处，历史哲学领域对于"历史学家"与"历史小说家"的比较早已有之，而其中柯林武德与海登·怀特的论述最值得注意。

在柯林武德眼中，历史学家与小说家的相似之处远多于两者的差异。他认为历史学家与小说家的主要差异在于："历史学家的画面要力求真实。小说家只有单纯的一项任务：要构造一幅一贯的画面、一幅有意义的画面。"[2]而两者的相似之处在于他们都需要在一种意义理念的指导下，凭借自身的想象力，构造出一套完整且自洽的意义结构：

---

[1] 茅盾：《关于长篇历史小说〈李自成〉》，《文学评论》，1978年第2期，第3页。
[2] ［英］柯林武德：《历史的观念》，何兆武、张文杰、陈新译，北京大学出版社，2010年，第243页。

他们各自都把构造出一幅图画当作自己的事业，这幅图画部分是叙述事件，部分是描写情境、展示动机、分析人物。他们各自的目的都是要使自己的画面成为一个一贯的整体，在那里面每个人物和每种情境都和其余的是那么紧密地结合在一起，以至于在这种情况下的这个人物就不能不以这种方式而行动，而且我们也不可能想象他是以别的方式而行动。小说和历史学两者都必须是有意义的；除了必然的东西而外，两者都不能容许有任何别的东西，而对这种必然性的判断在两种情况下都是想象。小说和历史学这二者都是自我解释的、自我证明为合理的，是一种自律的或自我授权的活动的产物；在两种情况下这种活动都是 a priori（先验的）想象。

作为想象的作品，历史学家的作品和小说家的作品并没有什么不同。[1]

柯林武德认为，想象力对于作者意图的传达具有极为重要的作用，因此他强调历史想象力"并不是装饰性的而是结构性的"[2]。两者均是在历史想象力的指导下"选择、简化、系统化、撇开他认为是不重要的东西而把他以为是精华的放进去"[3]。由此出发，他认定正是这种以想象力形态存在筛选机制，决定了作品最终呈现出的情感色彩。

与柯林武德较多关注两者的相似之处不同，海登·怀特更倾向于

---

1 [英] 柯林武德：《历史的观念》，何兆武、张文杰、陈新译，北京大学出版社，2010年，第242—243页。
2 同上，第238页。
3 同上，第234页。

发掘历史学家的独特性:

> 通过鉴别所讲述的故事类别来确定该故事的"意义",这就叫做情节化解释。在讲述故事的过程中,如果史学家赋予它一种悲剧的情节结构,他就在按悲剧方式"解释"故事;如果将故事建构成喜剧,他也就按另一种方式"解释"故事了。情节化是一种方式,通过它,形成故事的事件序列逐渐展现为某一特定类型的故事。
>
> 在表现历史过程在特定时空内"发生了什么"时,对支配历史的规律的理解,以及对其特殊本质的判定,就多少有些显得重要了……
>
> 对于历史知识的本质问题,以及可能从为了理解现在而研究往事之中得出的种种蕴涵,史学家假设了某种特殊的立场。一种历史记述的意识形态维度就反映了这种假设中的伦理因素。[1]

由此可见,海登·怀特不仅认同柯林武德对"历史想象力"作用的判断,还对其运作机制进行了深入阐释,并最终将"历史想象力"的呈现形式与史学家的意识形态倾向联系起来,指出:"正如伴随着每一种意识形态的是一种特定的历史及其过程的观念,因而,我认为,每一

---

[1] [美] 海登·怀特:《元史学:十九世纪欧洲的历史想像》,陈新译,译林出版社,2004年,第9—28页。

种历史观也伴随着特殊而确定的意识形态蕴涵。"[1]

　　以上述的梳理为基础，让我们反观《李自成》的创作。首先需要明确的是姚雪垠创作《李自成》的目标，除了在晦暗的人生前景中"自证"的意图，按照姚雪垠自己的说法，他创作此书的目标主要"是想通过这一次农民战争和民族战争，力求反映历史事变的本质和规律，再现历史生活的原貌"[2]。作者的这种企图与卢卡奇重建"历史科学"的理想异曲同工——也即"整个历史的确必须重写，必须从历史唯物主义的观点来整理、分类和评价过去的事件"[3]，因此《李自成》的写作从一开始就具有鲜明的意识形态指向。为了达成目标，作者就需要完成"反映历史事变的本质和规律"与"再现历史生活的原貌"两个具体要求。在作者看来，对于第一个要求，他自十九岁以来持续积累的历史唯物主义知识，使自己能够"理解明清之际许多复杂的历史现象，探索一些历史规律，而不停留在历史故事的表面"[4]。对于第二个要求，作者则从宏观与微观同时着手，从宏观上追求对历史场景的全面呈现——"以李自成所领导的农民战争为主线，写出明、清变动之际各个阶级、阶层、政治集团和军事集团的各种社会力量的复杂关系和动

1　[美]海登·怀特：《元史学：十九世纪欧洲的历史想像》，陈新译，译林出版社，2004年，第31页。
2　姚雪垠：《〈李自成〉大悲剧》，选自《姚雪垠文集》第18卷，人民文学出版社，2010年，第109页。
3　[匈]格奥尔格·卢卡奇：《历史与阶级意识——关于马克思主义辩证法的研究》，杜章智、任立、燕宏远译，商务印书馆，1996年，第305页。
4　姚雪垠：《学习追求五十年》，选自《姚雪垠文集》第16卷，人民文学出版社，2010年，第125页。

态"。[1] 在微观上作者则试图将《李自成》打造成明清之际的"历史百科全书",作者发挥朴学精神,摘录相关史料卡片一万余张,小说中举凡召对、饮酒、宴乐、仪仗、宫廷用品及风俗等皆务求再现历史的原始风貌,使尘封已久的历史场景再次活跃。需要注意的是,无论是作者对小说主干恢宏繁杂的设计,还是对小说细部历史真实性的反复验证与精雕细琢,虽然展示了作者独特的美学追求,但从根本上都服务于以唯物史观为旨归的对历史内在规律的呈现。作者的这种处理史学观念与历史书写的模式,与周宁对郭沫若的分析相类,即将"同一种意识形态主题分别用史学与史剧的形式表现出来。史学通过'真实性'获得话语权威,史剧通过艺术性使这种话语权威获得大众的认可"[2]。在明确了作者的创作目的之后,让我们再回到《李自成》的文本之中,尝试着解答围绕着这部小说的一系列疑问。

首先是小说的命名问题,对于小说书写明清鼎革之际历史,却以《李自成》命名,有论者敏锐地察觉到其中蕴藏的"二十世纪有关阶级和阶级斗争理论对小说的影响"[3],并指出这种命名使得小说得以跳脱出固定历史时段的束缚,具有较大的腾挪空间。但是我们同样不能忽视,以《李自成》命名所展现出的作者对于标题的简洁与概括性的追求。实际上,作者一直对托尔斯泰的《战争与和平》书名的概括性称赏不已:"我曾经想过,是不是可以将我的这部小说定名为《皇帝与农

---

[1] 姚雪垠:《〈李自成〉创作余墨》,选自《姚雪垠文集》第18卷,人民文学出版社,2010年,第49页。
[2] 周宁:《从历史构筑意识形态:中国现代史学与史剧的意义》,《人文杂志》,2003年第2期,第84页。
[3] 董之林:《观念与小说——关于姚雪垠的五卷本〈李自成〉》,《文学评论》,2008年第2期,第74页。

民》?"[1] "皇帝与农民"的命名,既标示出了封建制度秩序的两个端点,意在揭示历次农民起义的根本动因——以封建皇权为代表的地主阶级与被剥削的农民阶级的不可调和的矛盾。由此可见,这种对命名"概括性"的追求的内在动力,依然是对唯物史观视角下的历史内在规律的阐释冲动。

其次是作者如何在历史小说的框架下处理意识形态诉求与历史本真的关系。如前所述,"展现历史的内在规律"与"再现历史的原初风貌"是小说的两大追求,作者因此强调在创作中"必须做到深入历史,跳出历史"[2],所谓的"深入历史"即对历史细节真实性的追求,而"跳出历史"则是以"后来者"的思想高度,揭示"历史事变的运动规律和经验教训"[3]。毫无疑问,无论是这部小说的支持者抑或是反对者,都不得不承认其对三百年前历史场景及细节的高度还原。而小说中最能体现这种还原的"精度"的,便是对宫廷生活的勾勒以及对日常礼仪的刻画。

譬如第一卷中刻写崇祯皇帝与自己的爱妃田氏的日常生活桥段:

> 饭后,田妃为要给皇上解闷,把她自己画的一册《群芳图》呈给他看。这是二十四幅工笔花卉,崇祯平日十分称赏,特意叫御用监用名贵的黄色锦缎装裱成册。他随便翻了一下,看见每幅册页上除原有的"承乾宫印"的阳文朱印之外,

---

1 姚雪垠:《学习追求五十年》,选自《姚雪垠文集》第16卷,人民文学出版社,2010年,第133页。
2 姚雪垠:《〈李自成〉第一卷修订本前言》,选自《姚雪垠文集》第18卷,人民文学出版社,2010年,第5页。
3 同上,第30页。

又盖了一个"南熏秘玩"的阴文朱印,更加古雅。他早就答应过要在每幅画页上题几个字或一首诗,田妃也为他的许诺跪下去谢过恩,可是几个月过去了,他一直没有时间,也缺乏题诗的闲情逸致。

……

他把画册交还田妃,从旁边一张用钿螺、玛瑙、翡翠和汉玉镶嵌成一幅鱼戏彩莲图的紫檀木茶几上端起一只碧玉杯,喝了一口热茶,轻轻地嘘口闷气。[1]

又譬如小说中对卢象升星夜返京,按照"朝仪"向威名赫赫的先主致祭的场景的勾勒:

今天午后,他带着骑兵到了昌平,步兵须要在三天后才能赶到。在进昌平城之前,他率领几位亲信幕僚,携带在路上准备的祭品,走进大红门,一直走到长陵前边,向武功赫赫的永乐皇帝致祭,跪在地上哽咽地祝告说:

"但愿仰仗二祖列宗之灵,歼灭鞑虏,固我边疆,以尽微臣之职。臣即肝脑涂地,亦所甘心!"[2]

由此可见,姚雪垠所说的"还原三百年前的生活场景"绝非虚言,而这两个例子也不过是全书中众多例子的缩影,从这个角度看,姚雪垠秉持

---

1 姚雪垠:《李自成》第 1 卷,选自《姚雪垠文集》第 1 卷,人民文学出版社,2010 年,第 4 页。
2 同上,第 18 页。

实证的朴学精神对历史场景的还原，确实达到了专业历史研究者的水准。

然而有意思的是，这种对历史的真实性追求依然有"大/小"之辨，对于细节真实的严苛追求和对于重要人物事件的大量虚构矛盾地被统一在小说的文本之中。正如研究者指出的那样："姚雪垠所强调的'真实'多半都是表现在不关大局的细节描写，如服饰器物、礼仪规范等方面以及对反面人物的描写上，而牵涉到正面人物和农民军时一般都采用'虚构'的策略。"[1] 不仅如此，我们在阅读小说的过程中还会频繁地注意到文中还始终存在一个代表主流意识形态标准，对出场人物/事件"定性"或"臧否"的"画外音"，举几个例子：

> （崇祯）到了他继承大统，力矫此弊，事必躬亲。但是由于他所代表的只是极少数皇族、大太监、大官僚等封建大地主阶级的利益，与广大人民尖锐对立，而国家机器也运转不灵，所以偏偏这些年他越是想"励精图治"，越显得是枉抛心力，一事无成，只见全国局势特别艰难，一天乱似一天，每天送进宫来的各样文书像雪花一般落上御案。[2]
>
> （张献忠）但是他不像李自成那样很早就抱着个推倒朱明江山的明确宗旨，并且为实现这一远大的政治目的而在生活上竭力做到艰苦朴素，对军纪要求甚严，时时不忘记"救民水火"。献忠有时也想到日后改朝换代的事，但思想比较模

---

[1] 姜玉琴：《"两个姚雪垠"：政治时代的艺术创作——重读创作于十七年中的〈李自成〉第一卷》，《江苏社会科学》，2015年第1期，第190页。
[2] 姚雪垠：《李自成》第1卷，选自《姚雪垠文集》第1卷，人民文学出版社，2010年，第3页。

糊,也缺乏夺取政权的明确道路。他攻破了许多城池,杀了许多贪官污吏,但不懂得将革命的目标对准朱明朝廷。在他的身上,常常露出来闪光的特点,远远超过同辈中许多起义领袖,但始终没有完全摆脱流氓无产阶级的思想烙印。[1]

(宋献策)这一类人物,投入起义阵营之后,往往能够在一定时期内,在某些方面对革命斗争起一定的积极作用,而在另一些方面也会起消极作用。不管这类人物的身份和作用如何不同,有一点却是共同的:他们都没有背叛自己的地主阶级,努力用传统的封建政治思想影响起义领袖和革命道路,希望按照他们的思想创建新的帝国,希望他们能够成为新朝的开国功臣,富贵荣达,名垂青史,牛金星就是这一类人物中较为突出的一个。[2]

这些遍布文本的颇具政论风格的段落,正是《李自成》批评者所诟病的内容过于"现代化"的原因。然而我们也必须注意,除了受到当时政治环境的影响之外,这种姿态也与姚雪垠对于"古为今用"的理解密切相关。在姚雪垠看来,实现历史资源的"古为今用",就必须要在写作中从"当代无产阶级的立场观点出发,对历史人物爱憎分明,有褒有贬,能使读者从小说中懂得爱什么,憎什么"[3]。从这个角度看,文本中这种读来突兀的阶级视角,实际上正是一种有意为之的"在场",其意义除了调配

---

[1] 姚雪垠:《李自成》第1卷,选自《姚雪垠文集》第1卷,人民文学出版社,2010年,第309页。
[2] 姚雪垠:《李自成》第2卷,选自《姚雪垠文集》第2卷,人民文学出版社,2010年,第82页。
[3] 姚雪垠:《〈李自成〉第一卷修订本前言》,选自《姚雪垠文集》第18卷,人民文学出版社,2010年,第30页。

文本的内部秩序之外，更在于"古为今用"地发挥宣传教育功能。这种情况与研究者发现的"对正面人物多采取虚构"的叙事策略，实际上都服务于作者"反映历史内在规律"、激发历史叙事意识形态潜能的根本动机。

但是我们也必须看到，作者实际上并未像当时为数不少的以意识形态宣传为创作旨归的作者那样，完全放任意识形态观念对小说形态的改造。作为根本目的的意识形态诉求仍被严密地安放在历史小说的形态之中。这种有意将"创作/宣传""文学/政治"进行区别的创作姿态，在所在时段日趋激进化的历史语境中，无疑是较为"特别"的存在。然而需要指出的是，我们在对这种姿态进行解读时，也要注意到其内在的"边界"，首先，需要将其与强调个人情绪/意志的知识分子化的历史书写区别开来[1]。其次，也需要看到这种姿态并非姚雪垠的"个

---

[1] 这方面的典型例子，就是姚雪垠在六十年代历史语境较为宽松的"调整"时期的历史小说"创作热潮"中创作的反映杜甫蜀中生活的小说《草堂春秋》，与陈翔鹤在同一时段发表在《人民文学》的两篇历史小说《陶渊明写〈挽歌〉》《广陵散》的明显差异。在《陶渊明写〈挽歌〉》中作者借陶渊明之口，写道："人死了，这不是与山阿草木同归于朽。不想那个赌棍刘裕竟会当了皇帝，而能征惯战的刘牢之反而被背叛朝廷的桓玄破棺戮尸。活在这种尔虞我诈，你砍我杀的社会里，眼前的事情实在是无聊至极，一旦死去，归之自然，真是没什么值得留恋的！"而在《广陵散》中则借嵇康与向秀饮酒骂座，怒斥："何曾这些鼠辈们，狐假虎威，作威作福，真正是无耻之极！他平时姬妾满前，日食万钱，骄奢淫逸到了极点，还说他的反对我们饮酒赋诗，弹琴啸歌，是要维持什么礼法，宣扬什么名教。"正如研究者所指出的，陈翔鹤的历史小说具有十分明显的知识分子个人色彩，强调的是一种远离政治漩涡、返归"心斋"的精神诉求。而姚雪垠的小说《草堂春秋》则表现出极为明显的"入世"倾向，他笔下的杜甫"虽然对做官已经灰了心，但是对于回中原和长安却梦寐不忘"。"他也叮咛严武，如果登了台辅，一定要勤力为国，临危授命，不可贪生怕死。"遇到"茅屋为秋风所破"，也向夫人表示："要是真能有千万间好房子供天下寒士躲避风雨，就让咱们一家房子给大风吹破，把我冻死，我也心甘情愿！"参见陈翔鹤：《陶渊明写〈挽歌〉》，选自《陈翔鹤选集》，四川人民出版社，1980年，第326—358页。姚雪垠：《草堂春秋》，选自《姚雪垠文集》第13卷，人民文学出版社，2010年，第277—280页。

人见解",而是代表了包括胡风、秦兆阳、冯雪峰、陈涌等文艺体制内部为数不少的一部分的文艺工作者的意见。作为文艺体制内的文艺工作者,他们与掌握文艺发展方向者的最主要区别,在于对"如何发挥文学的政治功用"及"如何协调两者关系"的差异化理解。他们虽然认同文学不可独立于政治而存在,却不认为文学可以被政治同化乃至取代。试图协调两者关系的他们,试图将"真实性""作为统一、'整合'文学的政治性与艺术性的对立关系,消解其矛盾的支点"[1]。正如陈涌在《为文学艺术的现实主义而斗争的鲁迅》一文中所提到的那样,"真实是艺术的生命,没有真实,便没有艺术的生命。艺术的政治价值和社会价值,都是不能离开艺术真实而存在的"[2]。

明确了以上的两个前提,让我们再回到对姚雪垠的讨论。不难发现,他的这种历史书写的态度与作者对"历史著作"与"政治宣传"间关系的理解有关,他认为:"历史学是一门科学,史学著作必须是科学著作,不能同政治宣传品混为一谈,也不能以宣传目的代替科学目的。"[3] 在"集团性"逐渐成为价值主流,"个人性"日趋遭到压抑的时代背景下,作者的这种态度无疑是需要相当的勇气的。而这种勇气除了青年时期的朴学实证主义影响之外,也相当程度上和他在后"五四"时期的"集团性"与"个人性"的两条边界中,逐渐形成的"革命文化人"的自我身份定位有关。另外,我们也不能忽视这种姿态与他当时的政治身份、《李自成》创作题材的特殊性,以及他一贯的"探索历史内在规

---

[1] 洪子诚:《当代文学概说》,广西教育出版社,2000年,第28页。
[2] 陈涌:《为文学艺术的现实主义而斗争的鲁迅》,《人民文学》,1956年第10期,第2页。
[3] 姚雪垠:《评〈甲申三百年祭〉》,选自《姚雪垠文集》第18卷,人民文学出版社,2010年,第365页。

律"的历史小说美学观的内在联系。

从这个角度来看,我们不难发现姚雪垠与同时代其他"当红"作家的区别,即在传达"政治性"之外,抗拒其他使自身完全"工具化"的企图[1],对"艺术性"和"真实性"的底线仍有所坚守[2]。理解了以上各点,我们也就能从作者对历史场景与诸般历史细节"真实性"严苛追求的内在意涵:其一,即是为"真实地"反映"历史的内在规律"守住文学/历史叙事的基本底线;其二,作者也意识到持"先进立场"的政治宣教可能造成小说的叙述和阅读中的习惯性"脱节",为了弥合其在小说文本内部造成的"古今裂变",就必须不断补入精准还原的历史细节以"拟真"。因此,精细考证的历史细节在此处,实际上是一种精神"缝合术",最终仍然是服务于历史规律的阐释与政治宣教功能的发挥。

最后,再看《李自成》另一个为批评者所诟病的问题——正面人物塑造的过度"理想化",这种倾向在主人公李自成身上尤为明显。在姚雪垠的笔下,李自成不仅具有古代英雄人物的一切美好特质——始终与高夫人相敬如宾,不近女色;义送郝摇旗,胸怀宽广;联合张献忠,英明大度;生活上格外简朴,坚持与战士们一道"粗衣恶食",以至于驻扎

---

[1] 据姚雪垠的"小友"程涛平回忆:"但当我问到他在《李自成》中是否考虑安排李自成批孔子时,他十分认真地告诉我,李自成不仅不批孔,反而是尊孔。因此在《李自成》中他不可能赶批孔的时髦,而只能老老实实按历史的本来面目写。"参见程涛平:《文革中姚雪垠对"三突出"的质疑》,《新文学史料》,2010 年第 3 期,第 11 页。
[2] 据姚雪垠回忆:"有一些关心我的同志和朋友,为着怕我惹祸,也有被'评法批儒'所迷惑的个别领导同志,出于他们的责任心,建议我将'评法批儒'的思想写进《李自成》第二卷中,有的人具体建议我将崇祯皇帝写成儒家思想的代表,将李自成写成法家思想的代表,还有人建议我将牛金星写成儒家,将李岩写成法家,等等。对此,我一概婉词拒绝。"参见姚雪垠:《〈李自成〉第二卷开始问世·跋》,选自《姚雪垠文集》第 15 卷,人民文学出版社,2010 年,第 56 页。

地的"当地的人们确实被他瞒住很久,反而有谣言说闯王逃到河南,在老回回营里卧病不起"[1]。与此同时,作者还使他超越了传统的英雄豪杰,具有了"革命领袖"才有的高尚境界,这在他蛰居商洛山时期最为明显:

> 大家你一言,我一语,继续议论。李自成坐在石头上,一边静听,一边思索……
>
> 李自成在商洛山中仍然隐名埋姓。附近的老百姓也看出来他是个大头领,却不知道他就是李闯王。他每天穿着普通百姓的衣服,有时候同战士们一起操练,有时去到刘宗敏的铁工棚中打造武器,或者到老百姓中间访问疾苦,同农民们坐在屋檐下晒太阳聊天……
>
> 李自成虽然心中很鄙视张献忠玩弄假降花招,但因为他从远处和大处着眼,不说出激愤的话……他慢慢地拨弄着火堆,心平气静地说:
>
> "敬轩的错,是大错。不管他是真降,还是假降,不管他存有什么样的想法,都不能这么干。不管有多大困难也不能向朝廷卑躬屈膝,用变节投降的办法,苟安一时……"[2]

在这几段描写中,李自成不但在队伍中实践"民主集中制",还能深入民众之中,而且抵抗朝廷一以贯之,非常具有"革命原则"。因此有学者指出姚雪垠笔下的李自成及其农民军队,"明显地是以二十世纪

---

[1] 姚雪垠:《李自成》第1卷,选自《姚雪垠文集》第1卷,人民文学出版社,2010年,第234页。
[2] 同上,第250、252、257页。

以井冈山为根据地的农民武装作为参照"[1]。

在对《李自成》人物塑造的批判意见中,刘再复的批判影响最大,来自他的"定性"一定程度上决定了《李自成》在"八十年代"后的文学史"命运":

> 我曾怀疑,中国农民的文化心理是否应当像姚先生这样把握(理想化与浪漫化的把握),但这个问题今天难以谈透,留待以后再说。
>
> 从文学本身而言,我对《李自成》的第一卷印象较好,但遗憾的是,《李自成》后来一卷不如一卷,一卷比一卷粗糙,愈写愈差。
>
> 另一些同志认为,"一卷不如一卷"的原因,在于姚先生坚持"三突出"、"高大完美"等文学观念。按照这种理论精心设计自己的人物,人物就不能不成为抽象的寓言品和简单的时代精神号筒,李自成、高夫人这些主要人物,都成了这种号筒。人为地把古人现代化,甚至把古人经典化,就显得不伦不类。[2]

如果了解姚雪垠创作《李自成》的前因后果,自然会知道这种批判属于情绪化的激愤之辞,与事实出入很大。但也确实道出了一个事实,那就是对正面人物塑造的过于"理想化"。作为一个信奉现实主义的作家,姚雪垠实际上不止一次申说忠实于现实本来面目在创作中的重要

---

[1] 洪子诚:《中国当代文学史》,北京大学出版社,2003年,第122页。
[2] 刘再复、刘绪源:《刘再复谈文学研究与文学论争》,《文汇月刊》,1988年第2期,第75页。

性，在回顾他的自传体小说《长夜》的创作时，他特别强调自己"在写作时候，为忠实于现实主义，我决定不将主人公陶菊生的觉悟水平故意拔高，也不将贫雇农出身的'绿林豪杰'的觉悟水平和行为准则拔高"[1]。

然而在《李自成》的创作中，他却明显违背了自己在《长夜》中的标准。究其原因，这种人物塑造原则的更换，除了受制于现实语境之外，更是服务于作者以历史唯物主义反映历史内在规律的需要。在阐释这个问题之前，让我们回顾前文曾提到的海登·怀特关于"情节化解释"的观点："在讲述故事的过程中，如果史学家赋予它一种悲剧的情节结构，他就在按悲剧方式'解释'故事。情节化是一种方式，通过它，形成故事的事件序列逐渐展现为某一特定类型的故事。"[2]

作者既然将以李自成为代表的明末农民起义看作是"三百年前悲壮史"[3]，自然将赋予它悲剧性的情节结构，并按照悲剧的方式展开历史叙事。而这种先验的悲剧性赋格，实际上来源于作者对在历史事变背后起决定性因素的"历史内在规律"的认知。而这种认知又明显得益于毛泽东对农民革命"内在缺陷"的经典论断[4]：

---

1 姚雪垠：《为重印〈长夜〉致读者的一封信》，选自《姚雪垠文集》第12卷，人民文学出版社，2010年，第272页。
2 [美]海登·怀特：《元史学：十九世纪欧洲的历史想像》，陈新译，译林出版社，2004年，第9页。
3 姚雪垠：《题〈李自成〉第一卷原稿》，选自《姚雪垠文集》第15卷，人民文学出版社，2010年，第2页。
4 姚雪垠在创作谈中多次提到，他在反思李自成的悲剧性结局时比照的正是中共革命的成功经验。比如："李自成失败的许多原因中有一个根本原因，就是毛泽东同志说的'流寇主义'。流寇主义就是不重视建立根据地，不重视建立政权。"参见姚雪垠：《李自成为什么失败——兼论〈李自成〉的主题思想》，选自《姚雪垠文集》第18卷，人民文学出版社，2010年，第82页。

中国历史上的农民起义和农民战争规模之大，是世界历史上所仅见的。在中国封建社会里，只有这种农民的阶级斗争、农民的起义和农民的战争，才是历史发展的真正动力。因为每一次较大的农民起义和农民战争的结果，都打击了当时的封建统治，因而也就多少推动了社会生产力的发展。只是由于当时还没有新的生产力和生产关系，没有新的阶级力量，没有先进的政党，因而这种农民起义和农民战争得不到如同现在所有的无产阶级和共产党的正确领导，这样，就使当时的农民革命总是陷于失败，总是在革命中和革命后被地主和贵族利用了去，当作他们改朝换代的工具。[1]

既然已经将李自成领导的农民起义定性为无可挽回的"大悲剧"，那么出于塑造典型环境中的典型人物的写作目的，以及呈现客观规律的内在需要，似乎应该是作者越是将小说中的正面人物塑造得杰出，就越能彰显故事本身的悲剧色彩，最终也就越有利于证明历史规律之不可动摇。正如姚雪垠对"为何将李自成写得那么高"疑问的回答：

所谓悲剧，按我自己的理解就是英雄人物通过他的努力奋斗，不能扭转客观历史条件给他提供的形势。正如恩格斯说的："历史的必然要求与这个要求的实际上不可能实现。"如果运动的主要人物是庸庸碌碌的，他的失败便不是悲剧。

---

[1] 毛泽东：《中国革命和中国共产党》，选自《毛泽东选集》第2卷，人民出版社，1969年，第588页。

正因为他确实很杰出,很了不起,拼命地斗争,影响很深远,然而在某些关键问题上违反了客观规律,终于失败,这便是悲剧。《李自成》的总主题就是要挖掘和表现这种既是具体的、特殊的成败经验,也是具有普遍意义的规律。[1]

从这里可以看出,阐明并宣扬富于意识形态色彩的"历史的内在规律"是姚雪垠创作《李自成》的根本目的所在,而这种意图又与他"蒙冤自证"的努力具有深切的内在关联。在小说的价值秩序之中,作者一方面坚持"政治性"的核心地位,另一方面又始终试图通过对历史"真实性"的强调,为"艺术性"留出一定的生存空间。这种在日趋激进化、一元化的历史文化语境中,对作品内在"价值平衡"的有意尝试,以及这种尝试背后的创作理念与美学追求无疑是值得我们予以注意的。

第三节　再续"晚明书写"及与郭沫若的"甲申三百年祭"之辩

在《发明传统》一文中,埃里克·霍布斯鲍姆对"被发明的传统"一词进行了深入的阐释,指出:"'被发明的传统'意味着一整套通常由已经公开或私下接受的规则所控制的实践活动,具有一种仪式或象征特征,试图通过重复来灌输一定的价值和行为规范,而且必然暗含与过去的连续性。"而且,它们不仅包括已经确立的传统,"也包括那些在某一短暂的、可确定年代的时期中(可能只有几年)以一种难以

---

[1] 姚雪垠:《李自成为什么失败——兼论〈李自成〉的主题思想》,选自《姚雪垠文集》第18卷,人民文学出版社,2010年,第65页。

辨认的方式出现和迅速确立的传统"[1]。所谓的"晚明书写",即后人通过对"晚明"时期人物与事件等"历史记忆"的再塑造,传达自身意旨的创作行为。按照霍布斯鲍姆的定义,"晚明书写"显然也属于一种"传统的再发明/再生产",而这种"传统的再生产"在不同的时空环境中,又被赋予了不同的意涵。

"晚明书写"的兴起肇始于晚清时期,当时中国正遭遇"数千年未有之大变局",天朝迷梦的崩溃激发起的变革意志,推动了民族意识的觉醒与高涨。在这种历史情势之下,"晚明书写"自然就成了最佳介质,正如梁启超所说:

> 凡大思想家所留下的话,虽或在当时不发生效力,然而那话灌输到国民的"下意识"里头,碰着机缘,便会复活,而且其力极猛。清初几位大师——实即残明遗老——黄梨洲、顾亭林、朱舜水、王船山……之流,他们许多话,在过去二百多年间,大家熟视无睹,到这时忽然像电气一般把许多青年的心弦震得直跳。
>
> 他们反抗满洲的壮烈行动和言论,到这时因为在满族朝廷手上丢尽中国人的脸,国人正要推勘他的责任,读了先辈的书,蓦地把二百年麻木过去的民族意识觉醒转来……总而言之,最近三十年思想界之变迁,虽波澜一日比一日壮阔,内容一日比一日复杂,而最初的原动力,我敢用一句话来包

---

[1] [英] E. 霍布斯鲍姆、T. 兰格编:《传统的发明》,顾杭、庞冠群译,译林出版社,2004年,第1—2页。

举他,是残明遗献思想之复活。[1]

值得注意的是,"晚明书写"在当时的作用还不止于宣传动员,其更渗透到该时段知识分子的共同意识之中,成为时代的一种"共同情绪"。正如研究者所指出的,"在南社漫长的起落历程中,晚明社事和几、复记忆,始终承担着一种巨大的模范功能和宗旨意义"[2]。它是吟诵"大醉可中亭畔月,好狂呼几、复骚魂起"[3]的南社巨子柳亚子的精神依托,亦是当时声势最盛的文学社团的创作主题。它甚至在"清朝末年关于未来国家建构的论辩,尤其是'革命'与'君宪'的论争中"[4],推动了"革命"的最终胜出。由此可见,该时段"晚明书写"主要是通过解冻及再现被尘封的民族"痛史",召唤"夷夏之辨"并催动"种族革命",其最终导向是现代民族国家的建立。

"晚明书写"的再次兴起则是在抗战前期,尤以上海"孤岛"时期最为集中。究其原因,"孤岛"四面受敌的特殊空间形态,以及租界当局"不允许公开宣传抗日,甚至连'抗日'字样也不许直接出现"[5]的言论禁锢,使得身处"孤岛"的爱国知识分子"很难不将目光投向中华历史的纵深处,从中汲取面对险恶时局所急需的精神能量"。因此,"重新发掘固有历史传统,生产富于'当代性'的历史传奇的文化行动,也成为'孤

---

1 梁启超:《中国近三百年学术史》,天津古籍出版社,2003年,第33页。
2 秦燕春:《清末民初的晚明想象》,北京大学出版社,2008年,第199页。
3 柳亚子:《柳亚子文集·磨剑室诗词集》,上海人民出版社,1985年,第1777页。
4 王汎森:《中国近代思想与学术的系谱》,河北教育出版社,2001年,第71页。
5 钱璎、钱小惠:《从〈钱毅日记〉看阿英的戏剧活动》,《社会科学》,1984年第4期,第69—70页。

岛'知识界的共同选择"[1]。在随之兴起的历史剧创作热潮中，"晚明"因为时空距离较近，与现实处境相类，且富于传奇性，成为书写的主要对象。在"孤岛"时期的众多历史剧中，阿英以"魏如晦"为笔名创作的"南明史剧"三部曲——《碧血花》《海国英雄》《杨娥传》，以其雄浑悲壮、诗史交融的创作风格"誉满全岛"，成为剧坛中执牛耳之作。《碧血花》讲述的是名妓葛嫩娘规劝名士孙克咸从军抗清，被俘之后嚼碎舌头"血溅敌酋"的悲壮故事；《海国英雄》写的是抗清领袖郑成功在台湾建立府县并组织"天地会"以广泛散播"反清复明"思想的故事；而《杨娥传》则讲述了一个"奇女子"杨娥设计刺杀吴三桂，为南明永历帝和自己的夫君报仇的故事。作者显然试图以三个不同阶层人物的抗清"义举"，调动潜伏在国人精神内质中的"华夷之辨"的历史传统，通过戏剧表演这一互动性极强的文化实践，坚定观众的抗战意志，砥砺民众的民族气节。值得注意的是，有研究者发现在"孤岛"时期以历史剧形式进行"传统再生产"的过程中，不同代际的参与者在如何以同一题材组织、书写历史记忆，并以此重构民族想象上具有相当显著的差异。以阿英在柳亚子的建议下构思创作的《杨娥传》为例，阿英最终所确定的剧本内容较之柳亚子最初的剧本设计就有明显的差异：

> 新的分幕摒弃了所有非核心人物，以浓墨重彩集中刻画杨娥一人，简化了人物背后的历史叙述，有意淡化了柳氏版本着力凸显的哀感顽艳的传奇色彩。不难发现，相比于勾勒

---

[1] 耿传明、吕彦霖：《"孤岛"烽火思南明——从柳亚子与阿英关于〈杨娥传〉的分歧看两代作家的文化心理差异》，《天津师范大学学报（社会科学版）》，2017 年第 5 期，第 24 页。

一位奇女子的肖像，阿英对刻画一个以身许国的普通人物更有兴趣。因此，他删去了柳版中杨娥于风尘中寻访知己的情节，加入了更多日常生活环境的描述，并反复展现杨娥"位卑未敢忘忧国"的平民爱国立场。[1]

总体而言，抗战时期的"晚明书写"，首先是以"合则胜，分则败"的"南明教训"警示国人团结御侮的极端重要性；其次是以或写实或虚构的抗清义士的悲壮之举，确立"华夷之辨"之不可动摇，从而激发国人的民族意识与抗战气节；最后这种"传统再生产"依然指向"抗战建国"的最终目标——建立现代民族国家。

除去清末民初及抗战前期"晚明书写"两次成为文化领域的焦点，"晚明书写"再次引起知识界的关注则是在 1944 年，该年是旧历甲申年，正是明朝覆亡的三百周年纪念，中共方面安排《新华日报》以及《群众周刊》集中刊发了郭沫若、柳亚子等文化人士写作的纪念文章[2]。

---

[1] 耿传明、吕彦霖：《"孤岛"烽火思南明——从柳亚子与阿英关于〈杨娥传〉的分歧看两代作家的文化心理差异》，《天津师范大学学报（社会科学版）》，2017 年第 5 期，第 27 页。
[2] 除了柳亚子和郭沫若以及翦伯赞的文章，同时段产生的，值得注意的"晚明书写"的文学作品还有 2020 年由廖肇亨整理出版的写于同时段的台静农小说《亡明讲史》。这部小说由三段史事构成，其一是李自成率大顺军包围北京，崇祯无计可施只能自杀；其二是北京群臣先是投降李自成，随后又投降多尔衮，毫无廉耻；其三是南京群臣拥立弘光帝，小朝廷横征暴敛荒淫无耻，最终弘光帝被豫亲王多铎俘虏，小说最终在一幅讽刺弘光朝君臣丑态的对联中落下帷幕。有研究者指出，南社诗人口中血泪交织的南明"悲壮史"，"到台静农笔下竟变作一场完全黑暗、荒谬的丑剧——字里行间仿佛弥漫着一种充溢着否定性与虚无感的历史观念"。而这种"幽暗奇崛"的"南明想象"似乎意味着"身为左翼文化人的台静农秉持的革命理想，实际上更在当时的主流共产革命理念之外"。参见吕彦霖：《"天崩地坼此何时"——〈亡明讲史〉与台静农的"南明想象"》，《文化与诗学》，2021 年第 2 辑，第 70—80 页。

这些文章之中，郭沫若的长文《甲申三百年祭》在刊发之后，不仅对知识界产生了重大影响，还激起了国共两党的积极回应。与柳亚子的"晚明书写"中借助对明代"人事/风物"的歌咏召唤"民族/种族"革命的意志不同，接受唯物史观，认同"农民的阶级斗争、农民的起义和农民的战争，才是历史发展的真正动力"[1]的郭沫若，在文章开头就直接表达了与柳氏不同的态度——"规模宏大而经历长久的农民革命，在这一年使明朝最专制的王权统治崩溃了"[2]。可见他写作此文的真实目的，并非为明代招魂，而是以唯物史观对动荡的晚明历史进行再次解构。其一是论证"民变"的历史必然性，从而为农民起义正名；其二是以李岩的命运为切入点，探讨起义失败的原因。由于郭沫若此文透露出的意识形态倾向，它毫无疑问地受到了中共方面的热烈欢迎，当时身在延安的毛泽东就致信郭沫若，表示："你的《甲申三百年祭》，我们把它当作整风文件看待。小胜即骄傲，大胜更骄傲，一次又一次吃亏，如何避免此种毛病，实在值得注意。"[3]

反观国民党方面，自"《甲申》一文发表之后，国民党方面迅速组织力量进行批驳"[4]。在批驳文章中，叶青给郭沫若及其背后的共产党扣上了民族"失败主义"的帽子。他指责郭的《甲申三百年祭》暗藏"祸

---

[1] 毛泽东：《中国革命和中国共产党》，《毛泽东选集》第 2 卷，人民出版社，1969 年，第 625 页。
[2] 郭沫若：《甲申三百年祭》，《郭沫若全集·历史编》第 4 卷，人民出版社，1982 年，第 176 页。
[3] 毛泽东：《致郭沫若（1944 年 11 月 21 日）》，选自《毛泽东书信选集》，人民出版社，1983 年，第 241 页。
[4] 蔡炯昊：《抗战期间的晚明历史记忆与政治现实——以〈甲申三百年祭〉及其改编作品为中心》，《抗日战争研究》，2014 年第 3 期，第 104 页。

心":"回忆明亡底故事而又诋毁崇祯,歌颂李自成、李岩、宋献策,显然是反对政府,赞成流寇,大有希望今年为三百年前的甲申之再现的意思,如果这个希望实现了。今年发生大乱,那末日本之趁机完成其征服中国的迷梦,实为不可避免之事。"[1]。在时人的回忆里,国民党方面在应对此文时总给人以"左支右绌"的不良印象,而这种反击的困境也印证了话语权力随着形势的发展,已经越来越转向中共一边。

不难发现,无论是将《甲申三百年祭》作为"整风文件"的中共,还是认定该文"诋毁政府,动摇人心,煽动民变"[2]的国民党,实际上双方都认识到在历史转折关头,"晚明书写"内在所蕴藏的隐喻能量。因而,都在潜意识层面将"现实政治"交织进"晚明书写"所提供的"历史记忆"之中。如果说前两次的"晚明书写"热潮多属于知识分子的自发行动,那么这次关于"晚明书写"的争论,实际上即代表着政治势力开始直接介入"传统再生产"之中。

然而值得注意的是,毛泽东对于郭沫若此文虽极为重视,将其作为党内"整风文件",却对其文的表述逻辑并非完全认同。毛泽东并不认同郭沫若在文中对李岩作用的过度凸显和略带宿命论的败局归因。他强调农民起义的正义性与进步性是他们能够推翻明王朝的内在原因。只要同志们引以为戒,同时避免"游击主义",革命者便不会重蹈李自成的覆辙。

与郭沫若的《甲申三百年祭》相同,作为"晚明书写"的再次呈现,姚雪垠的《李自成》也试图以唯物史观再现明末的农民起义战争,勾勒

---

[1] 叶青:《郭沫若"甲申三百年祭"评议》,《民族正气》,1944年第2卷第4期,第28—29页。
[2] 同上,第31页。

各种政治势力交锋的恢宏画面。作为"革命历史小说"的一分子,尽管与现实题材有所差异,它依然需要承担"证明当代现实的合理性,建构国人在这革命所建立的新秩序中的主体意识"[1]的任务。关于《李自成》是如何以唯物史观刻写农民起义战争的,前文及相关研究成果已经有所论述分析,在此即不再赘述。如前所述,写作《李自成》与批判郭沫若写作于抗战胜利前的名文《甲申三百年祭》,成为姚雪垠晚年历史书写的两个主要向度。而笔者所关注的,正是姚雪垠"晚明书写"的另一种样态——对《甲申三百年祭》的批判。

对于姚雪垠在晚年写作一系列长文批判郭沫若的《甲申三百年祭》及其史学理念,研究界向来有不同的看法,支持者惋惜于"姚雪垠付出的是真诚,耗费的是时间,换来的却是关于'人品'的负面评价"[2],批评者则认为姚雪垠此举"是为了哗众取宠","企图将自己塑造为思想解放运动的先驱者形象"[3]。质实而言,姚雪垠晚年对于郭沫若的一系列批判并非单纯的意气之争,想要对该现象真正有所了解,必须首先抛开情绪性因素的影响,将该事件放置于双方当事人所处的历史结构及思想脉络之中,通过对二人史观和历史书写习惯的细致比照,才有可能最终把握到姚雪垠此举背后的真正动因。

姚雪垠对郭沫若的治学态度的不满并非晚年的"突发奇想",而是在一个比较长的历史时段中日渐积累而成。如前所述,姚雪垠青年时代形成自己历史观的时段,曾深受郭沫若的《中国古代社会研究》的影响,曾在该书封面上题字:"我所心爱的一本书"。然而这种崇拜未能

---

[1] 黄子平:《革命·历史·小说》,牛津大学出版社,1996年,第2页。
[2] 许建辉:《姚雪垠传》,湖北人民出版社,2007年,第297页。
[3] 邓经武:《姚雪垠与郭沫若比较论》,《郭沫若学刊》,2001年第1期,第64页。

一直维持下去，按照姚雪垠的说法："在我三十岁以后，我读书多了，对郭沫若的治学态度逐渐感到不满，在某些方面私下谈话时持批评态度。"[1]另外值得注意的是，姚雪垠曾在1977年1月专诚"将第一卷修订本《前言》寄一份给郭沫若同志"，且在随寄的信中提道："《前言》中关于对刘宗敏和李信的评价，和您从前的意见相违，正如西哲之言曰：我爱我师，我更爱真理。这也算学生同老师争鸣吧。"[2]据姚雪垠回忆，病中的郭沫若写了热情的回信，称："《前言》，我一口气读完了。我完全赞成您的观点。祝贺您的成功，感谢您改正了我的错误。"[3]对于郭沫若的回应，姚雪垠认为他"直到生命的最后一两年，在学术上不固执己见"，因此自己在之后写作批判《甲申三百年祭》的文章时，都"对他的勇于承认错误的态度怀着感动和敬佩之情"[4]。由此多少可以判断，姚雪垠对于郭沫若的批判并非单纯的"嫉贤妒能"或意气之争，而是有其内在学理性的理念争鸣。

如前所述，郭沫若的《甲申三百年祭》主要从两个向度展开，其一是论述"民变"之历史合理性，为农民起义正名；其二是以李岩为切入点，分析起义失败的内在原因。对于洗刷"匪、寇"之污蔑，为农民起义正名的意图，姚雪垠显然并无异议。问题主要在于第二点，即如何看待李岩在此次起义中的作用，以及起义失败内在原因的分析。在《甲申三百年祭》中，李岩是郭沫若极力凸显的人物，在他看来，"有了

---

[1] 姚雪垠：《我的前半生》，选自《姚雪垠文集》第16卷，人民文学出版社，2010年，第263页。

[2] 姚雪垠：《评〈甲申三百年祭〉》，选自《姚雪垠文集》第18卷，人民文学出版社，2010年，第339页。

[3] 同上，第339—340页。

[4] 同上，第340页。

他的入伙,明末的农民革命运动才走上了正轨"。[1]而在检讨李自成的败亡时,郭沫若又表示:"假使初进北京时,自成听了李岩的话,使士卒不要懈怠而败了军纪,对于吴三桂及早采取了牢笼政策,清人断不至于那样快的便入了关。又假使李岩收复河南之议得到实现,以李岩的深得人心,必能独当一面,把农民解放的战斗转化为种族之间的战争。"[2]由此看来,在郭沫若的叙述中,李岩实在是将农民起义的兴盛与衰败系于一身的重要人物。然而郭沫若对李岩的热情并未止步于《甲申三百年祭》,尽管李岩已经被他极力凸显,甚至在文本中获得了比起义领袖李自成还高的地位,他却仍然认为"关于李岩,我们对于他的重要性实在还叙述得不够"[3]。在对李岩思想结构的进一步阐释中,他断定李岩"一定是一个怀抱着人民思想的人。他的参加农民革命是有他自己的思想上的必然性,并不是单纯的'官激民变'"[4]。他因此给以"举人公子身份而终于肯投归李自成"[5]的李岩冠以"人民思想的体验者"[6]的头衔,认为他的历史地位应该远在"有民族思想而无人民思想"的顾炎武,或是"富于民族气节而贫于人民思想"的王夫之之上。既然作者将李岩看得如此重要,那么在检讨起义的失败时显然需要从其他人身上

---

1 郭沫若:《甲申三百年祭》,选自《郭沫若全集·历史编》第 4 卷,人民出版社,1982 年,第 190 页。

2 同上,第 203 页。

3 郭沫若:《我的历史研究——序〈历中人物〉》,《大学(成都)》,1947 年第 6 卷 3—1 期,第 46 页。

4 同上。

5 郭沫若:《关于李岩》,选自《郭沫若全集·历史编》第 4 卷,人民出版社,1982 年,第 205 页。

6 郭沫若:《我的历史研究——序〈历史人物〉》,《大学(成都)》,1947 年第 6 卷 3—4 期,第 46 页。

寻找原因。因此，在郭沫若看来，在起义军的主要领导中，除了李自成微有"失察"之过外，罪魁祸首是贪慕虚荣的牛金星，以及强掳陈圆圆、勒索帝都官绅财产的刘宗敏——"竟误了大事的，主要的也就是这两位巨头。"[1]

梳理至此，我们不难看出郭沫若对李岩的推重，实际上是为"革命知识分子"在革命队伍中的特殊价值张目，而他在书写悲剧性的李岩之死时，"忧虑的不仅仅是这个群体的命运，更是他个人未来的命运"[2]。然而，郭沫若的这番激情表述的内部并非没有矛盾，既然秉持唯物史观为农民起义正名，自然就是认同"在中国封建社会里，只有这种农民的阶级斗争、农民的起义和农民的战争，才是历史发展的真正动力"[3]。因而也就是承认了农民阶级在这场历史运动中的主体性地位，按照这种逻辑，李岩无论如何重要，都不能喧宾夺主地成为推动革命走向正轨的、超越历史主体的存在。同样的，照此逻辑推断，被作者视为"人民思想的体验者"的李岩，他的"人民思想"既然并非单纯的"官激民变"（即阶级矛盾），而是知识分子自有的价值取向，那么其阶级纯粹性则必然大打折扣。正如研究者所指出的那样，郭沫若的"人民思想"更接近一种传统意义上的知识分子的"民本思想"——"这样一种'人民思想'并不能说是阶级视野中的'人民'，实际上更多的指

---

[1] 郭沫若：《甲申三百年祭》，《郭沫若全集·历史编》第4卷，人民出版社，1982年，第193页。
[2] 李斌：《〈甲申三百年祭〉与郭沫若的隐微心曲》，《首都师范大学学报》，2016年第1期，第88页。
[3] 毛泽东：《中国革命和中国共产党》，选自《毛泽东选集》第2卷，人民出版社，1969年，第588页。

向'市民',并且是将'农民'排除在外的。"[1]以此为基点,让我们重新审视郭沫若有关于"人民思想"的其他言论,无论是他申说自己"人民本位"[2]的好恶标准,还是对文化活动与"人民"关系的阐释:

> 在上行阶段的文化活动,大抵上是以人民幸福为本位的;在下行阶段的时候便被歪曲利用而起了质变,变为了牺牲人民幸福为本位了。[3]
>
> 在目前民主运动的大潮流当中,"人民的世纪"更加把它自己的面貌显豁起来了。人民大众是一切的主体,一切都要享于人民,属于人民,作于人民。文艺断不能成为例外。[4]

从中不难发现,在郭沫若这里"人民"的涵盖面,较之强调政治性及阶级身份的"工农兵",范围要广阔得多,更多时候是以数量巨大的"大众"的形式而存在,由此可见郭沫若在写作《甲申三百年祭》的时候,所秉持的实际上是一种并不彻底的阶级史观。他正是以这样一种史观,对明末农民起义"其兴也勃焉,其亡也忽焉"的内在动因进行探讨的。作为农民起义的"正名者",他自然不会将责任怪罪到农民阶

---

[1] 吴舒洁:《民族与阶级视野中的"甲申史论"——"明亡三百年"与1940年代的中国马克思主义史学》,《现代中文学刊》,2010年第1期,第102页。
[2] 郭沫若:《我的历史研究——序〈历史人物〉》,《大学(成都)》,1947年第6卷第3—4期,第45页。
[3] 郭沫若:《谢陈代新》,选自《郭沫若全集·文学编》第19卷,人民文学出版社,1992年,第448页。
[4] 郭沫若:《向人民大众学习》,选自《郭沫若全集·文学编》第19卷,人民文学出版社,1992年,第534页。

级的代表,即农民起义的领导者李自成身上,因此他说"后来李自成的失败,自成自己实在不能负专责,而牛金星和刘宗敏倒要负差不多全部责任"[1]。然而这种罪责的转移,实际上是悬置而非解释了问题。如果被视为"历史发展真正动力"的农民起义及其领导者李自成的悲剧性失败,仅仅是因为李岩的"被诬杀"和牛金星与刘宗敏的"乱作为"这些偶然性因素的话,那么这种崇高的"定性"背后的历史合法性也将毫无疑问地遭到削弱。与此同时,这种注目于偶然性因素的"悬置式"解读,不仅可能将读者导入一种不可知论的话语境遇,作者对李岩命运的一再叹惋,也使文本弥漫着一种知识分子式的犹疑不决的悲观主义色调。这些显然都与以"乐观的历史哲学的信仰者"自诩,"从根本上拒绝悲观和绝望,拒绝对历史以及对世界在认识上的犹豫不决"[2]的革命者的意趣相违背。这也许正是身为革命领袖的毛泽东对于《甲申三百年祭》予以选择性吸收,对作者极力凸显的李岩有所忽视的内在原因。

再看姚雪垠对郭沫若的《甲申三百年祭》的批判。首先,我们需要认识到在历史中产生过深远影响的《甲申三百年祭》,对于有志于重续"晚明书写"的姚雪垠而言,确实是一个巨大的"影响的焦虑"。正如他自己所说:

> 我因为写《李自成》这部小说,不能不同《甲申三百年

---

[1] 郭沫若:《甲申三百年祭》,选自《郭沫若全集·历史编》第4卷,人民出版社,1982年,第201页。
[2] 洪子诚:《问题与方法:中国当代文学史研究讲稿》,北京大学出版社,2010年,第294页。

祭》发生关系……当时摆在我面前的一个重要问题是要不要跟着《甲申三百年祭》的见解走。跟着走，是一条最轻松、最保险的道路。然而我考虑的结果，决定不跟着《甲申三百年祭》走。[1]

但是按照姚雪垠自己的说法，他对《甲申三百年祭》的质疑并不是在写作《李自成》第一卷才开始的。在《甲申三百年祭》引起轰动时，自己虽对明末历史涉猎尚浅，但是凭直觉"认为不应当将李岩的作用夸张过火"[2]。其后，他对于《甲申三百年祭》的批判则呈现为一个随着阅历增长而逐渐发展、深入的过程：

我对于李岩问题的认识有三个阶段：第一阶段，从四十年代到五十年代，我不同意那种无视李自成及其部队发展的真正动力，将李岩的作用过分夸张的看法。我不怀疑李岩的事迹，只是认为对李岩的评论不符合历史唯物主义。第二阶段，在六十年代初，我对李岩的事迹开始怀疑，并认为红娘子是传说中虚构的人物，而且是文人们笔下虚构出来的，不是产生于河南民间。第三阶段，最近一年来我分出余力多看了一点材料，将这个影响广泛的问题基本上搞清楚，但还有一些问题不能彻底解决，只能暂时存疑。[3]

---

1 姚雪垠：《评〈甲申三百年祭〉》，选自《姚雪垠文集》第18卷，人民文学出版社，2010年，第338页。
2 姚雪垠：《谈李信其人》，选自《姚雪垠文集》第18卷，人民文学出版社，2010年，第288页。
3 同上，第292页。

显然，作为唯物主义的坚定信仰者，姚雪垠首先抓住的问题便是郭沫若对李岩作用的极力凸显，这也成为他之后批判《甲申三百年祭》的最主要切入点。在姚雪垠看来，由于李岩与李自成相互对立的阶级身份，对李岩的凸显即意味着"贬低李自成及其部队"[1]。姚雪垠认为这是由于郭沫若未能以阶级视角审视、分辨李岩这个人物以及描绘其形象的历史资料，做了"旧材料的俘虏"，最终颠倒了历史的真相，"宣传了历史唯心主义，同时贬低了李自成"[2]。姚雪垠对李岩作用的质疑，实际上是为了重申李自成及其农民军的决定性作用，而这种决定性力量的来源，正是他们的阶级出身：

> 李自成本人及其部队的成熟，取决于本身的内在条件：李自成和他的主要骨干的阶级出身、斗争经历和政治觉悟程度；在长期阶级斗争中广大群众的痛苦、希望、政治动向等对他们的推动力量；他们自己在走向成熟的过程中所发挥的主观能动性。[3]

随着《李自成》写作的逐渐深入与自己接触的明末史料日益增加，姚雪垠对李岩的态度，开始由怀疑其地位转向质疑其存在。在考证李岩是否存在时，姚雪垠表示：首先，无论是《开封府志》，还是郑廉的《豫变纪略》抑或是《杞县志》都没有关于李岩的记载；其次，记载乡

---

[1] 姚雪垠：《〈李自成〉第一卷修订本前言》，选自《姚雪垠文集》第18卷，人民文学出版社，2010年，第20页。
[2] 同上，第21页。
[3] 同上。

试录取名单的"题名录"中也没有李岩这个举人的名号；最后，被传为李岩生父的兵部尚书李精白也不是河南人，而是安徽人。他因此判定：

> 李信有没有这个人，问题很多。起码可以肯定：（一）他不是杞县人；（二）他不是举人；（三）他不是李精白的儿子；（四）他在大顺军中的地位并不重要。[1]

不但以朴学考证对李岩进行了证伪，姚雪垠更进一步指出郭沫若将吴三桂投降满清的原因，归结为吴伟业的《圆圆曲》中所谓的"冲冠一怒为红颜"，也即"刘宗敏弄去了妓女陈圆圆，实际上这是一个不可信的传说"[2]。不仅如此，姚雪垠除了强调刘宗敏并非起义败亡的祸首，也指出忙于开科取士和筹办登基大典的牛金星不足以败坏起义大局。至此，姚雪垠通过文献考辨和论述，已经将郭沫若在《甲申三百年祭》中给李自成及起义军的败亡找出的两条内在原因完全推翻。在他看来，必须如此"纠偏"的原因，是"过分强调历史进程中的偶然性，便无法弄清历史运动的客观规律"[3]。

由此可见，姚雪垠对郭沫若的一系列批判的核心问题意识，是如何以唯物史观统摄"晚明书写"，并非所谓的意气之争。而姚雪垠对郭沫若治学态度的批评——"郭老治学，常从个人兴趣出发，穿凿附

1　姚雪垠：《〈李自成〉大悲剧》，选自《姚雪垠文集》第18卷，人民文学出版社，2010年，第115页。
2　姚雪垠：《论历史小说的新道路》，选自《姚雪垠文集》第18卷，人民文学出版社，2010年，第172页。
3　姚雪垠：《〈李自成〉创作余墨》，选自《姚雪垠文集》第18卷，人民文学出版社，2010年，第44页。

会，而不从历史科学出发"[1]，实际上也应该是出于对郭沫若以唯物史观考辨明末历史的过程中，过度发挥个人主观意识的不满。因此，姚雪垠所强调的"历史科学性"，是在认清"历史是一门阶级性和倾向性十分鲜明的科学"[2]的前提下，再以朴学精神进行细密考释研究的。从这个理念出发，作者笔下的《李自成》虽然也呈现出鲜明悲剧色彩，却不会像《甲申三百年祭》那样指向历史的不可索解的晦暗之处，而是以悲剧的诞生与发展验证历史规律的强大力量，进而借助已经成为历史的"牺牲"，为现实中的成功"加冕"。由此观之，我们也许就不难理解曾经对《甲申三百年祭》选择性接受的毛泽东为何对《李自成》表示欣赏，并指示对作者予以保护了。

然而，我们也需要避免以政治的"后见之明"，将姚雪垠通过《李自成》所展现出的这种历史阐释观硬性地解读为政治投机，这显然是与姚雪垠一贯的行止并不符合。正如姚雪垠所说："我在'五四'以来的作家中有共同性，有特殊性。从研究角度说，我的特殊性必须注意。"[3]而考察这种特殊性，还需要回到本章节的第一部分对姚雪垠思想生成过程的讨论之中去找寻答案。正如前文指出的，唯物史观为身怀生存/精神困境的姚雪垠提供了认知自我与世界的崭新视角，改变了他的人生走向。这种独到的生命体验，正成为推动作者"接受马克

---

[1] 姚雪垠：《评〈甲申三百年祭〉》，选自《姚雪垠文集》第 18 卷，人民文学出版社，2010 年，第 351 页。
[2] 姚雪垠：《关于历史小说的翻案问题——致茅盾先生》，选自《茅盾、姚雪垠谈艺书简》，姚海天编，人民文学出版社，2006 年，第 17 页。
[3] 姚雪垠：《给刘岱》，选自《姚雪垠文集》第 19 卷，人民文学出版社，2010 年，第 204 页。

思唯物史观，以新思想重新确定和衡量一切"[1]的内在动力。这种唯物史观与生命历程的密切关联，使得他对历史规律的信仰"扎根于一种道德情感"，以至于"不容许任何的机变权诈（personal chicanery）和实用主义（operational pragmatism）"[2]。这使得他在面对革命队伍中经常出现的"经权之辨"，往往倾向于选择"守经拒权"，而1949年后的一系列的政治推动下的"翻案"及其政治后果，更使得他对过度的"权变"颇为警惕。[3]因此，他这种对历史规律"道德情感"式的偏执，可以视为促使他对《甲申三百年祭》及郭沫若的治学态度展开持续批判，并在"文革"时期拒绝以《李自成》作为"政策传声筒"的内在动力。

---

[1] 董之林：《观念与小说——关于姚雪垠的五卷本〈李自成〉》，《文学评论》，2008年第2期，第75页。

[2] [美] 李欧梵：《铁屋中的呐喊》，尹慧珉译，河北教育出版社，2002年，第188页。

[3] 姚雪垠曾专门对1949年后盛行的"对历史翻案"的习气表达不满，指出可以提出对历史新的创建，"但这是历史科学本身的发展所提供的，并非曲解或篡改历史以适应今日之所需"。他还进一步指出这种过度的"权变"对主体意识形态的伤害，认为"目前在我国，许多中青年不相信马克思主义哲学的现象相当严重"。参见姚雪垠：《论历史小说的新道路》，选自《姚雪垠文集》第18卷，人民文学出版社，2010年，第169—171页。

第四章 一个『革命文化人』的晚年姿态

——以姚雪垠对《春暖花开的时候》的修改为中心

第一节　被"冷藏"的青年代表作及其"命运"再审视

被姚雪垠视为青年时期代表作的长篇小说《春暖花开的时候》创作于1939年秋，是作者构想的长达百万字的"三部曲"中的第一部。小说当时以边写边载的方式刊登在由胡绳主持、重庆生活书店出版的《读书月报》上[1]。与小说同时写就的以书中人物口述的小说《红灯笼的故事》，分期刊登在《文艺新闻》上[2]，后又合为一篇，以《红灯笼故事——一部长篇小说中的断片》为名发表在《抗战文艺》第4卷第2期。以上两部分，构成了小说的初刊本。遗憾的是，姚氏以"三部曲"刻画抗战期间临近战地的内地救亡青年生活与精神嬗变的宏愿，囿于多重

---

[1]《春暖花开的时候》在《读书月报》上共刊载10期，从1940年第2卷第1期开始连载，至1941年第2卷第11期结束。

[2] 该作品以《红灯笼的故事：一部长篇小说中的断片》为题，分五期刊登在《文艺新闻》上，从1939年第3期开始，至1939年第7期结束。《文艺新闻》对该作很重视，于1939年第3期刊发《姚雪垠驰驱战地——〈差半车麦秸〉的作者，最近将有长篇发表》一文，介绍其以往成就，向读者推荐他的新作。

原因最终未能实现[1]。作者于1943年春节后到重庆,将"停顿了两年多的《春暖花开的时候》又接下去写,一边写一边分册出版"[2],修改后的小说于1944年9月由重庆现代出版社分为上中下三册出版,后也合为一册,是为初版本。从1944年9月到1946年3月,初版本共印行四次,是颇受读者欢迎的畅销书[3]。小说中的"三典型/三女性"也成为大后方读者所热议的话题,《书摘》杂志曾热情推荐该作,并专刊转载了小说的部分章节[4]。然而好景不长,小说在1946年和1948年先后遭到胡风派和编辑者胡绳的批判,从"畅销书"变成了"违禁品",被迫进入"冷藏"状态。但是这部在大陆被"冷藏"的作品,却在香港地区被翻印多

---

1 1941年《读书月报》第2卷第11期,在结束小说连载时,文末有附记一篇,称停刊原因是:"著者姚雪垠先生在前方生病,只好停止写作,据他在去年十二月十九日的来信说,'卧病多日,几濒于死,现回故乡休养,仍难起床',要到今年春暖花开的时候,才可能再提起笔续写。所以在本刊上的连载也只能到此为止了。"其后又转述作者的话,称"第一卷的单行本一时还不能出版,将大大地修改一下",且"将来第二卷第三卷都要以单行本和读者们络续相见的"。在附文中,编者还透漏了作者对"第二卷第三卷某些情节的提要",如"故事的真正发展是在第二卷,高潮是在第三卷的中间或下部""罗香斋'落水'成为汉奸""叶露去世""张克非在爱人罗兰面前辞世""黄梅和罗明发生爱情"等主要人物的结局。

2 姚雪垠:《学习追求五十年》,选自《姚雪垠文集》第16卷,人民文学出版社,2010年,第40页。

3 据姚雪垠回忆:"解放以前,新小说出版一般只印二千册。《春暖》第一部出版时国统区已经大大缩小……而且各大小城市之间的交通十分不便。在这样的发行条件之下,《春暖》第一版印了一万部,不到两星期销售一空,赶快重印。"参见姚雪垠:《我的前半生》,选自《姚雪垠文集》第16卷,人民文学出版社,2010年,第270页。

4 参见《书摘》1945年第1期,编者对小说显然相当欣赏,表示:"作者所用的语言是极美的语言,到处都像诗一样,叫人回味。其中穿插的《红灯笼故事》是很有名的。"

次，读过的人很多。[1]而且，在新加坡也广有读者。改革开放后，恢复身份名誉的姚雪垠开始着手文集编选，首先想到的便是让这部被"冷藏"的小说重见天日。他在1982年致信助手，提出大致的修改构想[2]，1986年和1987年两次对小说初版本进行大改，改定稿最初于1999年作为"姚雪垠书系"的一本由中国青年出版社再版，后又编列人民文学出版社的《姚雪垠文集》第11卷，是为再版本。

作为跨越了"现代"与"当代"的著名作家，学界对姚雪垠及其作品的研究已颇为丰富，唯独对这部小说关注极少[3]。即便是稍有涉及者，其视角也多停留在较为表层的"史料价值"之层次。这恐怕与它被"冷藏"四十余载的"命运"有关。与这种冷淡形成鲜明对比的，是作者对这部作品的热情。通览姚雪垠的笔谈文字，这部小说的"曝光度"可说是仅次于《李自成》。作者一方面不吝笔墨地回忆小说在当年引起的轰动，借小说在读者中的广泛影响来佐证作品"持续的生命力"。另一

---

[1] 姚雪垠回忆称："一九八五年一月上旬，我应邀访问新加坡。东道主安排负责采访我的是《南洋·星洲联合早报》的记者兼小说家张曦娜女士……在汽车上，她不停地向我询问有关《春暖》的各种问题……应三联书店之邀，我在香港停留了一个星期，知道香港读者读过《春暖》的人很多。"参见姚雪垠：《前言》，选自《姚雪垠文集》第11卷，人民文学出版社，2010年，第6页。

[2] 姚雪垠：《我准备怎么修订〈春暖花开的时候〉——致王维玲、俞汝捷同志》，《姚雪垠研究专集》，姚北桦等编，黄河文艺出版社，1985年，第248页。

[3] 据笔者所见，关于该作的评论基本出现在1945至1948年间，有李长之发表在1944年《时与潮文艺》上的《春暖花开的时候（第一部）》（第3卷第5期）、《春暖花开的时候（第二部）》（第3卷第6期）；茅盾发表于1945年《文哨》的《〈春暖花开的时候〉简评》（第1卷第1期）；署名未民发表于1946年《希望》的《市侩主义的路线》（第1卷第3期）；1948年署名莲湖发表于《浙赣路讯》（第四版）的《咀华随笔——春暖花开的时候》及胡绳同年5月发表于《大众文艺丛刊》（第2期）的《评姚雪垠的几本小说》。近年以来的专门研究仅有赵焕亭的《河南抗日救亡运动的历史写真——论〈春暖花开的时候〉的史料价值》一篇。

方面又历数小说中包含的种种亲身经历和创作过程的艰辛[1]，另外还频繁论及这部作品对于自己的特殊意义，在他看来这部长篇处女作"不仅是我青年时期的一部代表作，而且相当真实地反映了抗战初期内地救亡青年的斗争生活。我关于长篇小说的部分美学思想也由此开始萌发"[2]。正是这部小说，让他从为自己带来文坛声名的中短篇创作，彻底地转向了长篇的探索，进而创作出了《长夜》和《李自成》。

一部曾经拥有如许影响力，饱含作者亲身经历，对他具有如此特殊意义的小说，无论对于姚雪垠研究，抑或是对于其所在时段的文学研究，显然都有相当的价值。这样的作品长期被置于文学研究视野之外，实在令人遗憾。更何况因为作者的大幅度改写，小说从初刊本到初版本再到再版本，文本形态改变颇大。尤其是初版本到再版本的修改，恰巧发生在言论环境宽松，作者身份名誉恢复，即将以"文集"形式总结人生的晚年时期。较之习见的1949年后作家的修改模式，这种独特历史/人生情境下的改写，无疑具有别样的代表性。基于此，笔者试图首先结合历史语境与初版本内容，探究小说被"冷藏"的原因，

---

[1] 小说中的很多桥段，是作者在第五战区均县留守处抗日文化工作讲习班中所经历的真实场景。在创作过程中经常遭空袭，作者和妻子携带稿纸在郊外边躲边写作，"倘若飞机群朝着我们坐的方向飞来，已经临近，便赶快伏倒地上"。参见姚雪垠：《学习追求五十年》，选自《姚雪垠文集》第16卷，人民文学出版社，2010年，第39页。

[2] 参见姚雪垠：《前言》，选自《姚雪垠文集》第11卷，第1页。另外，姚雪垠在与茅盾的信件感叹由于之前的作品没有重印，读者认为他是直接从《差半车麦秸》跳到《李自成》"，因此深感再次推出这部"青年时期代表作"的必要。他原拟"在《李自成》四、五卷录音完毕之后，抽出半年以上时间，将《春暖》修订、补完"，但据其子姚海天回忆，他实际上是"放下《李自成》第四、五卷的紧张写作，花了数月时间，对原书先后两次修订"，可见其对该作品的重视。参见姚海天：《出版说明》，《四月交响曲》，中州古籍出版社，2015年，第3页。

梳理再版本生成的"前史"。其次将通过初刊本、初版本、再版本的对校，考释文本形态演变及版本本性变化，其后总结作者的修改意向，对其改写行为的心理动因的生成进行深入探讨。

《春暖花开的时候》初版本所描写的，是抗战初期内地救亡青年的斗争与生活。作者将故事安置在大别山地区一个经历革命风暴洗礼的县城，虚构了一个曾担任地方民团领袖的封建豪绅罗香斋，长子罗照是唯利是图的国民党，次子罗明则加入地下党参与救亡运动，爱女罗兰也追求进步。县城因为战时教育工作团的到来，创建了战时讲习班，汇集了大批进步青年男女。小说里最知名的"三典型"黄梅、林梦云、罗兰在讲习班结识。他们在罗明和张克非、陶春冰等人的教育和领导下，下乡宣传抗战，与地方反动势力斗争，还突破了守旧家庭对自身的羁绊。讲习班虽最终被迫解散，他们毕竟获得了时代的洗礼与精神的成长。小说根植于作者的生活经验，刻画的是抗战时期的少男少女，且奉献出了被称为"太阳、月亮、星星"的黄梅、林梦云、罗兰"三位典型女性"，笔致生动鲜活，使得"大后方青年很羡慕那种生活，觉得既新奇又很有意义。曾经过过那种生活的读者，好像重温旧梦，又思念起那一段活泼生动的日子"[1]，其"畅销"可说是情理之中。

照理来说，这部小说从内容到题材均堪称"正面"，初版本中更是大幅删改了初刊本中少年男女间的感情纠葛，使得文本更为"洁净"，实在难以将之与被轮番批判最终遭"冷藏"的命运联系起来。然而返归历史现场，不难发现小说传播和接受的时段，正是抗战后期到1949年之前政治空间与历史语境急剧裂变的时期，国共实力的消长造就了

---

[1] 严晖：《姚雪垠及其〈春暖花开的时候〉》，《星洲日报》，1979年12月6日。

时势话语权力更迭，进一步推动了左翼阵营突破原有舆论格局、统一文艺思想的企图。因此昨日之所"是"，难免成今日之所"非"[1]，评价标准的切换，也使得小说中原来"合规"的内容转为"异端"。回看小说所受两次批判，批判者虽然都来自左翼阵营内部，却在同一部小说中找到了截然相反的"病灶"。胡风派的未民（路翎）认为："目前的腐败的封建，商业的社会需要色情的货色——姚雪垠先生制造了他底'三种典型的女性'，并且装做风雅。"[2] 在他看来，这部小说是一部暴露姚氏"市侩主义本色"，充满"客观主义"和"公式主义"的"抗战八股"。姚氏只是在流行的话语范式中填充了空洞内容，并未以真正的热情刻写救亡青年的面目与心灵。与前者对该作的"客观主义"定位相反，胡绳认为作品的问题反而是作者过度的"主观主义"，致使其无法"用忠实于客观的历史现实的态度来进行创作"[3]。他举"三典型"中分别出身佃农和豪绅的黄梅和罗兰为例，批评作者将她们塑造得过分相似，全然忽视二人巨大的阶级差异，指出这种"不从具体的历史现实中抽演出来的'典型'，其实只是抽象性格的剪影"[4]。胡绳对这部作品下了非常重的"断语"，认为小说"断然是对救亡运动的歪曲和侮辱"，"彻头彻尾地歪曲了历史现实"[5]。在文本批判后胡文更进一步，将姚雪

---

[1] 例如，《文艺复兴》第 1 卷第 5 期刊有梅林的《关于"抗战八年文艺检讨"——记一个文艺座谈会》一文，系左翼阵营于 1946 年在重庆召开的一个关于抗战八年文艺反思的会议，主要参会人员有郭沫若、田汉、阳翰笙、冯乃超等人。他们认为新形势下，必须反思自身在抗战期间所执行的文艺政策，认为自己在抗战中为了"团结"一定程度上失掉了"立场"，认定之后坚定立场的必要性。

[2] 未民：《市侩主义的路线》，《希望（上海）》，1946 年第 1 卷第 3 期，第 326 页。

[3] 胡绳：《评姚雪垠的几本小说》，《大众文艺丛刊》，1948 年第 2 期，第 39—40 页。

[4] 同上，第 35 页。

[5] 同上。

垠作为反例,强调在新的政治形势下,小资产阶级知识分子的自我思想改造虽相当艰辛,却极端必要,像作者一样"沉溺于自我欣赏的情怀中",结果只能是"断绝了自我改造的道路"[1]。值得注意的是,面对前后两次批判,姚氏的态度却大相径庭。对于胡风派的批判,他当即坚决反击,认为这种污蔑乃是该派领袖胡风一贯秉持的"狭隘的宗派主义,刚愎的英雄主义和主观主义"[2]造成的,奉劝他们"不再以污蔑的态度对付文化战线上的患难朋友"[3]。后来姚氏谈及此书,必然会提到胡风派污蔑其为"色情文学"一事,似乎在他看来,正是"《春暖》所受的诬蔑性'批判',影响到解放以后,使我背了将近四十年的黑锅"[4]。而对于胡绳用语颇重的批判,作者始终未置一词,还在回忆录中提及胡绳催促创作和刊发小说的功劳,感谢他对"三典型"塑造的宝贵建议。这种"厚此薄彼"的姿态颇可玩味,质实而言,较之胡风派言辞激烈的"污蔑",胡绳对小说价值倾向及其美学理念的彻底否定,恐怕才是该作遭遇"冷藏"的根本诱因。作者如此区别对待,推其原因,首先是对"胡风派"将自己视为敌人,并以激烈言辞无端发难的怨怒;其次是与胡绳的友谊,无论是这部小说的写作还是刊发,均与他密切相关,即使在批判姚氏的文章里,胡绳也在附记中检讨了自己对朋友的失察之过,既然"是友非敌",何妨"一笑泯恩仇";最重要的恐怕是姚氏对胡绳此

---

[1] 胡绳:《评姚雪垠的几本小说》,《大众文艺丛刊》,1948年第2期,第37页。
[2] 姚雪垠:《论胡风的宗派主义——〈牛全德与红萝卜〉序》,《雪风》,1947年第3期,第14页。
[3] 同上。
[4] 姚雪垠:《前言》,选自《姚雪垠文集》第11卷,人民文学出版社,2010年,第3—4页。

举的内在动机及其背后力量的深刻认识和真心认同。[1]

第二节 小说《春暖花开的时候》之版本考释

1944 年为出版小说,作者对初刊本进行了相当程度的改写。在 1982 年确定该小说值得再版后,又于 1986 年、1987 年两次修订初版本。据作者说,两次修改花费了极大的精力:"从艺术着眼,将全书推敲一遍,或在字句上作了修改,或在细节上作了修改。有的地方改动很大,近于重写。"[2] 当时作者已届八十高龄,能够如此努力,除去对小说价值的笃信,也是为了弥补小说未能展现"全貌"的历史遗憾。正如他自己所说:"历史的命运决定了《春暖》只能以三分之一的面貌留在人间……我只能作一些小的补救。例如本来要留在第二部或第三部让读者明白的,如今在第一部写明或暗示出来。总之,我通过这次修订,尽可能使读者感到这是一部完整的长篇小说。"[3] 然而这寥寥数段,根本不足以反映三个版本在改写后产生的众多变化及其所造成的版本本性嬗变。基于此,笔者对小说的三个版本进行了对校,发现较之初版本,初刊本还只是一个具备基本框架的故事"雏形"。据笔者考证和统计,初版本对初刊本的明显改写共 38 处,增补了大量人物和故事情节,还将独立发表的《红灯笼的故事》并入小说。而比较再版本与初版本,则

---

[1] 正如《大众文艺丛刊》同人所言:"一个新的形势快将到来了,为了迎接这即将到来的新形势,觉得有必要特别强调文艺上为工农兵基本方向和无产阶级思想领导的问题。"其时,革命即将创造出崭新的历史局面,而作为传达革命意志的载体,该刊所采取的一系列批判活动,自然都必须服务于这一根本的政治目标。
[2] 姚雪垠:《前言》,选自《姚雪垠文集》第 11 卷,人民文学出版社,2010 年,第 14 页。
[3] 同上,第 13 页。

发现明显改写达 105 处，补写超过 14 万字，可说规模"惊人"，形同"再造"。如此数量的改写和增补，倘若以初刊本分别与其他两版本对校，难免有繁冗与分散之弊，不易呈现作者的修改意向。因此文章拟通过主要人物塑造、重要事件描写、文本形态呈现三个维度，对三个版本间的变化进行考释。

小说中的主要人物有"反面人物"罗香斋，在讲习班任教的进步青年和地下党员罗明、陶春冰、张克非、郭心清，小说中的"女性三典型"罗兰、黄梅、林梦云以及罗兰的表姐吴寄萍。

罗香斋：在文中罗家是县城大户，罗香斋是前民团领袖和地方豪绅，是小说中"反面人物"的典型。在初刊本中罗氏有一儿一女，"罗明是罗香斋唯一的儿子"[1]。初版本中罗家则增加了长子罗照，罗照又娶妻李惠芳，且有一女。罗照在文中是国民党，道德败坏的政治投机分子，而李惠芳则是弱势贤妻，孝敬公公，关爱吴寄萍、罗兰，是个颇使人爱怜的悲剧人物，再版本中与此保持一致。由于罗香斋的身份，如何对其"定性"是个需注意的问题。在初刊本和初版本中，均为比较中性的"典型的封建地主和绅士"[2]，到了再版本则变为"可恶的封建地主和绅士"[3]。与对罗氏"定性"中政治性强化相呼应，对其行为的解读也发生变化。典型的例子是在初版本中，罗香斋对黄梅母女不予加害的原因是"几代的东佃关系"带来的"恻隐之心"，再版本中则变为"罗香斋在'剿共'中杀的无辜农民过多，退隐后开始念佛"[4]，因为罪感才

---

1 姚雪垠：《春暖花开的时候》，《读书月报》，1940 年第 2 卷第 1 期，第 19 页。
2 同上。
3 姚雪垠：《姚雪垠文集》第 11 卷，人民文学出版社，2010 年，第 6 页。
4 同上，第 5 页。

对她们有了"恻隐之心"。另外,如果说作者在初版本中对其道德状况持有相对中性的态度,称之为"是一位老派绅士,操守廉洁,做事情很有魄力"[1],再版本中则更倾向于突出其强势、守旧、顽固的一面,再版本的第十一章《罗宅风波》中重新补入的一大段景物描写,值得特别注意。作者借罗兰之眼还原了自家陈设——清帝逊位多年,屏风上有红纸神位"恭写""供奉　天地君亲师之神位"[2],神位旁是作为父亲"剿共"奖励的蒋介石戎装照;而内堂的各种陈设,"从晚清到现在没有变化"[3]。这是罗兰祖父的意思,他是一个辛亥革命后依然"时刻不忘先朝"的遗民。作者意在通过这段景物描写,凸显罗宅的守旧和顽固不化,且追根溯源,将这种气质呈现为一种"家族传统"。这种家庭气氛在渴望进步的新人罗兰看来,当然会"在心中起一种阴暗和凄凉之感"[4]。除此之外,作者还重点地刻画了罗香斋和追求进步的子女的冲突,格外值得注意的是他与爱子罗明的一段对话,在初版本中这段父子冲突被处理得相当简短:罗香斋与儿子意见相左,直呼"不孝的畜生",将其轰走。再版本中作者则让父子展开辩论,罗香斋从自身经验出发,批判罗明目前所从事的工作。在辩难过程中他以苏区的左倾错误,组织的内部斗争和太平天国"洪杨之乱"来警告罗明。如果这段话仅出自一个"反面人物"之口,或许可以视为是作者塑造角色的需要。然而翻检文本,书中正面人物陶春冰也表达过极为类似的言论。基于此,就不能不考虑作者特别补写这段颇具"历史内涵"的言论的内在动机。

---

[1] 姚雪垠:《春暖花开的时候》,现代出版社,1944年,第6页。
[2] 姚雪垠:《姚雪垠文集》第11卷,人民文学出版社,2010年,第171页。
[3] 同上,第172页。
[4] 同上,第173页。

黄梅：作为全书着力刻画的"女性三典型"之一，出身革命佃农家庭的她可说是"正面人物"的代表。如何塑造这样一个具有先天"阶级优势"的人物，很能体现作者的用心。比较三个版本，不难发现黄梅的形象变化颇大，在人物谱系中的比重不断加强。黄梅是被罗明拉进抗战讲习班的，与兼具"少东家"和引导者身份的罗氏兄妹初次见面，黄梅的表现在三个版本中差异颇大。在初刊本中，在罗明邀请她参与救亡工作时，她"非常受窘，涨红了脸孔，不知如何回答是好了。想不到一个佃户的女儿会有资格参加罗明和他的朋友所做的工作"[1]。随后罗明又对她的"阶级论"予以批评，告诉她"民族利害应该高于阶级利害"。整个过程中，黄梅始终是被启蒙者，原有的信念动摇了，她感到"非常的空虚和悲哀"[2]。到了初版本，虽然在黄梅看来，"他们所从事的是一种新鲜的英雄事业，暗暗的对他们的活动发生了羡慕和崇拜"[3]，但初刊本中那种完全被动的姿态已被弱化。到了再版本作者进一步弱化了这种"差距"，将"英雄事业"改为"爱国事业"，"崇拜"改为"崇敬"。除了弱化"差距"，还在初版本和再版本中新增了黄梅对罗氏兄妹的回应，展现其思想/阶级觉悟。在初版本中，谈及救国工作需全民参与的问题，黄梅回应道："穷人们连饭都没有吃的，没工夫管别的事情。"[4]到了再版本，她则回复道："从中央到州县，到乡镇，各级各样的大小衙门都是替有钱人们设置的，各处军队都是为镇压老百姓使用的。国家！国家！国家对穷百姓有什么好处？穷人连饭都没有吃的，

---

1 姚雪垠：《春暖花开的时候》，《读书月报》，1940年第2卷第1期，第19页。
2 同上。
3 姚雪垠：《春暖花开的时候》，现代出版社，1944年，第8页。
4 同上，第9页。

哪有工夫管别的事情！"[1]在作者笔下，黄梅的一番议论使她反客为主，竟使罗明觉得"在他所接触的众多从事救亡活动的青年学生中，还没有听到一个人能够一针见血地将半殖民地半封建国家的基本性质批评得这样深刻"[2]。从无知懵懂到高屋建瓴，黄梅的形象愈发高大，前两版中那种逐渐"觉悟"的过程被省略。作者将这种"突变"归因为黄梅的阶级出身的先天赋予，而非后天学习。再版本中黄梅改变了原来的娇憨莽撞，越发接近正统的"革命接班人"形象，在日常生活中随时可以化身为理论联系实际的"政治宣导员"，无论是看到城下卖唱的爷孙，还是发生过渡河作战的浮桥，黄梅均能以颇为政治化的语言慷慨陈词，道出现象背后的本质。与政治意识膨胀相伴生的是恋爱意识的缩减，初刊本中黄梅对恋爱问题如此表态："我的意见是只要不妨碍工作，尽可以随便恋爱，因为恋爱也是人生的需要。"[3]这段颇具"五四"风的"恋爱宣言"，虽然在初版本中被作者删除，但作者仍写出了她在得知小林对陶先生的爱慕时，"也觉得心头上和眼睛里有一点燃烧的样子。心绪不宁，说烦恼不像烦恼，说空虚不像空虚"[4]。到了再版本中，黄梅看到日记后，虽然"面前浮现出罗明的影子"，却硬生生地以"现在是抗战第一，谈这事有点无聊"[5]结束话题。她成了一个对男同学的殷勤和其他女孩子的恋爱困扰均以"无聊"回应的"恋爱绝缘体"，日常用语也愈发粗豪。如果说初刊本中，作者有意将其塑造为追求进步的"巾帼

---

[1] 姚雪垠：《姚雪垠文集》第11卷，人民文学出版社，2010年，第7页。
[2] 同上。
[3] 姚雪垠：《春暖花开的时候》，《读书月报》，1940年第2卷第6期，第289页。
[4] 姚雪垠：《春暖花开的时候》，现代出版社，1944年，第191页。
[5] 姚雪垠：《姚雪垠文集》第11卷，人民文学出版社，2010年，第166页。

英雄",再版本中"英雄"的成分则彻底压制"巾帼",加之作者删去了大量描写黄梅少女姿态的片段,使之越发"去性别化",更加贴近正统革命叙事中的女性正面典型的标准。

林梦云:小林是"三典型"中的"月亮",形象/性格居中,中产教员家庭背景较之佃农出身的黄梅和豪绅出身的罗兰也是"中间态"。她温柔且善演唱,小说的名字与她擅长的《春暖花开曲》也有联系。在初刊本中,她爱恋的对象是一位"姓项的游击队员"(被黄梅翻日记),到了初版本和再版本则始终以陶春冰的爱慕者和崇拜者的身份出现,在陶临走前,还拉小陈一起向陶深情道别。另外,在初刊本中作者还写她在与罗兰独处时,唱了一首"盼郎思归"的艳曲,这种"轻浮"的表现在初版本和再版本则被删除。

罗兰:罗兰是"三典型"中的"星星",也是最富诗情的一个,在李长之看来是"已经写得相当成功的人物"[1]。比较三个版本,作者的改写主要集中在罗兰与父亲的关系及罗兰的感情问题上。作为出身豪绅的进步女青年,如何与封建家庭"切割",在集体中获得革命意识的升华,向来是此类描写中的重点。在初刊本中作者花费了相当笔墨刻画她与父亲"决裂"后的痛悔心情:"她心里不觉也难过起来,后悔着刚才不该像报复多年的冤仇似的对待她的父亲。"进而追忆家的万般好处,觉得:"家里,一盆花,一株树,一块石,一个角落,如今在回忆中也觉得非常美丽了……"[2] 这种悔恨甚至影响到了她的工作,即使面对热烈的集会,"她往往会突然间感到空虚和寂寞"[3]。其后,父亲让丫鬟

---

[1] 李长之:《春暖花开的时候(第二部)》,《时与潮文艺》,1944年第3卷第6期,第116页。
[2] 姚雪垠:《春暖花开的时候》,《读书月报》,1940年第2卷第4期,第193页。
[3] 同上。

给她带来爱吃的小食，她又一次感念父亲，希望和解，最终因父亲怒斥她"走邪路"而放弃，坚定了进步的决心。初刊本希望通过刻画罗兰反复游移的心态，展现她进步的艰难。而在初版本和再版本中，这种游移心态的刻画越来越少，再版本中与父亲冲突后冲出家门，她不再有无尽留恋，而是认为"自己又胜利了"。与此同时，作者在再版本中花费了更多的笔墨，展现罗兰在现实生活中的"诗情画意"。这种"诗情画意"一方面服务于才女形象的塑造，更重要的是用来被黄梅批评为"不合实际"，突出被改造的必要。罗兰身兼豪门小姐和革命青年的内在复杂性被逐渐削弱，人物变得更为"单向"和"纯粹"。另外是罗兰的感情问题，在初刊本中，她单恋讲习班辅导员张克非。到了其后两个版本，她则倾心于讲习班多才多艺的"画家"杨琦，又不能忘记身在延安的表弟吴寄芸。

  罗明：他在救亡团体中的领导者身份，使他比同为自身阶级"背叛者"的妹妹，更有信息承载力和阐释空间。在初刊本中，罗明是"大别山战时教育工作队队长"和讲习班的主持人。他初见黄梅时姿态颇高，教育她要以"民族利益为重"，到了再版本则被黄梅"冲口而出"的回应所教育。初刊本中罗明在教育妹妹时，反省自己"个性太强，爱动感情，自由主义的色彩浓厚"[1]，还多次感叹他和妹妹这种出身的人走上革命道路之难，这种"自我改造"的体会，在其后两个版本中被移除，罗明由"自我反省"，转为被组织领导人张克非批评。另外，后两个版本还添加了罗明率团看望壮丁及与县政府秘书程化昌斗智斗勇等具体行动。特别值得注意的，还有初刊本中罗明对"集体"生活的一段

---

[1] 姚雪垠：《春暖花开的时候》，《读书月报》，1940年第2卷第7期，第344页。

表述，他深深地感动于集体生活的幸福，对张克非道："团体就好像一个贤良的母亲，我是一个愿意听话的孩子。"[1] 张克非称赞了他对集体印象的转变，终于从"束缚"转向"依赖"。这段对话在其后两版中被删去，到底是因为作者认为这种态度是不证自明的真理，还是别有用意，值得探究。初刊本中还写到了罗明对黄梅和小林的爱慕，以至于"他感觉到他的心已经不能被救国工作全部占有了"[2]，谈到了他过往的罗曼史。在他的心中，身份观念使得出身中产之家的小林比黄梅更吸引他。他的异常也被同事张克非发现，提醒他"春暖花开的时候了"（喻春心）。这段描写是初刊本中男女情感刻画较多的典例，可说是该作"畅销"的原因，也是时人将该书讥为"抗战红楼梦"的根由。

张克非／郭心清：张克非是初刊本中的另一男性，组织的领导者及罗兰的单恋对象。在初版本中，他和罗兰的关系被作者抹去，以踏实稳重的地下组织领导人形象示人。同为地下党员的郭心清则是初版本中新增的人物，在再版本中取代张克非成为作者着力突出的人物。再版本中，作者借陶春冰之口，夸奖他分析和解决问题的能力，协调地方事务的手段，还强调他在生活中克己奉公，仗义疏财，他无疑是作者理想的"为党生活者"。作者的笔端并未局限于现实层面的作为，还借与方中允教授的谈话，突出了郭高尚的精神境界，当方教授大赞他为未来"中国的希望"时，郭却冷静地表示自己只是"做铺路的工作"，所不同的是"用自己的鲜血和尸体铺路"[3]。并且告诉方自己倘若活到胜利之时，梦想只是"每天能有一包烟抽"，"好坏不论，于愿

---

1 姚雪垠：《春暖花开的时候》，《读书月报》，1940 年第 2 卷第 7 期，第 345 页。
2 同上。
3 姚雪垠：《姚雪垠文集》第 11 卷，人民文学出版社，2010 年，第 463 页。

足矣"[1]。出色的工作能力，高尚的道德情操，富于牺牲精神，却又"功成不居"，这样的典范党员郭心清，成为再版本后半段讲习班能在云谲波诡的地方局势中安然无恙的定海神针，也是革命先进性的鲜活"人证"。

陶春冰：陶春冰是初版本中添加，在其后两个版本中极为重要的人物。初刊本中在告别晚会上讲话的是"以写小说知名的白原先生"[2]，独立刊发的《红灯笼的故事》中讲故事的叫"白野"，到了后两版则均改为陶春冰。小说中陶春冰是以进步文化人和诗人的身份回到家乡，负责战时教育工作团和讲习班的通俗文学课程，颇受欢迎。因为受到地方顽固派的攻击，计划奔赴武汉，最终未能成行。通观初版本和再版本，陶春冰是作者格外垂注的人物，两个版本中的改写主要是围绕他展开的，而熟悉作者生平者不难发现人物与作者之间的种种"重合"。对陶春冰的改写，堪称是两个版本内在结构演变的"题眼"。修改之一是陶春冰与吴寄萍的关系。吴寄萍也是初版本新增的人物，罗兰的表姐，在初版本中陶吴二人无任何交集，她与罗明共赴北平上学，后遇到革命青年胡天长，二人不顾家庭反对，相爱生子。到了再版本中，作者却特意补写《清明节的一天》《分手之前》两章，讲述二人的前尘往事，吴寄萍早就听说过陶的才华，知道他"在河南大学读书时被国民党逮捕一次"，后被学校以"'思想错误，言行荒谬'开除"[3]，逃到北京从事写作。陶素负文名，十几岁在"本省报纸副刊上就发表

---

[1] 姚雪垠：《姚雪垠文集》第11卷，人民文学出版社，2010年，第464页。
[2] 姚雪垠：《春暖花开的时候》，《读书月报》，1940年第2卷第9期，第450页。
[3] 姚雪垠：《姚雪垠文集》第11卷，人民文学出版社，2010年，第140页。

过小说和诗歌"[1]。吴寄萍和罗明在开封第一次见到他时,她觉得陶"相貌英俊,极其聪明","他的一双大眼睛炯炯有神,光彩照人"[2]。他还涉猎广泛,"知识远较别人丰富,社会问题、政治问题、文学理论问题、历史问题,都很留心","已经熟练地掌握了辩证法和唯物论的思想方法"[3]。后来赴北平读书的吴寄萍见到了已经成名的青年作家陶春冰,并成为他的崇拜者,拿着自己名为《退谷游踪》的散文请他指导,陶春冰对这位美丽的才女早有耳闻,对她的散文更是爱不释手。几次接触让"她对他的爱慕和敬重之情与日俱增"[4],两人终于同游北海公园,谈笑间发现彼此志趣投合,陶春冰遂借苏东坡的"明月几时有"吐露爱意,吴寄萍也陷入甜蜜的慌乱,后来两人相互倚靠着站到很晚方才告别。互诉衷情不到两周,陶即肺痨复发,只能返乡静养,担心命不久矣的他压抑自己的感情,只给她写了一封泛泛的告别信。后来吴参加一·二九运动,与胡天长相恋。陶吴两人再见面,"都竭力保持一种比较疏远的关系……那些曾经铭刻在心上的种种往事,好像被完全忘却一样,谁也不再提了"[5]。比这段被增补的"前罗曼史"更吸引人的,是这段叙述中出现的事件和场景与作者自身经历和体貌特征的惊人吻合。根据作者的回忆录,1929年春天,十九岁的他就有"白话短篇小说(《两座孤坟》)投给《河南日报》副刊发表"[6],1929年至1931年作者

---

[1] 姚雪垠:《姚雪垠文集》第11卷,人民文学出版社,2010年,第140页。
[2] 同上。
[3] 同上。
[4] 同上,第535页。
[5] 同上,第539页。
[6] 姚雪垠:《七十述略》,选自《姚雪垠文集》第16卷,人民文学出版社,2010年,第226页。

就读于河南大学预科，初次接触马克思主义思想。1930年暑假首次被捕，1931年暑假"被学校以'思想错误，言行荒谬'的罪名挂牌开除"[1]。为了躲避追捕，他逃往北平。如此看来陶春冰的命运，简直是作者的翻版！不仅如此，吴寄萍对陶面貌的印象，陶寄身的蓬莱公寓，学习的北平图书馆，陶的肺结核症候，陶曾在杞县大同中学养病的经历，陶、吴二人互诉衷肠的北海公园中的"朱漆彩绘木牌坊"，上书"金鳌""玉蝀"的"皇家御苑中的汉白玉石桥"[2]，也全部复制自作者自身的私人经历。作为一部与作者生命体验关系紧密、具有浓厚"自叙传"情调的作品，小说中不仅人物与作者形象／经历高度重合，事件也来自对作者真实经验的"艺术化"处理。例如在《清明节的一天》中，陶与吴谈到自己在编辑《同舟》期刊时的遭遇，《同舟》对应的正是作者和王阑西共同编辑的进步杂志《风雨》。作者1938年春被迫离开杂志，转赴武汉，也和小说中陶春冰的行程相同。小说中的讲习班，其原型正是以河大教授嵇文甫、范文澜所推动的"抗日游击战争讲习班"为基础组成的"河南战时教育工作团"[3]，小说中的方中允教授，正是以范文澜为原型的。在小说结尾，战教团撤出县城，对应的也是蒋介石下令撤销第五战区文化工作委员会的历史事实。小说中县城的学生点燃火把，将河水两岸照彻，呼喊口号送行的动人场景，也完全是作者撤离均县转向襄樊时，"讲习班的学员、均县城内的进步青年团体……打着很多

1　姚雪垠：《七十述略》，选自《姚雪垠文集》第16卷，人民文学出版社，2010年，第230页。

2　姚雪垠：《我的前半生》，选自《姚雪垠文集》第16卷，人民文学出版社，2010年，第266页。

3　姚雪垠：《学习追求五十年》，选自《姚雪垠文集》第16卷，人民文学出版社，2010年，第32页。

火把，呼着口号，为我们送行"[1]场面的实录。修改之二，是陶春冰关于个人与集体关系的两次表述，第一次是聚会后和吴寄萍喝茶叙旧时，谈到自己对革命阵营内部的看法，谈到因有所坚持而屡遭非议，以及编辑《同舟》杂志时被激进的同事诬为"右倾"而逐出编辑部的事情，抨击"不少人将私心杂念，争名利争权位的非无产阶级思想带进了革命事业"[2]。第二次是删去了一段陶春冰在将要离开战教团时，回顾战斗生活、袒露个人心迹的文字："他被地方当局看成了有政治背景的重要人物，但实际上他只是一个信仰真理的自由人。是一棵没有在泥土上扎根的浮萍，一个有方向而没有轨道的流星。半年来他在各地方飘来飘去，到处受青年敬爱，到处又不能深入到青年群中，有时候像刻苦的文化战士，有时又像革命的观光者。"[3]虽然作者后来强调，借陶春冰之口批判革命阵营内部问题，是创作这部小说时一直都有的想法[4]。但是，无论是批判革命阵营内部的不良现象的"显"，还是在再版本中删除作为"革命的文化人"的自己[5]与集体生活和组织意志的无形"隔膜"的"隐"，都从不同侧面印证了作者在小说文本中注入了相当数量的个人经验，这无疑使小说具有了强烈的代入感。作为再版本"题眼"的

---

1 姚雪垠：《学习追求五十年》，选自《姚雪垠文集》第16卷，人民文学出版社，2010年，第36页。
2 姚雪垠：《姚雪垠文集》第11卷，人民文学出版社，2010年，第139页。
3 姚雪垠：《春暖花开的时候》，现代出版社，1944年，第596—597页。
4 参见姚雪垠：《前言》，选自《姚雪垠文集》第11卷，人民文学出版社，2010年，第14页。
5 陶春冰对自身革命经验的总结，及其行止，与姚雪垠在1945年写作的《自省小记》中对自我的反思极为相似，姚雪垠认为："这几年来，我的生活无形中助长了旧的一面的发展，于是我一方面渴望自己永远进步，一方面发展了知识分子的旧意识，成了一个带有若干'名士气'和'才子气'的'革命文化人'。"参见姚雪垠：《自省小记》，选自《姚雪垠全集》第14卷，人民文学出版社，2010年，第245页。

陶春冰，似乎已经突破了"自叙传"主人公的界限，不仅是吐露内在世界的"虚化的我"，更因为作者源于具体历史经验的"后见之明"而成为"实在化的我"。作者对陶春冰的改写，进一步强化了小说的个人色彩，提升了文本精神内质的复杂性。修改之三，是陶春冰即将离开县城，爱慕他的林梦云前去送行，顺便还给他之前从别处借阅的《母亲》一书，他选择以自己心爱的《苏联版画选》相赠，并在扉页留下临别赠言："这是一本很美的书，从南方我把它带到北方。从北方带回到大别山下，我爱它正像爱我自己的心。为纪念故乡的明月和流水，我把它赠送给更爱它的人。大别山下，黎明之前。"[1]"明月和流水"是前文陶春冰对小林的形容，这段赠言堪称诗情画意，别有寄托。到了再版本中，陶春冰所送的书则变为高尔基的《母亲》，并且格外强调了这本书的政治意义，同时把扉页上的赠言改为："这是一本鼓舞人为崇高理想而团结斗争的书，也是我心爱的书。我将它从北平带到开封，从开封带回故乡。如今我将它留下来，莫以为我是赠给故乡的明月和流水，我是珍重地赠给一位开始走上斗争生活的年轻人。"[2]较之初版本的赠言，再版本以政治性清除了暧昧的隐喻和弥散的才子气，变得更为"积极向上"，两人之间原来含糊暧昧的师生关系也随之变得更为纯粹和清晰。

吴寄萍：也是初版本中才加入的人物。如前所述，陶、吴二人在初版本中并无交集，到了再版本中增加了曾经的情侣关系。关于吴寄萍的改写，除了之前的两人的感情纠葛，比较重要的是吴寄萍怀孕后的遭遇。在初版本中吴寄萍怀孕后，胡天长被捕，又和家中断绝关系，

---

[1] 姚雪垠：《春暖花开的时候》，现代出版社，1944年，第604页。
[2] 姚雪垠：《姚雪垠文集》第11卷，人民文学出版社，2010年，第560页。

求告无门，吃奎宁打胎也未能成功，唯有依靠罗明兄妹和弟弟吴寄芸"每月撙节下一点钱来供给她在北平生活"[1]。到了再版本，陷于困苦的吴寄萍在组织的关怀下，境遇则全然不同："男女同学知道了她的情况以后，不但没有一个人歧视或嘲笑她，反而都很同情她，愿意给她帮助……还有许多熟识的民先队员，尤其是女同志，都对她十分关怀。民先组织的负责同志也对她做思想工作，帮助她很快地明白了应该将反对封建家庭的控制同她所从事的民族解放斗争联系起来看。她的思想坚强起来了。"[2]

小说中进行改写的重要事件主要有：罗明率讲习班下乡抗日和慰问壮丁；赵大姊找杨琦询问儿子下落；讲习班与县长谈判；陶春冰讲"红灯笼的故事"。

讲习班下乡宣传抗日在初刊本就存在，但却遭遇了不和谐的一幕："当学生们正向群众讲解着老百姓要帮助政府抗战的时候，老年人就把头轻轻地摇了几摇，这暗示也很能够影响别人，尤其是女人们得了这种暗示，就有许多立刻对宣传队冷淡起来。"[3]这段文字有指涉群众"觉悟低下"嫌疑的描写，在其后两个版本均被删除，而代之以群情激奋的共鸣场面。慰问壮丁的场景，是初版本后加入的，但初版本和再版本所呈现出的场景却完全不同。初版本中罗明们的鼓动相当有效，"壮丁们用心的听着他的话，大部分对他的话都深深的受了感动，并且感激着他的同情"[4]。到再版本罗明们的鼓动却失效了，"罗明的宣传

---

[1] 姚雪垠：《春暖花开的时候》，现代出版社，1944年，第83页。
[2] 姚雪垠：《姚雪垠文集》第11卷，人民文学出版社，2010年，第65页。
[3] 姚雪垠：《春暖花开的时候》，《读书月报》1940年第2卷第3期，第142页。
[4] 姚雪垠：《春暖花开的时候》，现代出版社，1944年，第515页。

讲话草草结束……本来大家还准备了许多节目,因为看到壮丁们没有心思听唱歌,罗明决定不让同志们继续唱下去"[1]。从学生与壮丁同仇敌忾,到学生与壮丁深刻隔阂,作者这种呈现方式的改变,是否是以主流历史叙事对学生在救亡运动中地位的定性取代原有认知的结果?

在初版本中,赵大婶向杨琦询问自己儿子的下落,抱怨他搞革命却抛下自己,思想进步的杨琦对她很不耐烦,杨琦的母亲劝解她道:"救国是正经事,我们的两个小东西不是也跑到前线了?"赵大婶并不领情,抱怨说:"你们有田有地,我哪能同你们比!"她心里说:"我要指望我的孩子吃饭呵!"[2]这段小冲突在其后两个版本也被删除。质实而言,这类具有一定现实性的人物和事件,是相当有利于增强文本的写实性的。然而,作者在再版本中将其一一清除,不能不说暴露了其在修改过程中过于严苛的整一化倾向。

在初版本中方中允被县长请去谈判,方得知讲习班将被强制解散的消息,与县长大吵一架,决定不顾县内顽固势力阻挠,发动青年参加最后的座谈会。消息传开"整个学校都沸腾起来,像一阵突起的暴风在海中卷起狂涛"[3],官方也准备弹压,危机一触即发。再版本中学生在知道讲习班将被强制解散的消息后,同样怒不可遏,"幸而罗明及时将他知道的底细告诉了教员和学生中的几位核心骨干,阻止了一场为讲习班问题爆发的抗议风潮,不给县长和反进步的士绅们抓到借口"[4]。讲习班处置方式的改变,使得故事的结尾呈现出不同的氛围,战教团

---

1 姚雪垠:《姚雪垠文集》第11卷,人民文学出版社,2010年,第439页。
2 姚雪垠:《春暖花开的时候》,现代出版社,1944年,第459—460页。
3 同上,第546页。
4 姚雪垠:《姚雪垠文集》第11卷,人民文学出版社,2010年,第472页。

的撤离，从初版本中的被迫撤退变为再版本中的主动出击，以退为进。

讲"红灯笼的故事"的桥段，在三个版本中均有出现。就初刊本来看，这是一个富于传奇色彩的"创世"神话，讲述了大陆上的一个文明部落如何崛起，骑着白马的骁勇酋长为部落创下辉煌时代，却又盛极而衰，遭到外族侵略。在生死关头，他告诉两位王子，自己将在悬崖上挂起红灯笼，等待他们归来。过了十年，他又遭遇外敌围攻，决定为尊严拼死作战。看到红灯笼的两位王子各自率领军队归来，却发生冲突，最终相认并共同杀敌。故事在老酋长攀登绝壁，手中枯草逐一断裂时戛然而止。这个文辞优美、想象力奇崛的故事，无疑具有鲜明的象征色彩：大陆部落由盛转衰，又在绝地迎来希望的故事，恰是抗战时期中国的写照。暴雨中不灭的红灯笼，正象征着民族不屈的灵魂。初版本延续了初刊本的简洁风格，故事改动极少，只是增加了一些细节，体现了作者"追求故事的精炼和集中"[1]之意图。到了再版本，作者则转而"从增加故事容量和艺术趣味的丰富性着眼"[2]，大力扩充故事。首先按照华夏民族上古传说的顺序，讲述了共工触天、女娲补天、大禹治水、后羿射日等故事，补写了部落生成的"前史"，试图联结起一套从古至今的民族象征话语。其次通过添加特征鲜明的象征物，变暗喻为明喻，强化文本的现实指向性，如以"红灯笼上画着一条昂首腾飞的龙"[3]喻指"龙的传人"，以"太阳之子"喻指日本侵略者，以兄弟冲突、和解后共同对敌喻指抗战中的国共双方的关系等。在笔者看来，再版本中的故事无论是结构还是修辞，都更具民族文化自觉，作者的

---

[1] 姚雪垠：《前言》，选自《姚雪垠文集》第11卷，人民文学出版社，2010年，第14页。
[2] 同上。
[3] 姚雪垠：《姚雪垠文集》第11卷，人民文学出版社，2010年，第510页。

大幅度扩写，体现了打通"寓言"与"现实"界限的努力，使得故事具有更为强烈的"第三世界民族寓言"（弗雷德里克·詹姆逊语）色彩。

小说的文本形态呈现的改写主要体现在两处：首先是再版本大量删减了初版本中的"景语"和"情语"。本来将散文音调的音乐感"运用于大段抒情和写景的部分"[1]，以散文化的抒情与写景构造小说是该作的一大特点。这种写作手法的选取，与小说中山明水静的县城生活和清新昂扬的少男少女相得益彰。然而，再版本中却出于文章整饬和补充内容的需要，大量删除了诸如黄梅和林梦云在庭中嬉戏漫步等众多抒情、写景段落，一定程度上伤害了作品的美学水准。其次是将初刊本和再版本中限于当时书报检查制度而不得不回避的情节和人物的真实身份还原过来。例如"老××党员——老共产党员""××大学——河南大学""第×战区——第五战区""白××先生——白健生先生"等，这当然有利于读者更加了解作者的意图。

通过对小说三个版本的细致对校，我们不难还原作者的修改意向。从文本的整体层面来说，再版本确实克服了之前松散零碎的弊病，展现出清晰的叙事脉络，在原计划的"三部曲"后两部缺失的情况下，最大程度地提升了小说的完成度。如前所述，小说叙事结构散乱是批评者集中提到的问题[2]，也是作者的心病。他认为这是由于"心中只有一些酝酿成熟的和尚未成熟的人物和一个明确的主题思想。故事呢，只

1　姚雪垠：《前言》，选自《姚雪垠文集》第 11 卷，人民文学出版社，2010 年，第 10 页。
2　被作者视为恩师的茅盾就认为："似乎作者下笔之前，对于本书故事只想好了一个粗疏的轮廓，未及把转弯抹角，起伏呼应的详细节目都具体计划好，若干人物的相互关系不是从故事发展的有机性上生发出的，只是用一根带子（比如说同在讲习班，同做某一项工作，或为亲戚之类）联结起来。"参见茅盾：《〈春暖花开的时候〉简评》，《文哨》1945 年第 1 卷第 1 期，第 453 页。

是大体有一条发展的'线',很不完整"[1]。写作时只能让故事情节跟着主要人物性格发展行进,不能像《李自成》的写作那样有周密的计划。然而再版本的这种"提升"并非有益无害,维系故事主干的强势,意味着必须以清理"景语""情语"等支脉,牺牲作品的审美维度为代价。不仅如此,再版本中还清理了不少与故事主题思想有所冲突却颇具真实性的"闲笔",虽然获得了主题的"贯通",却在相当程度上弱化了作品对现实丰富性与人性复杂性的揭示。正如论者所言"每一个故事中最有持久价值的成分就是对生活的具体描写"[2]。作者也认为,这部小说能够在抗战文学序列中拥有一席之地,是因为"写出了国统区抗日现实的复杂侧面","给读者真实的生活感"[3]。然而再版本的修改却使文本有放弃多维视角、返归概念化/公式化的趋势,不能不说是一种遗憾。具体到对人物形象的改造,除去作者"代言人"的陶春冰外,作者试图削减原有人物的复杂性,根据其阶级出身和思想立场重新定性,据此将人物形象"典型化"的取向十分明显。比较突出的是对黄梅的塑造,李长之认为初版本中黄梅思想境界的提升过于迅速,缺乏一个必要的过程,因而"在她个性的演化之上却有些突兀而不自然之感"[4]。作者的处理方法不是去弥补逐渐进步的"心路历程",而是开篇就让黄梅拥有得自出身的"先天的觉悟"。这种以"艺术真实"取代"生活真实"的修改逻辑,与1949年后成为主流的社会主义现实主义"典型论"颇为类

---

[1] 姚雪垠:《学习追求五十年》,选自《姚雪垠文集》第16卷,人民文学出版社,2010年,第38页。
[2] [美]H.帕克:《美学原理》,张今译,广西师范大学出版社,2001年,第203页。
[3] 姚雪垠:《我准备怎么修订〈春暖花开的时候〉——致王维玲、俞汝捷同志》,选自《姚雪垠研究专集》,姚北桦等编,黄河文艺出版社,1985年,第249页。
[4] 李长之:《春暖花开的时候(第一部)》,《时与潮文艺》,1944年第3卷第5期,第116页。

似。作者为何采取这种修改思路,其原因显然值得探究。

由于历史语境的转换,产生于"现代"的文学作品进入"当代",一般都须依照新的评价标准进行修改,以重新获得传播的"合法性",这是五十年代作家修改旧作的普遍历史背景。因此,作家会按照主流意识形态的需求,对作品中不符合主流意识形态的部分进行修正。而当历史语境变得宽松后,他们往往又会选择以修改前的原作示人,这是习见的作家修改模式。然而姚雪垠对《春暖花开的时候》改写的情境却完全与之不同。首先四十余年的"冷藏"使小说跨越了严峻的历史语境,直接面对改革开放后多元宽容的文化环境,卸去了作者的意识形态压力。其次这部小说对作者意义特殊,作者曾想将它列为文集的首卷,而且姚氏当时年事已高,认为这次修改可能是自己"最后的机会"[1],当系主动为之,应无被迫成分。最后作者修改时已恢复身份及名誉,身处环境绝佳的疗养胜地大连棒槌岛,"坐在写字台前,抬头便看见海天无边"[2],还有家人陪伴,可说是内心安定平和,能够从容地构思修改思路和目标。据此而言,再版本所呈现出的版本本性并非外力所致,基本上来自作者的主观意志。

然而我们又很难不注意到,作者借助文本修改所传达的主观意志与所在时代时势话语的强烈冲突。在以"重新确立个体生命的价值,

---

[1] 姚雪垠表示:"趁着《春暖》收入《文集》时作一次修改,偿我宿愿,以后大概不会再有修改的机会了。"参见姚雪垠:《前言》,选自《姚雪垠文集》第11卷,人民文学出版社,2010年,第13页。
[2] 姚雪垠:《我准备怎么修订〈春暖花开的时候〉——致王维玲、俞汝捷同志》,选自《姚雪垠研究专集》,姚北桦等编,黄河文艺出版社,1985年,第248页。

重新建构个体经验语言"[1]为号召,要求去除政治功利性,恢复文学"主体性"的八十年代。姚氏的这种文学表达姿态,定然会被视为"保守"且"落后",而对他敢于"逆历史潮流而动"的内在动因的探索,就必须回到他的全部文化思想实践,尤其是他在整个八十年代所展现出的"晚年姿态"之中去寻找了。

第三节 修改动因探源及其背后的"革命文化人"之晚年姿态

《春暖花开的时候》是姚雪垠认定的青年时期的代表性作品[2],这部力图以宏阔视野刻画抗战初期内地救亡团体中青年的生活转变、精神成长与道路抉择的长篇小说,虽然未能以全貌呈现在读者面前,却仍能以其生动鲜活的笔致吸引广大青年读者,成为大后方畅销一时的名作。然而,经过短暂的辉煌后,它却分别在1946年和1948年遭到胡风派和曾任小说责编的胡绳的批判,两种批评声音着力点虽不相同,但都使小说从"畅销书"变为"违禁品",并最终造成了这部作品在文学史视野中消失四十余载的命运。

进入新时期以来,步入暮年并再次因《李自成》闻名的作者开始整理出版自己被"强制遗忘"的旧作。如此为之,首先意在为自己那些背负沉重历史包袱的作品"辩诬",使它们得以重见天日;其次是认定

---

[1] 刘再复、黄平:《回望八十年代——刘再复教授访谈录》,《现代中文学刊》,2010年第5期,第17页。
[2] 姚雪垠的墓碑上镌刻了自己选定的三部长篇小说:青年时期的代表作是《春暖花开的时候》;中年时期的代表作是《长夜》;晚年时期的代表作则是《李自成》。值得指出的是,《春暖花开的时候》的大量细节均取自于作者自身经历,具有相当浓厚的"自叙传"意味。

《李自成》的成功得益于前期创作生涯的积累,较为完整地呈现自己的创作理路,更能使读者理解他何以能够从"旧时代到新时代,创作未衰,并且继续攀登"[1]。这些作品中,长篇处女作《春暖花开的时候》无疑最受作者关注,作者不仅希望以这部曾背负"色情文学"骂名的小说作为文集首卷,还一再指出该作是他创作生涯的重要节点——他"关于长篇小说的部分美学思想也由此开始萌发"[2],并从这部小说开始彻底转向长篇创作,最终写出了《李自成》。小说重新出版前,虽然朋友建议维持初版、不必修改,姚氏还是十分慎重地审读了旧作,最终决定"一两年内,将《春暖》修订,续完,重新出版(可能会恢复在重庆初版时的效果)"[3]。

然而经过作者于1986、1987年两次修改的小说,不仅未如之前提到的那样恢复初版面貌,还因为大量改写致使文本在诸多层面上产生巨大裂变,呈现出迥异于前的审美取向与意义结构。那么,作者缘何放弃原有的修改计划,小说再版本又有何新变?这种心理机制的发生与作者固有的艺术理念及其现实处境存在着何种内在关联?我们又该如何历史地理解作者借由小说修改而展现出的"晚年姿态",并对这种姿态之于所在历史时段的独特意义和价值进行估价?

如前所述,姚雪垠在1980年初写给友人周勃的信中谈到,对《春暖》的修订,预想会恢复重庆初版时的面貌。但作者并未立即着手修改,因为在当时继续创作《李自成》仍是他的首要任务,已出版的两卷造成的巨大影响,加之作者一贯的使命感与进取心,都使得他必须高质

---

[1] 姚雪垠:《给周勃》,选自《姚雪垠文集》第19卷,人民文学出版社,2010年,第461页。
[2] 姚雪垠:《前言》,选自《姚雪垠文集》第11卷,人民文学出版社,2010年,第1页。
[3] 姚雪垠:《给周勃》,选自《姚雪垠文集》第19卷,人民文学出版社,2010年,第461页。

量地完成剩余三卷。更重要的是，在他看来，来自领导人的关照，使《李自成》的写作"应该看成是政治任务"[1]。另外，姚氏还有在完成《李自成》后创作构思已久、反映太平天国历史的小说《天京悲剧》的计划，这就使得他必须先将全部精力投注到《李自成》的创作中。但姚雪垠心里始终未曾放下《春暖》，他先是在 1981 年 10 月致信中国青年出版社编辑王维玲，称自己"过了春节重来湖北，专心改《春暖》"，"《春暖》大概要分上下册出版，拟以较快的速度将上册交出发排"[2]。他还提出拟请著名漫画家丁聪画插画，"争取插图、印刷、装帧都达上乘，以便出口"[3]。商定大陆的出版计划后，他又与尹雪曼通信，接洽小说在台湾地区的出版事宜。待到他真正抽出时间集中修改小说，已经迟至 1986、1987 年，据其子回忆"1986—1987 年，父亲放下《李自成》第四、五卷的紧张写作，花了数月时间，对原书先后两次修订"[4]。

令人惊讶的是，这两次修改后的结果完全背离了作者恢复重庆初版时面貌的预想。再版本不仅改动规模惊人，更是在审美取向与意义结构上产生了巨大裂变。首先是作者在再版本中开始根据人物的阶级出身和思想立场对其重新定性，对其原有的复杂性予以不同程度的削减。与此同时，出身也成为人物能力强弱／出场多寡的判断标准：以"罗明、罗兰兄妹——黄梅"为例，出身县城大户的兄妹二人，在再版本中不再拥有"启蒙者"的地位；而出身革命佃农的黄梅，则被赋予了"先天的觉悟"。在任何场合中，总能以政治化的语词道出现实问题的

---

[1] 姚雪垠：《给王维玲》，选自《姚雪垠文集》第 19 卷，人民文学出版社，2010 年，第 25 页。
[2] 同上，第 27 页。
[3] 同上。
[4] 姚海天：《出版说明》，选自《四月交响曲》，中州古籍出版社，2015 年，第 3 页。

本质，转而成了罗家兄妹的"引导者"。其次是初版本中的重要事件，凡是有悖于主流历史叙事的均被改写，典型的如"罗明率讲习班下乡抗日"中删除了有指涉群众"觉悟低下"嫌疑的描写，以及"罗明等人慰问壮丁"中将壮丁深受学生感染的桥段，改为因为双方思想的隔膜导致不欢而散。再次，作者出于文风整饬和大量改写的需要，删除了初版中相当数量的散文化的抒情、写景段落，一定程度上使再版本丧失了原有的清新朗健的美学风格。最后，作者在改写中注入了大量源于现实经历的私人经验，值得注意的是，这些经验并非都是"正面"的。相反，改写增加了不少批评革命阵营内部斗争残酷性，以及指斥"不少人将私心杂念，争名利争权位的非无产阶级思想带进了革命事业"[1]的内容。所有人物中，改写篇幅最大的是男主人公陶春冰，其人生经历乃至体貌特征俨然就是作者本人，这就更赋予了再版本相当浓重的自传色彩。总之，再版本较之初版本最主要的变化是极大强化了文本的政治性与自传色彩，在人物再构上颇有"十七年"盛行的社会主义现实主义"典型论"色彩。

如前所述，生成于"现代"的作品进入"当代"，基于重获话语合法性的需求，大多要依照新的评价标准进行修改，待到压力减轻，修改者又多会选择以原版示人，这是文学史中习见的作家修改模式。然而姚氏所面临的历史情境却全然不同，不仅小说修改的时段，已经远离严峻的历史语境，而且作者此时年事已高，已经深知"以后大概不会再有修改的机会了"[2]。因此再版本的面貌可说在相当程度上反映

---

1 姚雪垠：《姚雪垠文集》第11卷，人民文学出版社，2010年，第139页。
2 姚雪垠：《前言》，选自《姚雪垠文集》第11卷，人民文学出版社，2010年，第13页。

了作者的主观意愿。然而，这种主观意愿又恰恰与所在时代的主流话语——去除文学作品中的政治功利性，恢复文学的"主体性"等相冲突。基于此，我们显然不能将对这种行为内在旨归的理解，单纯地限制在文学层面。而应当回到修改发生的特定时段的历史情境之中，探究作者在该时段行为逻辑和心态特征，进而以此为基点勾连作者"前后"思想之承继与变化，最终揭示他放弃原有修改预想，并创造出完全迥异的文本景观的内在动因。

对于创作道路十分坎坷的姚雪垠而言，八十年代前期颇有"苦尽甘来"的意味。此时他终于走上文化舞台的中心，不仅因为《李自成》名满全国，还以中国代表性作家的身份受到世界文坛瞩目[1]。几乎与此同时，自1986年展开的对刘再复提出的文学主体性问题的学术争鸣，聚集了海内外文化界的目光。向来自诩"决不做历史的旁观者"[2]的姚雪垠，此时也以陈涌支持者的身份加入论战，连续发表了多篇与刘再复商榷的文章。在《创作实践与创作理论——与刘再复同志商榷》一文中，他虽然对刘再复的观点在"反对文艺理论上的简单化的经济基础决定论、庸俗社会学和各种'左'的教条主义"[3]上的贡献表示认同，但

---

1 姚雪垠自 1979 年 5 月随中国作家代表团访日后，多部作品在国外出版并造成影响。如 1982 年 10 月《李自成》第一卷被翻译为《叛旗》由讲谈社在东京出版。1984 年 11 月姚雪垠受邀参加法国马赛玫瑰节世界名作家会议，《长夜》引起轰动，他被授予"马赛市纪念勋章"。1985 年 1 月他受邀参加新加坡《南华早报》等联合举办的第二届国际华文文艺营和金狮文学奖颁奖大会并担任评委。1986 年 5 月，他与徐迟、碧野一起被尊为湖北省文学界"三老"。

2 姚雪垠：《我走过的学习道路》，选自《姚雪垠文集》第 16 卷，人民文学出版社，2010 年，第 244 页。

3 姚雪垠：《创作实践与创作理论——与刘再复同志商榷》，选自《姚雪垠文集》第 17 卷，人民文学出版社，2010 年，第 422 页。

是明确反对将整体性的文学规律强制拆分为"外部"和"内部",认为"文学与经济、文学与政治、文学与生活、作家世界观与创作方法等诸种关系,都规定着文学的本质",因此"文学的'外部规律'和'内部规律',实际上是一个统一的不可分割的有机整体"[1]。而在《继承和发扬祖国文学史的光荣传统——再与刘再复同志商榷》中,他首先反对将所有传统均质化地视为"封建糟粕"予以扬弃,指出"必须重视祖国文学的历史传统,充分利用极其丰富的文学遗产"[2]。其次认为绝对化地强调"作家的创作应当充分发挥自己的主体力量,实现主题价值"[3],却"避而不谈作家应如何提高思想和品格修养,应如何深入生活等等问题"[4],其实质是对"五四"以来的革命文学传统的背弃。面对姚雪垠的批评,刘再复于1988年给予回应,在他看来姚氏的所作所为是因为他"与时代的隔膜还是很深的"[5],致使其精神上充满了"与时代大潮相背离的逆向性的苦闷"[6]。关于如何看待传统的问题,他认为姚氏"把传统看得'绝对完善',以作为阻碍改革的美妙口实"[7]。在他看来,姚氏的论述显示了其思维层面的故步自封,这使得他容易"陷入一种很滑稽

---

[1] 姚雪垠:《创作实践与创作理论——与刘再复同志商榷》,选自《姚雪垠文集》第17卷,人民文学出版社,2010年,第418页。
[2] 姚雪垠:《继承和发扬祖国文学史的光荣传统——再与刘再复同志商榷》,《红旗》,1987年第9期,第38页。
[3] 刘再复:《论文学的主体性》,选自《当前文学主体性问题论争》,何火任编,海峡文艺出版社,1986年,第55页。
[4] 姚雪垠:《继承和发扬祖国文学史的光荣传统——再与刘再复同志商榷》,《红旗》,1987年第9期,第33页。
[5] 刘再复、刘绪源:《刘再复谈文学研究与文学论争》,《文汇月刊》,1988年第2期,第74页。
[6] 同上,第75页。
[7] 同上。

的'怪圈',即用自身的东西证明自身的东西"[1]。随后刘再复推人及文,认为姚氏思想层面的落伍,使其不合时宜地"坚持'三突出'、'高大完美'等文学观念,人为地把古人现代化,甚至把古人经典化",才最终造成了《李自成》系列"一卷不如一卷"[2]。刘再复的回应显然给姚雪垠造成了很大震动,他随即著文予以回击,批判了以刘再复为代表的文化界的"崇西抑中"及对左翼传统不加区别地全盘否定的价值取向,强调在清理"左"的错误之前,必须先"实事求是地估计'左'的影响,怎样把'左'的东西和正确的东西区别开来"[3]。还特别指明自己一贯抵制"三突出"理论,"说《李自成》是用'三突出'的原则写出来的,这就不是正常的批评,而是污蔑"[4]。了解姚雪垠创作道路的人,是不难理解他何以对刘再复对《李自成》的"定性"有如此激烈的反应的。在写作《李自成》之初,面对如何处理"反面人物"这一在当时颇有风险的原则性问题,他直接选择了"按照革命现实主义的方法处理敌对阵营的内部矛盾和人物性格"[5],细致地刻画了崇祯、杨嗣昌等反派人物,这无疑是需要相当勇气的。然而世殊时异,在掌握时势话语的新人物看来,姚氏却全然一幅支持"政治任意干预文学"的顽固的"落伍者"形象,他所服膺的思想,也被认为必然会在与新事物的交锋中"耗尽它最后的生

---

[1] 刘再复、刘绪源:《刘再复谈文学研究与文学论争》,《文汇月刊》,1988年第2期,第75页。
[2] 同上。
[3] 姚雪垠:《不要用诽谤代替争鸣——答刘再复君》,《文艺理论与批评》,1988年第5期,第8页。
[4] 同上,第11页。
[5] 姚雪垠:《学习追求五十年》,选自《姚雪垠文集》第16卷,人民文学出版社,2010年,第164页。

命力，变得僵硬、板结，完全失去它的现实性与合理性"[1]。掌握时势话语的一方强调"新与旧的全然断裂"，认为"救亡压倒启蒙"的时间过于漫长，当前的任务在于"重拾启蒙"；而另一方则以个人经验点出自"五四"以降"革命/启蒙"即属同构，试图从既有资源中整理出一种作为健康力量的革命文学传统。此番场景俨然"五四"新旧之争的复现，而结局亦然，虽然在当时对刘再复的理论提出异议者不乏其人，然而姚雪垠因为姿态最为激烈，从此被视为投机主义的"极左"教条卫道士，再一次陷入被"强制遗忘"的轮回之中，其人其文在之后的时间里均遭遇了"集体一致的评论沉默、忽略"，尤其是对于《李自成》第四、五卷"迄今几无正面、具体的论述"。[2]

倘若仅以"姚刘之争"作为切口，确实容易对姚雪垠产生上述的刻板印象，然而当我们回溯其文艺理念与实践，却会发现他在创作生涯中屡次坚持与革命文艺战线内部的官僚主义、宗派主义、教条主义倾向进行斗争，且多次为此付出沉重代价。在抗战前夕，姚雪垠在开封与王阑西共同主编《风雨》期刊，时任文委书记的王阑西决定将这一统一战线性质的综合刊物改造为单一的政治性的机关刊物，身为预备党员的姚雪垠对这种"关门主义"的做法公开提出异议，致使"王阑西批评姚'右倾'，姚雪垠则指责王'左倾'，闹得不可开交"[3]。最终的结果是1938年3月上级决定改组《风雨》编辑部，支持王阑西的决

---

1 何西来：《前言》，选自《1987：中国文艺年鉴》，中国文艺年鉴编辑部编，文化艺术出版社，1988年，第4页。
2 李丹梦：《最后的"史官"——姚雪垠论》，《中国现代文学研究丛刊》，2018年，第6期，第1页。
3 吴永平：《姚雪垠抗战时期小说创作研究》，中州古籍出版社，2015年，第119页。

定,姚雪垠被"调离"编辑部。这段经历后来被姚氏几乎原封不动地写进了《春暖花开的时候》之中,不同的只是"姚雪垠"易名"陶春冰",《风雨》变作《同舟》而已。1949年后的姚雪垠依然故我,1951年8月他辞去大夏大学教职赴河南文联报到,领导希望他多进行通俗文艺创作来支持以刊发民间"小唱本"为主的《翻身文艺》杂志,他却对这种创作形式以及"个别领导同志认为这就是发展文艺的方向"[1]相当不认同。在他看来,"这种错误论调,同一九四〇年左右向林冰(赵纪彬)提出的论调基本相同"[2]。他所期望的工作,实际上是"利用我对河南风土人情的比较熟悉,对群众语言比较熟悉,以及我对中国现代史的知识较多"[3],写作以河南农村为背景的大部头作品"农村三部曲"。进入"百花时代",他又连续发表了《惠泉吃茶记》《谈打破清规与戒律》《创作问题杂谈》《要广开言路》《对作品的看法和态度》等,文章中他多从个人创作经验出发,对当时文艺界长期存在的一系列问题予以抨击。譬如《惠泉吃茶记》即借由备受陆羽推崇的惠泉茶水实际上很平庸一事,谈"名"与"实"的差距,讽刺了权威崇拜。在《谈打破清规与戒律》中则将文艺作品的乏善可陈归因于教条主义成规的束缚,强调创作是具有特殊性的工作,因此"每一个有出息的作家都希望自己的工作带有独创性"[4]。这种理念与刘再复提出的"必须给作家以充分的内在

---

[1] 姚雪垠:《学习追求五十年》,选自《姚雪垠文集》第16卷,人民文学出版社,2010年,第83页。
[2] 同上。
[3] 同上,第81页。
[4] 姚雪垠:《谈打破清规与戒律》,选自《姚雪垠文集》第17卷,人民文学出版社,2010年,第253页。

自由，创作自由和评论自由的观念，就是给作家以主体性地位"[1]实际上颇有相似之处，却还早了近三十年。在《创作问题杂谈》和《要广开言路》中批判了部分文艺界领导及青年作者囿于政治阐释上的教条和宗派意识，"把生活机械地划分新旧，把解放后的生活从历史的奔流中孤立出来"[2]，不仅不重视老作家关于旧时代生活的宝贵经验，还对他们予以排斥，导致"许多作家，特别是过去在国民党统治区域生活的老作家，有很多人感到情绪抑压"[3]。而在《打开窗户说亮话》和《创作问题杂谈》则从"如何写"入手，批评当下文艺创作的标准范式的弊端及其内在原因。作者认为过分强调作家"蹲点"是主观主义作祟，"这种指导思想是给作家'画地为牢'"，"生活的天地过于狭隘，往往会使人变得孤陋寡闻，目光如豆"[4]。与此同时，作者还指出强迫作家专门写作通俗性作品，并且以此为文艺发展的根本方向，认定创作大部头作品是作家"有私心"是完全错误的，其本质是对《讲话》过于僵化的理解以及官僚主义地"采取行政命令和过于简单化的方法领导创作"[5]。同时，他还特别强调"教条主义的'本质论'是不能理解人民内部矛盾的"[6]，相

---

[1] 刘再复：《文学研究应以人为思维中心》，选自《当前文学主体性问题论争》，何火任编，海峡文艺出版社，1986年，第44页。

[2] 姚雪垠：《创作问题杂谈》，选自《姚雪垠文集》第17卷，人民文学出版社，2010年，第264页。

[3] 姚雪垠：《要广开言路》，选自《姚雪垠文集》第17卷，人民文学出版社，2010年，第286页。

[4] 姚雪垠：《创作问题杂谈》，选自《姚雪垠文集》第17卷，人民文学出版社，2010年，第266页。

[5] 姚雪垠：《打开窗户说亮话》，选自《姚雪垠文集》第17卷，人民文学出版社，2010年，第277页。

[6] 同上，第283页。

反还会掩盖矛盾本身的复杂性。最后，姚雪垠在《对作品的看法和态度》中总结了文艺界影响恶劣的"七种偏向"，特别指出"过于求全责备""乱扣帽子""禁忌太多""机械地看生活"[1]等不良倾向对文学创作的伤害。综合来看，以上言论均剑指当时日益僵化和激进化的文艺体制，目光开阔且富于胆色，作者也因此付出了沉重代价。进入新时期之后，姚氏依旧不改初心，热烈支持"全国人民重新提出五四时代的民主与科学口号，特别提出来五四精神"，欢欣鼓舞于"大家提出了解放思想和文艺民主问题，获得广泛的响应"[2]的崭新思想局面。由此可见，从五十年代到七十年代，反对政治过度干涉文艺创作，呼吁作家的创作自由，与文艺体制内部的官僚主义、教条主义、宗派主义倾向斗争一直是姚雪垠文艺思想/实践的核心旨归。从上述的具体历史线索中还原出的姚雪垠，是全然迥异于八十年代后期历史叙述中那个思想"顽固、保守"的"落伍者"和"极左"教条的卫道士形象的。

事实上在论战发生之前，由于有陈涌的先例，加之许多朋友的劝告，姚雪垠对加入论战后可能造成的风险是有比较清醒的认知的。他在给友人的信件中谈道："他们也警告我要在思想上作好准备，会受到围攻。这种警告是有道理的，因为有陈涌的前例在。我是无所畏惧的。我对我国的社会主义文学事业有强烈的责任感。"[3] 然而他的这份"强烈的责任感"并非所有人都能理解，同时他在论战之前对文艺体制内部

---

1 姚雪垠：《创作问题杂谈》，选自《姚雪垠文集》第 17 卷，人民文学出版社，2010 年，第 267—271 页。
2 姚雪垠：《漫谈历史的经验》，选自《姚雪垠文集》第 17 卷，人民文学出版社，2010 年，第 310 页。
3 姚雪垠：《给胡天风》，选自《姚雪垠文集》第 19 卷，人民文学出版社，2010 年，第 476 页。

的官僚主义、宗派主义、教条主义倾向多年坚持不懈的批判及付出的沉重代价也未得到正视。他因为在此次论战中的表现，就在"存在相当普遍的对革命进行反省、批判的思潮"[1]的八十年代坐实了"极左"声名，最终遭到各种被新话语所宰制的历史叙述的排斥。

由此可见"姚刘论战"，正是姚雪垠文学声誉的转折点。然而，当我们细究在八十年代后已经成为一种"知识化"认知的对姚雪垠的定性时，却总能发现这种"常识"与具体历史线索存在着诸多抵牾。进而意识到这种"常识"并非纯系自然生长，而是由一定的"认识性装置"建构而成的，而且"一旦成形出现，其起源便被掩盖起来了"[2]。质实而言，对姚雪垠的"定评"，实际是八十年代话语机制生产的众多"常识"之一。姚雪垠的例子，提醒我们在使用某些已被"知识化"了的既有概念之前，必须首先"历史地理解一个时期的知识/权力体制如何将特定的'知识'塑造为'真理'"[3]。既然"常识"的合法性可以通过建构获得，那种认为历史已经"完成"且实体化的认知心态也就需要被重新审视。那么从既有历史叙述的路径中越轨，借助对那些被历史叙述所排斥的人物及其行为动因的探究，显然是有可能使我们更加接近"历史现场"的真容，并拓宽既有历史叙述之维度的。因此，对该时段姚雪垠何以对作品采取此种修改策略及其背后精神意涵的探究，无疑将为我们重新探究"八十年代"的内在结构提供一种别样的参照。

---

1 洪子诚：《问题与方法：中国当代文学史研究讲稿》，北京大学出版社，2010年，第295页。
2 ［日］柄谷行人：《日本现代文学的起源》，赵京华译，生活・读书・新知三联书店，2003年，第12页。
3 贺桂梅：《如何继承"80年代"的思想遗产》，《文艺报》，2016年9月30日。

抗战胜利后，姚雪垠写了一篇颇为重要却甚少为人所提及的文章，名为《自省小记》。他在文章里回顾了几年来的战斗生活，袒露了自己的内心世界：

> 这几年，我同我的最接近的朋友们被限制在狭小的天地里，脱离了群众，脱离了工作，高高在上的做文化清客。我自己本来是小资产阶级出身的知识分子，在自己的灵魂中本来就含有两种成分，一种是属于积极方面，即新鲜的，进步的，革命的；另一种是属于消极方面，即陈旧的，小资产阶级的。既然有这样的阶级出身，又读了不少旧文学作品，又生长于知识分子的圈子和新旧交替的时代中，灵魂中陈旧的一面自然有很大势力……这几年来，我的生活无形中助长了旧的一面的发展，于是我一方面渴望自己永远进步，一方面发展了知识分子的旧意识，成了一个带有若干"名士气"和"才子气"的"革命文化人"。[1]
>
> 我没有一刻忘下过人民大众，没有一刻不要求自己变为一个十足的人民战士，但同时我也没有一刻摆脱掉我的小资产阶级知识分子气，没有一刻改变过我的生活。[2]
>
> 但由于客观的限制和主观的弱点，我始终漂浮于抗战现

---

[1] 姚雪垠：《自省小记》，选自《姚雪垠文集》第14卷，人民文学出版社，2010年，第244—245页。
[2] 同上，第245页。

实之上，游戏于历史主流之外，成为历史的观光者和喝彩者。[1]

此文所以重要，是因为作者在文中通过自我剖析阐释了走向革命的心路历程及"革命文化人"的自我定位。这种体悟并非"灵光乍现"，早在1944年出版的《春暖花开的时候》初版本中，作者就曾借助陶春冰在即将离开战教团时的所思所想，来描述这种独特身份认知所带来的复杂情绪：

> 他被地方当局看成了有政治背景的重要人物，但实际上他只是一个信仰真理的自由人。
>
> 是一棵没有在泥土上扎根的浮萍，一个有方向而没有轨道的流星。半年来他在各地方飘来飘去，到处受青年敬爱，到处又不能深入到青年群中，有时候像刻苦的文化战士，有时又像革命的观光者。[2]

质实而言，作者所描绘的这种"个人/革命"的复杂关联在当时绝非个例，甚至可以说是具有相当典型意义的。然而在革命即将塑造出崭新历史局面的时刻，这种表述又显然是相当不合时宜的。小说也因此遭到了当初的"支持者"胡绳的严厉批判，胡绳还推文及人，提醒作者"如果沉溺于自我欣赏的情怀之中，那就断绝了自我改造的道路，

---

[1] 姚雪垠：《自省小记》，选自《姚雪垠文集》第14卷，人民文学出版社，2010年，第246页。
[2] 姚雪垠：《春暖花开的时候》，现代出版社，1944年，第596—597页。

使自己对于人民生活与历史现实视而不见,听而不闻"[1]。值得注意的是,初版本中这段借虚构人物表述自我心迹的文字,到了再版本居然被作者悉数删除。在笔者看来,将作者的这番作为全然视为对胡绳批判的回应似乎并不恰切,但是有一点却可以肯定,即无论是作者在抗战胜利前后反复申说的"显",抑或是八十年代后期改写中悉数删除的"隐",都印证了这一定位在作者意识层面的重要地位。

更进一步地说,"革命文化人"正是我们理解姚雪垠的文艺理念/实践,尤其是他在八十年代后期一系列行动中展现出的"晚年姿态"的关键。所谓的"革命文化人",即是以自身文化才能参与革命事业的左翼知识分子。而在革命队伍中的左翼知识分子又大概可以分为两类,一类属于"组织左翼",在他们的意识里,自己首先是作为组织的一部分而存在的,因而个性必须服从于组织纪律,文化才能应当服务于组织的宣传功能。革命组织将他们从葛兰西所说的"活跃着'行会的精神'"、且"感觉到自己连续不断的历史继承性,和自己'特殊的本质'"[2]的传统知识界中分离出来,成为革命政党所需要的"有机知识分子"——有专业职责的职业革命家。另一类则是"精神左翼",他们不满于现实的黑暗,服膺于马克思主义对中国历史/现实的强大阐释能力及革命文化的道德感召力,将革命视为民族国家重造的唯一途径。与此同时,无法遵照组织原则收敛个性和让渡主体性,以使自我完全服从于组织集体意志的"缺陷",使得他们多数只能扮演革命运动"同路人"的角色,姚雪垠所谓的"革命文化人"显然属于后者。回顾姚雪

1　胡绳:《评姚雪垠的几本小说》,《大众文艺丛刊》,1948年第2期,第37页。
2　[意]安东尼奥·葛兰西:《狱中札记》,葆煦译,人民出版社,1983年,第420—421页。

垠的个人经历,驱使其走向革命的动力主要来自内/外两个方向,首先是"处在十分闭塞落后的故乡,少年时代常在失学之中,苦闷、悲观,只感到毫无出路",因而他"对当时的社会充满愤恨,所以入学不久就积极参加中共开封地下党领导的政治斗争"[1]。其次是作为"五四"以后成长起来的青年,"北伐的浪潮更给了我强烈影响"[2],求学开封时又受到了"中国共产党的思想影响和革命文化熏陶"[3],从此开始广泛阅读马克思主义书籍。不难发现,在回顾自身革命思想生成道路的时候,他始终具备清晰的代际意识。在回忆文章中,他一直强调自己是在后"五四"时期,即"北伐大革命失败后走上写作道路的"[4]。而作为三十年代走上文坛的"新文学运动的第二代"[5],其思想价值体系的生成恰逢马克思主义的广泛传播,唯物史观赋予了他认知世界的崭新视角,革命实践锻造了他的政治热情和坚韧意志。因此即使处在被划为"右派"的人生绝境,他也坚持"决不做历史的旁观者,而是历史的参加者和推动者"[6],最终创作出巨著《李自成》。无怪乎姚氏在七十高龄时仍在强调青年时代(也包括抗战时期第五战区和大别山中的一系列"化笔为枪"的文艺实践)获得"进步的思想和革命的人格锻炼"[7]的深远意义,认定

---

1 姚雪垠:《学习追求五十年》,选自《姚雪垠文集》第16卷,人民文学出版社,2010年,第1、3页。
2 同上,第4页。
3 同上,第18页。
4 姚雪垠:《给刘岱》,选自《姚雪垠文集》第19卷,人民文学出版社,2010年,第205页。
5 姚雪垠:《感激与惭愧——在"三老"创作活动纪念会上的发言》,选自《姚雪垠文集》第16卷,人民文学出版社,2010年,第333页。
6 姚雪垠:《我走过的学习道路》,选自《姚雪垠文集》第16卷,人民文学出版社,2010年,第244页。
7 同上,第239页。

"如果我不走这条道路","我这一生的文学事业必然毫无出息,我这个人大概早就完了"[1]。综上可见,"革命"构成了姚雪垠整个青年时代生命实践的核心主题,塑造了其人生信念,影响了其人生道路,铸成了他一生难以磨灭的思想徽记和精神底色。

再看作为"革命文化人"这一彼此敞开的二元结构中另一维度的"文化人",其特征除去姚雪垠所说的"名士气/才子气"之外,更重要的是对"革命"颇为个体化且理想主义色彩浓重的认知。因为自身的"文化人"属性,所以在面对激进文化思潮的冲击时,更倾向于从长计议,按照文化的内在规律处理问题——即"作品的思想性必须通过它的艺术性才能反映出来。作品思想性决不是仅仅为某种政策服务,为某种运动服务"。[2] 在姚雪垠的创作生涯中,有两次使他付出沉重代价的代际冲突,无论是"百花时代"批判创作中机械地割裂"新/旧"、盲目推重精神质地上更为"纯洁"的青年作者,还是批判刘再复的"主体论"过分"崇西抑中"、忽视传统文化的价值和"五四"以降的革命文学传统,从今天回看,姚氏得之于长期文化实践经验的观念,似乎都显得更为理性与稳健。与此同时,对"革命"的个体化且理想主义的认知,让他始终警惕并敢于直接批判革命阵营内部的不良倾向,在1949年后与文艺战线内部的官僚主义、宗派主义、教条主义持续斗争。即使在改革开放后,他也依旧对被某些"归来"作家视为"理想时代"的"十七年"保持着批判性态度,认为"我们习惯于称道解放后那十七年

---

[1] 姚雪垠:《我走过的学习道路》,选自《姚雪垠文集》第16卷,人民文学出版社,2010年,第243页。
[2] 姚雪垠:《我获得首届茅盾文学奖的感言》,选自《姚雪垠文集》第16卷,人民文学出版社,2010年,第327页。

（是）我国文学艺术创作繁荣的时代，但是另一方面，也应该看到，当时也存在文艺思想僵化，令人窒息的问题"[1]。

综上所示，"革命文化人"可说是对姚雪垠精神结构的最佳概括，在这个彼此敞开的二元结构中，"革命"与"文化人"分居两端。在这一二元结构中，"革命"无疑居于核心地位，是他生命哲学的主线与生命实践的决定性力量。而"文化人"的精神特质则围绕着这一核心运动，并外化为姚氏的志趣与性情。两者虽属主客关系，然而在特殊的时空条件的催化之下（譬如面对政治形势及文艺机制日益激进化的现实），作为副线的"文化人"特质也会转化为精神世界的主要驱动力。而当激进思潮消退，历史走向另一维度的时刻，在他精神结构中居于核心地位的"革命"，则被重新唤醒并跃升而出，驱使他再次成为充溢着政治热情与坚韧意志的"作家兼战士"，以"孤勇"之姿态加入论战。这也正是作者与友人通信中所谈到的，自己"强烈的责任感"与能够坚持己见"无所畏惧"地面对汹涌批判的根源。纵观姚雪垠的创作生涯，这一二元结构始终维持着一种应时代语境而互相转换的动态平衡，正如前文通过对他一直以来文艺理念的细致梳理所揭示的那样，姚雪垠并非见异思迁的"风派"人物。造成他前后转变的原因，并非姚氏本人思想倾向的转变，而是不同时代价值取向的异动。"今是而昨非"，在某种程度上可以说，正是这种时代转型所带来的断裂性的价值"颠倒"，促成了姚雪垠最终的"命运悲剧"。

回溯八十年代，姚氏的遭际属于"典型"而非"个例"，类似的现

---

[1] 姚雪垠：《给朱子奇》，选自《姚雪垠文集》第19卷，人民文学出版社，2010年，第186页。

第四章 一个"革命文化人"的晚年姿态

象实际上有着比较广泛的存在，另一个引人注目的"典型"则是丁玲。有趣的是，之前罕有交集的丁姚二人，不仅在八十年代一见如故，命运的走向也日益趋同，终至引为同道知己。虽然两人所经受的苦难，较之因身受苦难而获得崇高道德地位的"归来作家"们有过之而无不及，但是"流放归来"依旧对革命保持着信仰般热情的丁玲，以及写作《李自成》期间戏剧性地获得了毛泽东支持的姚雪垠，最终都无缘厕身"重放的鲜花"之行列。姚雪垠认为丁玲送给他的"独立大队"的绰号堪称知心之论，而他对曾遭到批判的"一本书主义"的赞赏与评价亦使丁玲心折。在丁玲逝世后，姚雪垠专诚写信给陈明[1]，向逝者致以崇高敬意，称赞她道："丁玲不但是作家，而且是战士。作家兼战士，终身不变，最为可贵。"[2] 然而两人虽同为"作家兼战士"的"革命文化人"，在如何看待革命的问题上依然多有不同。丁玲对待革命"很少理论性的阶级分析，而是情感性的表白和信念式的执着"[3]；而姚雪垠虽然始终不乏革命激情，却更偏向于审慎与理性。除去性别因素的影响，更重要的显然是性情志趣、价值偏好与思想生成环境三端。先看性情志趣，"丁玲是一个艺术气质很浓厚的人，她炽热，敏感，好强，争胜，自信，情绪化"[4]，从本质上来说属于浪漫主义的文人革命家，其最终走上作家道路，可说是一种必然的结果。姚雪垠虽个性尖锐且素负"狂傲

---

1 然而据曾担任姚雪垠秘书的许建辉在《丁玲与姚雪垠的晚年交往》一文中的回忆，这封写好的信并未寄给陈明。
2 姚雪垠：《给陈明》，选自《姚雪垠文集》第19卷，人民文学出版社，2010年，第316页。
3 贺桂梅：《丁玲的逻辑》，《读书》，2015年第5期，第38页。
4 王蒙：《我心目中的丁玲》，《读书》，1997年第2期，第95页。

之名"[1]（陈纪滢语），但说到底还不具备丁玲那种极具爆发力的浪漫主义性格。他走上作家道路更多是迫于生计，因为他本来的志愿是"希望自己通过若干年埋头图书馆的刻苦努力，能够成为一个马克思主义史学家或中国文学史家"[2]。即便未能如愿，他也始终坚持对马克思主义理论和历史社会科学的学习，渐次形成了一套颇具历史阐释力的话语体系，《李自成》即是这套话语体系的成果之一。接下来看价值偏好，作为一个追求革命的现代女性，丁玲价值偏好呈现出强烈的"趋新去旧"的倾向，她的知识谱系之中"新／旧"的断裂是相当明显的。正如评论中所说的那样——"在出现于女性作家作品之中的女性姿态，丁玲所表现的是最近代的。丁玲所表现的'modern girl'的女性姿态……反映着中国近代十年来的社会，是怎样的闪电般地在变革"[3]。不夸张地说，自《莎菲女士的日记》开始，无论是丁玲的"为文"抑或是"为人"可以说都充溢着无尽的"现代"激情。反观姚雪垠，我们却发现在他那里，这种"新／旧"知识谱系的断裂反而并不明显。有论者就敏锐地发现："经过马克思主义'理论常识'的'启蒙和引路'，又亲历共产党领导的学生运动，他在学术倾向和艺术趣味上却并不想从旧文学营垒冲杀出来。至少姚雪垠的自述，很少有那一时代青年激烈的、对旧文

---

[1] 据陈纪滢回忆："雪垠不但在创作上，争强赌胜；在为人处世中，也往往不让人分毫。他这种尖锐的性格，也构成了他孤独的生活。"参见陈纪滢：《记姚雪垠（上）——"三十年代作家直接印象记"之十》，《传记文学》，1982年第40卷第2期，第42页。

[2] 姚雪垠：《学习追求五十年》，选自《姚雪垠文集》第16卷，人民文学出版社，2010年，第8—9页。

[3] 方英：《丁玲论（上）》，《文艺新闻》，1931年第22期，第2页。

化毅然决绝的姿态。"[1] 他不止一次地提到自己在青年时代对中国古典文学的喜爱,这种价值偏好在《自省小记》中被他称为"知识分子的旧意识"。然而,姚雪垠虽然为此"自省",却始终未能抛弃自己这"灵魂中旧的一面"。在其后的创作谈之中,他一再强调这种由于对古典文学的喜爱而造就的文言文写作基础,"使我到中年时代突然开始写《李自成》才具备必要条件"。[2] 到了八十年代,他这种"新旧并举"的知识偏好也同样出现在其与刘再复的辩论之中,成为他批判彻底否定传统文化思潮的精神动力。

再看思想生成环境,虽然二人早年登上文坛的机缘、起点不同,但都属于游离于革命组织实体之外的左翼知识人。两人间真正的区别,实际上产生于丁玲1936年9月奔赴中央苏区后,由于身入革命组织的内部,并担任西北战地服务团主任、《解放日报》文艺副刊主编等一系列实际职务,长期困扰她心灵的"如何与人民大众结合"的问题在此时此地以一种常态化的形式(组织生活)得到了解决和落实。因此,亲历延安整风运动与文艺座谈会的丁玲,也就自然地对《讲话》抱有虔诚的情感,正像她自己所说:"我虽然没有深入细想,但我是非常愉快地,诚恳地用《讲话》为武器,挖掘自己,以能洗去自己思想上从旧社会沾染的污垢为愉快,我很情愿在整风运动中痛痛快快地洗个澡,然后轻装上阵,以利再战。"[3] 反观姚雪垠,自《风雨》事件之后,虽然他

---

1 董之林:《观念与小说——关于姚雪垠的五卷本〈李自成〉》,《文学评论》,2008年第2期,第75页。
2 姚雪垠:《七十述略》,选自《姚雪垠文集》第16卷,人民文学出版社,2010年,第229页。
3 丁玲:《延安文艺座谈会的前前后后》,《新文学史料》,1982年第2期,第46页。

无论是在第五战区参与"集团作战",还是在大别山中做"文艺孤军",虽然均是在组织领导之下,实质上却属于游离于实在的组织生活之外。姚雪垠所处的第五战区活动受限,大别山区则消息闭塞,获取一般信息尚且不易,更遑论如丁玲一样在具体的革命工作与组织生活中更新对于革命的认知,改造自我的思想。马克思和恩格斯曾在《共产党宣言》中区分了无产阶级"自觉心"发展的两个阶段——即"自在的"阶级与"自为的"阶级,指出革命政党组织乃是无产阶级"自觉心"之"最高表示",同时也真正标志着"无产阶级觉悟到了自己的历史使命,于是便成为'自为'的阶级"[1]。因此,依靠实在的组织生活"不断改造自身,以'自觉'的态度遏制'自发性'"[2],便成了思想转化过程中的一条捷径。较之丁玲,姚雪垠对于自己在思想环境上的"劣势",无疑是具有清醒认知的,正如他在《自省小记》中所说:"如果一个人生活于人民中间,生活于战斗的集团中间,他的改变将是一种自然而然的发展过程。但像我这样过着孤独的书斋生活,要求自己发展,就必须经常不断地作自省工作,宗教徒孤独的祈祷,祈祷的意义主要的是诚恳自省。愈能自省,便愈能解脱内心痛苦,愈能增加生活的希望与勇气。"[3]但是,在当时的环境中,作者也十分清楚依赖"自省"的"自我改造"绝大多数时候只能转化为对自我操守的维持。然而,无论如何强烈的自省意识,实际上都难以解决组织实体的"内/外"差异给认知模式及思想转化效

---

[1] [苏]M·罗森塔尔、犹琴:《简明哲学辞典》,孙冶方译,华北新华书店,1948年,第37页。
[2] 朱羽:《社会主义与"自然":1950—1960年代中国美学争论与文艺实践研究》,北京大学出版社,2018年,第3页。
[3] 姚雪垠:《自省小记》,选自《姚雪垠文集》第14卷,人民文学出版社,2010年,第246页。

能所造成的深远影响。较之于延安时期后的丁玲，姚雪垠的身上反而因此保留了更多"文化人"特质。具体到对《讲话》的接受，与丁玲"不假思索"奉为圭臬的虔诚不同，姚雪垠虽然一再强调"《在延安文艺座谈会上的讲话》中的许多基本原则、基本精神，仍然是非常光辉的，在今天并没有失去它的指导意义"[1]；但是，同时他也认为"由于历史条件的变化，《讲话》中某些问题的提法，今天还有待于重新认识、重新研究"[2]，并多次对《讲话》中提出且在现实中得到贯彻的文学生产形式表达不满[3]。这种较少偏执的持平态度，也印证了前文所分析的姚雪垠精神结构的特征——"革命"与"文化人"两维始终保持着一种动态平衡。然而必须指出的是，"革命"始终是这一二元结构的绝对核心，任何试图冲撞这一核心的企图，都可能引发精神世界的连锁裂变。

基于此，姚雪垠在那一时段对《春暖花开的时候》的大幅修改与他和刘再复的论战之间，存在着明显的内在关联。极大强化了政治性

---

[1] 姚雪垠：《作家要重视学习理论——纪念〈在延安文艺座谈会上的讲话〉发表四十周年》，选自《姚雪垠文集》第17卷，人民文学出版社，2010年，第355页。

[2] 姚雪垠：《回顾·思索·期望》，选自《姚雪垠文集》第17卷，人民文学出版社，2010年，第348页。

[3] 譬如《讲话》中提到的"深入生活"的目标，在1949年后的文艺生产中则多被转化为作家在工厂或农村的"蹲点"创作。姚雪垠对这种创作模式并不满意，据周勃回忆，他在接受华中师范大学中文系的邀请开展讲座的时候，就曾公开对赵树理以三里湾村的农业生活为中心的小说《三里湾》进行批评，认为"对生活的反映比较浅，缺乏历史的深度把握"。而在1957年写作的《创作问题杂谈》一文，则更为集中地表达了对"蹲点"创作的有效性的质疑："浮光掠影，走马观花的生活方式，当然不好；可是整年整年的呆（待）在一个村庄或一个小工厂里，算不算好的生活方式呢？我看也不见得……古话说，'阅千剑而后识器'。对生活也是如此。我们必须看的人多，经的事多，才能对生活有比较深刻的理解。生活的广度和深度是相辅相成的。生活的天地过于狭隘，往往会使人变得孤陋寡闻，目光如豆。"参见姚雪垠：《创作问题杂谈》，选自《姚雪垠文集》第17卷，人民文学出版社，2010年，第266页。

和自传色彩的《春暖》再版本，可说是在特定历史情势下作者固有的文艺思想、个人历史经验以及陷于理论交锋后的应激反应联合作用的产物。最后需要解决的问题是，在对《春暖》的改写中强化文本的"政治性"和"自传性"为何成为作者的首要选择。强化文本的"政治性"的原因不难理解，作为"跟随着中国现代革命的主潮，在尖锐复杂的思想斗争中成长起来的"[1]的"革命文化人"，在构成自我思想基础的革命文化传统遭遇挑战的时候，确实极有可能本着"矫枉必须过正"的行动原则，借助对小说文本的修改予以回击。那么增强文本的"自传性"又作何理解？如前所述，姚雪垠在再版本中注入的相当一部分私人经验并不"正面"，反而指向革命阵营的内部斗争，与文本"政治性"的强化同看，似乎会使人产生"自相矛盾"的观感。然而如果熟悉作者的文艺理念则会发现，这与作者对"革命"的信仰并无冲突。在姚雪垠看来，承认错误与坚持方向并行不悖，"只有深入地清算肤浅的形而上学的极'左'教条主义，将'左'的教条主义的思想批判工作做好，许多人的眼睛才会猛然一亮，心中服气，宣传'五四'以来的健康传统才有力量"[2]。由此可知，再版本中对"政治性"与"自传性"的强化，都服务于作者在特殊历史情势的催动下，对革命理想正义性的重新声张。从这个角度来看，作者对这部尘封已久的青年时期代表作的改写，早已脱

---

[1] 姚雪垠：《感激与惭愧——在"三老"创作活动纪念会上的发言》，选自《姚雪垠文集》第16卷，人民文学出版社，2010年，第333页。
[2] 姚雪垠：《八十愧言》，选自《姚雪垠文集》第16卷，人民文学出版社，2010年，第285页。

离了纯粹的文学创作范畴,而是"一种存在意义的需要"[1]。

由此观之,赋予小说再版本浓厚的"政治性"与"自传性",与其说是为自己艺术趣味张目,毋宁说是希望以这种"六经我注"的晚年姿态,借助重构这部"切肤"之作来维护和彰显他这一代的"革命文化人"所共同体认的价值观念、人生理想和精神传统。

---

[1] [美]叶凯蒂:《文化记忆的负担——晚清上海文人对晚明理想的建构》,选自《晚明与晚清:历史传承与文化创新》,陈平原、王德威、商伟编,湖北教育出版社,2002年,第55页。

结　语

虽然鲁迅在1907年所作的《文化偏至论》中，特别强调了"个人"的张扬与"国家"的兴盛之间的内在联系，申说"掊物质而张灵明，任个人而排众数。人既发扬踔厉矣，则邦国亦以兴起"[1]。然而"个人性"能够成为二十世纪初期现代中国知识界的"共同态度"，还是源于"五四"新文化运动的直接推动。而"五四"新文化运动的内在精神动力，正是对民国初年历史／社会情势的极度失望。基于此，在"五四"新文化运动中，就格外强调了知识分子对于国家的责任——即以普遍主义的现代理性为旨归，秉持一种决绝的"断裂"意识来剥离"新／旧"，最终再造符合理想的文明形态。这种以"个人"大开大阖"创世"的姿态，实际上源自对所抱持的现代理性的强烈自信。正是这种自信，使得"他们具有一种源自抽象理性的超越性和彻底性，表现于政治态度上，就是力图同一切现实的政治权争、势力集团绝缘，以一种超党派、超政治的姿态从事理想主义的文化批判、社会改造"[2]。然而，缺乏清晰的现实规划，使得这种以多元与远景为号召的信念，自起始阶段就酝酿着内在的危机。正如茅盾的回忆："对建设怎样一个新文化呢？这问题在当时并没有确定的回答，不是没人试做回答，而是没有人的提案能得到普遍一致的拥护。那时候，参加反封建运动的人们，

1　鲁迅：《文化偏至论》，选自《鲁迅全集》第1卷，人民文学出版社，2005年，第47页。
2　耿传明、王晏殊：《"五四"人的精神趋向：抽象化的文学政治与理性的激情化》，《天津社会科学》，2013年第2期，第120页。

到了问题是'将来如何'的时候,意见就很分歧了。"[1] 然而当时中国所面临的历史情势,未能给予国人等待这种分歧最终解决的耐心。二十世纪二十年代中期开始,尤其是"大革命"的失败,使得"五四时期那种'重估一切价值'的否定和怀疑正在被一种坚信某种主义的状况所取代"[2],兼具强大理论阐释力与现实实践性的马克思主义成为渴望突破现实困境的进步知识分子的思想指南。也正是在这个时期,"集团性"开始取代"个人性"成为知识界的思想主潮,即便是较早倡议"个人性"的鲁迅,也感受到了这种裂变,因此才在给青年作者的序言中写出这样的话——"在这里,是屹然站着一个个人主义者,遥望着集团主义的大纛。"[3]

由此可见,自二十世纪二十年代末以降,"集团性"与"个人性"就已经成为进步知识分子,尤其是包括姚雪垠在内的、在三十年代接受左翼思潮影响的革命青年思想的两条"边界"。然而,对于向往革命,希望以之解决自身困境并改造社会的革命青年来说,"革命"并非单向输出的精神宝藏,他们也必须经历艰难痛苦的心灵试炼与精神蜕变:

> ……智识阶级不能不演下面的二类角色。其一,他决然毅然的反过来,毫无痛惜地弃去个人主义的立场,投入社会主义,以同样坚信和断然的勇猛去毁弃旧的文化与其所依赖的社会。其二,他也承受革命,向往革命,但他同时又反顾

---

[1] 茅盾:《导言》,选自《中国新文学大系小说一集》,良友图书印刷公司,1935年,第3页。
[2] 杨胜刚:《中国共产党的政治实践与左翼文学》,当代中国出版社,2017年,第51页。
[3] 鲁迅:《叶永蓁作〈小小十年〉小引》,选自《鲁迅全集》第4卷,人民文学出版社,2005年,第150页。

旧的，依恋旧的；而他又怀疑自己的反顾和依恋，也怀疑自己的承受和向往，结局是他徘徊着，苦痛着——这种人感受性比较锐敏，尊重自己的内心生活也比别人深些。

革命是如此地使智识阶级动摇着。为要不在革命上碰死自己，智识阶级必须如此地改移自己的立场。[1]

冯雪峰的这番深切感悟，道出了走向"革命"的艰难。从"个人性"走向"集团性"，确立"革命者"的身份认同，其实不过只是"觉悟"的开始。如何在复杂变动的政治环境中，处理政治功利性与个人主体性这对内在于自我的二元结构，并最终完成对自身精神结构的重构，才是包括姚雪垠在内的革命青年们所要长期面对的重大课题。

通过对姚雪垠在四个人生时段的不同的历史情势下的文艺创作与文化实践的细致考辨，我们不难发现他在自身漫长的与革命互动的生涯之中的一系列逻辑规律与行为习惯。一方面正如前文所述，作为被闭塞衰败的乡村环境所困的"叛逆者"与"新文学运动的第二代"，姚雪垠思想价值谱系的生成深受当时广泛传播于知识界的马克思主义的影响，唯物史观给予了他解决长期萦绕于心的"故乡之困"的可能性，更新了他对现实世界的认知，而革命实践锻造了他的精神气质。正如他自己所说，正是左翼思想与革命理念彻底改变了他的人生，塑造了"今日之我"。在姚雪垠的心中，"革命"毫无疑问是他的精神图腾与不可磨灭的人生底色。正因为拥有这样的生命经验，他终其一生都保持着参与主流思想建构的热情以及高涨的现实关怀，几乎毫无成为革命

---

[1] 画室（冯雪峰）:《革命与智识阶级》,《无轨列车》, 1928年第2期, 第44页。

文学中的"多余人"的可能。

然而从另一方面来看，他却似乎始终保持着对"集团性"吞没"个人性"的可能的高度警惕，并且在不同历史语境中都以各种形式对"个人性"有所坚守：其一是在抗战前夕的开封，姚雪垠因为对《风雨》杂志"统一战线"定位的坚持，不顾组织原则与时任河南文委书记的王阑西发生冲突，最终被迫离开杂志，并因此在其后付出了沉重的政治代价。其二是在第五战区期间，虽然支持"国防文学"口号，强调"文章入伍"，然而纵观姚雪垠在该时段的一系列创作，不难发见他并未使自己落入"前线主义"的理念窠臼，也一定程度上对抗战功利主义文艺观有所反思。表现在创作上，一方面是他时常绕开对战场、战事等"宏大叙事"的耽溺，将目光聚焦于琐碎平凡的战时生活与战争中人的复杂感触（《戎马恋》《重逢》《等待》），从中展示战争给个人的精神世界带来的深刻变动。另一方面则是他坚持"事实先于概念"，以秉笔直书的姿态创作了反映战时青年救亡运动的长篇小说《春暖花开的时候》。值得注意的是，在四十年代后期写作的自传性小说《长夜》中，他同样坚持了忠实于现实生活，"不将贫雇农出身的'绿林豪杰'的觉悟水平和行为准则拔高"[1]。其三是在返回河南专职创作后对过分强调政治功利性的文艺政策的公然抵制，"百花时代"对文艺体制"教条主义"与"宗派主义"的公开抨击，以及在写作《李自成》期间，通过对反面人物崇祯、杨嗣昌等人细致客观的刻画来抵制"三突出"原则。

由此可见，在姚雪垠的整个文艺创作与文化实践生涯的绝大多数

---

[1] 姚雪垠：《为重印〈长夜〉致读者的一封信》，选自《姚雪垠文集》第12卷，人民文学出版社，2010年，第272页。

时间里,他都试图于"集团性"与"个人性"之间找寻一种足以自我安置的平衡。而这种平衡,表现在精神结构层面便是"革命文化人"的自我定位,具体到文艺理念层面则呈现为一种"讲个性""有底线"的文艺宣传观。

如前所述,在他的"革命文化人"的自我定位中,"革命"与"文化人"分居二元结构的两端。"革命"居于核心,是其思想的核心主题与生命实践的决定性力量。而"文化人"的精神特质则围绕这一核心进行运动,并外化为其志趣与性情[1]。在姚雪垠的整个创作生涯之中,这一二元结构始终维持着一种因应时代语境而互相转换的动态平衡。而这种对"平衡"的寻求,则深刻地反映了他"精神左翼"的特质。不同于投身革命实际工作的"组织左翼","精神左翼"虽然同样被革命的道德感召力所折服,服膺于马克思主义对中国历史/现实的强大阐释能力,将革命视为国家改造与自我完成的终极理路。但是,由于难以完全让渡个人主体性、满足组织的"有机化"要求,使得他们更多的时候,是以革命的"同路人"身份来完成自身与革命互动的。也正因为如此,他们更倾向于以一种基于"自觉"的,理想化的个人视角来理解革命,这使得他们更强调革命发展趋势,以及组织内部关系的"应然"而非"实然"。理解了这一点,我们也就明白了姚雪垠何以在"《风雨》事件"已经发生半个世纪的1986、1987年,仍然执着地将事件的经过几乎不加删改地写入了小说《春暖花开的时候》之中,并强调此类事件在理想的组织中绝无发生的可能。

---

[1] 姚雪垠曾将其分解为"二分旧书生气,二分才子气,三分小资产阶级知识分子精神"。参见许建辉:《档案解读——姚雪垠在20世纪50年代》,选自《中国现代文学馆馆藏经典作家文物文献研究》,文化艺术出版社,2013年,第212页。

与此同时，我们也必须注意到姚雪垠与胡风、萧军等更具理想主义气质的"精神左翼"的差别。最明显的例子，就是本书在第四章中提到的胡绳与"胡风派"对于小说《春暖花开的时候》的不同态度。在代表组织意见的胡绳看来，姚雪垠此作的问题在于过度的"主观主义"，以致偏离了历史的"本来面目"。然而在"胡风派"眼中，该作的问题却在于受"客观主义"与"公式主义"的拘泥。值得玩味的是，对于针对一部作品截然不同的两种论断，姚雪垠只是严厉地反驳了"胡风派"的观点，而对于胡绳的意见表示了"默认"。这种选择的背后，除去对政治利害的考量之外，更重要的是在姚雪垠的意识中，似乎并无对何为"历史真实"另行阐释的意愿。在理念天平的两侧，姚雪垠更为倾向的无疑是代表"组织意志"也即"集团性"的那一端。

从这一点出发，我们也就不难理解他为何会在八十年代展开与大力提倡"文学主体性"的刘再复的论战。因为在他的意识中，对"集团性"抑或"个人性"的两条边界的突破，可能导致的"主体的空洞化"抑或是"意义的虚无化"，都是不可接受的精神危机。倘若从历史的经验来看，姚雪垠的这种理念其实自有其道理所在，无论是对于一个成熟的知识者，还是对于一个成熟的文化共同体来说，在"集团性"与"个人性"之间探索出一条"中正之道"才是其生发、壮大的长久之计。

最后需要指出的是，笔者对姚雪垠在四个不同人生时段，以文艺创作与文化实践的形式与不同的历史情态互动的细致考辨，其立意并非为这位充满争议的"箭垛式"的作家"辩诬"，而是希望通过深入展示其个人在不同历史情态下与革命互动，并最终塑造自我人格的漫长心灵理路，折射出三十年代左翼青年追寻"革命"并与之汇合、交融的复杂历程，以及其精神质地的多维面向。在笔者看来，只有认识到这种经常为我们既有的"认知性装置"所简化、遮蔽的内在精神特质的复杂性，我们才有可能更为深入地感知现代左翼知识分子传统的丰富性与多元性，进而更为贴切地理解他们的心灵世界与行动逻辑，这对于我们扩展现当代文学的研究视野，乃至于更为全面、深刻地理解现当代文学文化传统无疑都是有所裨益的。然而也必须承认，囿于笔者自身的能力，本书距离上述的研究意图的最终实现，仍有相当的距离，而如何缩短这种距离正是笔者未来将会努力予以解答的课题。

附　录

"屏除丝竹入中年"——关于姚雪垠研究的一些构想

"屏除丝竹入中年"是姚雪垠非常喜欢的清代诗人黄景仁的《绮怀》第十六首中的一句，全联是"结束铅华归少作，屏除丝竹入中年"。姚雪垠之所以对此诗十分欣赏，是因为它写出了年龄、心境等对创作者在不同阶段写作取向的深刻影响。在他看来，自己在创作道路上经历的三个阶段，既有区别，又互相联系，是由不成熟到成熟，最终从现代文学史走进当代文学史。他因此希望未来的研究者，"对于他几十年来的创作道路，既要分阶段看，也要作整体看"。在笔者看来，姚雪垠所期待的正是一种"屏除丝竹入中年"式的、具有"中年心态"特质的、更加趋于成熟和理性的研究思路。这种研究思路的建构与实践，对深化姚雪垠研究的学术影响力与学理性品格也有所裨益。

建构整体性的长程视野，对姚雪垠的研究既要能够"截取一段"，又要做到"顾及其余"。当下，学界对姚雪垠的研究基本集中于当代阶段，对于现代时期姚雪垠的研究还远远不足。这种研究现状对于姚雪垠这位跨越现代与当代的作家来说，无疑是一种缺憾。姚雪垠暮年时屡次提到要下大力气整理和修订自己的旧作，认为只有较为完整翔实地呈现自己的创作道路，才能够使得当下的读者理解他何以能够从"旧时代到新时代，创作未衰，并且继续攀登"。因此，对于现代阶段或者说前期姚雪垠作品的细致深入的研究极有必要。从1929年到1949年，姚雪垠创作了大量的杂文、散文、现代诗、戏剧、小说，对这些作品创作过程的还原、出版背景和传播接受的考辨，以及它们在当时的文学史中应有位置的解析与判定，都是亟待完成的工作。

"姚雪垠的逻辑"——这个说法借自贺桂梅的《丁玲的逻辑》一文。贺桂梅说，若想真正理解丁玲，就必须适当地放弃"后见之明"，试着从丁玲的立场理解她所面对的问题。这种思维方式对于晚年与丁玲成为挚友的姚雪垠同样适用。所谓"姚雪垠的逻辑"，就是再次确认姚雪垠在"作家"之外的一面，认识到他与整个二十世纪相始终的关系。姚雪垠是一个具有非常清醒"代际"意识的作家，他一直强调自己是在家乡感受了北伐战争浪潮的强烈影响，是在"五四"以后成长起来的青年——新文学运动的第二代，在开封又受到中国共产党的思想影响和革命文化的熏陶，在大革命失败后走上了写作道路。他在七十岁高龄仍然强调青年时代所获得的"进步的思想和革命的人格锻炼"的深远意义，认定"如果我不走这条道路……我这一生的文学事业必然毫无出息"。不难看出，"革命"正是姚雪垠整个青年时代思想建构的核心主题，深刻地影响了他的人生信念，塑造了他的人生道路，是他无法磨灭的思想徽记和精神底色。因此，回到"姚雪垠的逻辑"就意味着重新认识姚雪垠和他与中国革命历程之间的深切互动关系，并由此出发去理解姚雪垠的文艺创作与文化实践。唯有如此，我们或许可以更为接近姚雪垠投身创作的"初心"与"本心"。

以思想史视野，重点关注姚雪垠的精神结构与心态特征，还原其主体辩证法的生成。赵焕亭在《该有一部姚雪垠心态史传记》一文中提到，当下的研究"对姚雪垠的心灵史的开掘还很不够"。作为一个创作生涯和生命历程经历了大革命兴起及其失败、抗日战争、解放战争、新中国成立及改革开放的作家，姚雪垠始终坚持不做时代的旁观者。

他如何顺应不同历史情势与历史语境，如何看待作家与革命者这两种不同身份，如何最终逐步完成对自身精神结构与心理特征的形塑，无疑是值得深究的思想史课题。从这个课题出发，有助于我们补充既往研究中过于偏重"外部因素"分析，将作家视为被动的"受体"，进而忽略作家主体能动性的倾向。同时，在进一步深化对姚雪垠的创作心态研究的过程中，强化一种通常被视为从"承受方"的个体能动性着眼的"内生性视角"，关注二元在对立之外的互动关系，尤其是个体的精神结构是如何在这种互动中得以生成发展的。在此基础上，以精神结构的生成为纽带，勾连现实体验与文艺实践，努力建构一种互为因果的分析机制，细致地呈现其"辩证的互相塑造的过程"。

以文学史料学为切入点，推动姚雪垠研究的进一步学理化与经典化。作为一个创作时段长且有明确的史料意识的作家，姚雪垠及其身边的工作人员，已经为我们提供了不少的回忆性文字和史料文章，《学习追求五十年》可以为我们解决不少研究上的困惑。但是从研究的急迫性来看，当下有关于姚雪垠的文学史料学研究仍然是不够充分的。譬如，对于姚雪垠创作的版本学考证，对于姚雪垠开封时期和北平时期的文学生活和思想状况的研究，对于姚雪垠在1949年后的文学活动研究，从文学、社会学/发生学角度对姚雪垠的《李自成》的深入研究等，都是亟待完善的方向。

以"代际"意识为纽带，扩展姚雪垠研究的边界。一般而言，"代际"有两种含义，一种是所谓的生理时代，一般以二十年为一代；另一种是所谓的社会时代，指重大的社会历史事件所造就的具有共同文化心理特征的一代。如前所述，姚雪垠是二十世纪三十年代登上文坛的，马克思主义为渴望彻底改变中国现状的这一代知识分子"提供了解决中国历史最根本问题的出发点"。因此，姚雪垠研究实在有必要与对这一代知识分子的思想演进的探索结合起来，并成为对这一代革命知识分子研究的重要切入点。由此出发，姚雪垠研究就可以与已经形成相当规模的赵树理研究、柳青研究、丁玲研究乃至茅盾研究构成对话，互相促进并形成合力。当然，在这种对话中，也需要注意姚雪垠与同时代革命知识分子的同中之异。

参考文献

一、原始期刊类

《抗战文艺》

《阵中日报》

《自由中国》

《战地》

《七月》

《雪风》

《教育研究》

《全面战周刊》

《时事类编》

《文艺阵地》

《文艺新闻》

《全民抗战》

《读书月报》

《现代文艺》

《创作月刊》

《文艺杂志》

《抗战半月刊》

《安徽政治》

《战地画刊》

《抗战文摘》

《新华日报》

《中原文化》

《文艺生活》(桂林)

《文学》(上海)

《北斗》

《中国青年》(上海)

《新河南》(南京)

《河南教育》

《河南政治》

《风雨》(开封)

《橄榄月刊》

《拓荒者》

《无轨列车》

《太阳月刊》

《湍声季刊》

《书摘》

《芒种》

《群鸥》

《光明》(上海 1936)

《人物杂志》

《微波》(昆明)

二、作品类

姚雪垠:《姚雪垠文集》1—20卷,北京:人民文学出版社,2010年。
茅盾:《茅盾全集》第19卷,北京:人民文学出版社,1991年。
鹿桥:《未央歌》,台北:台湾商务印书馆,1992年。
姚雪垠:《四月交响曲》,郑州:中州古籍出版社,2015年。
臧克家:《臧克家文集》第1卷,济南:山东文艺出版社,1985年。
冯至:《冯至全集》第4卷,石家庄:河北教育出版社,1999年。
田间:《呈在大风沙里奔走的岗位们》,武汉:生活书店,1938年。
柳亚子:《柳亚子文集·磨剑室诗词集》,上海:上海人民出版社,1985年。
姚雪垠:《春暖花开的时候》,重庆:现代出版社,1944年。
丁玲:《战地歌声》,重庆:生活书店,1939年。
郭沫若:《郭沫若全集·文学编》第19卷,北京:人民文学出版社,1992年。
李光荣编:《西南联大文学作品选》,北京:人民文学出版社,2011年。
梁启超:《饮冰室文集之五》,北京:中华书局,1989年。
西南联大《除夕副刊》编:《联大八年》,北京:新星出版社,2013年。
西北战地服务团集体创作:《西线生活》,重庆:生活书店,1939年。
周作人:《谈龙集》,上海:上海书店,1987年。
姚雪垠:《姚雪垠回忆录》,北京:中国工人出版社,2010年。
西南联合大学北京校友会、校史编辑委员会编:《笳吹弦诵在春城——回忆西南联大》,昆明:云南人民出版社,1986年。

鲁迅：《鲁迅全集》1—6 卷，北京：人民文学出版社，2005 年。

陈翔鹤：《陈翔鹤选集》，成都：四川人民出版社，1980 年。

姚雪垠：《姚雪垠读史创作卡片全集》，沈阳：沈阳出版社，2018 年。

三、著作类

严家炎：《严家炎全集·知春集》，北京：新星出版社，2021 年。

严家炎：《严家炎全集·问学集》，北京：新星出版社，2021 年。

姜涛：《公寓里的塔——1920 年代中国的文学与青年》，北京：北京大学出版社，2015 年。

费孝通：《乡土中国》，北京：北京出版社，2005 年。

蔡少卿：《民国时期的土匪》，北京：中国人民大学出版社，1993 年。

[英] 贝思飞：《民国时期的土匪》，徐有威等译，上海：上海人民出版社，1992 年。

罗志田：《权势转移——近代中国的思想与社会》，北京：北京师范大学出版社，2014 年。

[美] 丛小平：《师范学校与中国的现代化——民族国家的形成与社会转型：1897—1937》，北京：商务印书馆，2014 年。

吴晗、费孝通编：《皇权与绅权》，上海：上海书店，1948 年。

程凯：《革命的张力——"大革命"前后新文学知识分子的历史处境与思想探求（1924—1930）》，北京：北京大学出版社，2014 年。

[德] 卡尔·曼海姆：《卡尔·曼海姆精粹》，徐彬译，南京：南京大学出版社，2002 年。

中国社会科学院文学研究所现代文学研究室编：《"革命文学"论

争资料选编（上、下）》，北京：知识产权出版社年，2010年。

何干之：《中国社会性质论战》，上海：上海书店，1990年。

戴知贤：《十年内战时期的革命文化运动》，北京：中国人民大学出版社，1988年。

[美]阿里夫·德里克：《革命与历史：中国马克思主义历史学的起源，1919—1937》，翁贺凯译，南京：江苏人民出版社，2005年。

梁启超：《中国历史研究法（外二种）》，石家庄：河北教育出版社，2000年。

顾颉刚编：《古史辨（一）》，上海：上海古籍出版社，1981年。

[英]安东尼·吉登斯：《现代性的后果》，田禾译，南京：译林出版社，2000年。

[英]安东尼·吉登斯：《现代性与自我认同——现代晚期的自我与社会》，赵旭东、方文译，北京：生活·读书·新知三联书店，1998年。

罗志田：《权势转移——近代中国的思想、社会与学术》，武汉：湖北人民出版社，1999年。

梁小岑、陈进功编：《河南省国统区革命文化史料选编（一）》，开封：河南省革命文化史料征编室，1991年。

吴永平：《姚雪垠抗战时期小说创作研究》，郑州：中州古籍出版社，2015年。

[德]克劳塞维茨：《战争论（上卷）》，中国人民解放军军事科学院译，北京：解放军出版社，1994年。

[德]埃里希·鲁登道夫：《总体战》，戴耀先译，北京：解放军出版社，2005年。

蒋方震：《国防论》，重庆：商务印书馆，1945年。

耿传明：《轻逸与沉重之间——"现代性"问题视野中的"新浪漫派"文学》，天津：南开大学出版社，2004年。

郭沫若、胡秋原等：《战区文化工作》（战时综合丛书第五辑），重庆：独立出版社，1939年。

杨晋豪：《怎样写抗战文艺》，广州：战时出版社，1938年。

李松睿：《书写"我乡我土"：地方性与20世纪40年代中国小说》，上海：上海人民出版社，2016年。

林焕平：《抗战文艺评论集》，香港：希望书店，1939年。

林淡秋：《抗战文化与文化青年》，上海：上海杂志公司，1937年。

胡春冰等：《抗战文艺论》，广州：中山日报社图书出版委员会印行，1937年。

段从学：《"文协"与抗战时期文艺运动》，北京：北京大学出版社，2012年。

徐中玉：《抗战中的文学》，重庆：国民图书出版社，1941年。

每日译报社编：《女战士丁玲》，上海：每日译报社，1938年。

刘心皇：《抗战时期的文学》，台北：编译馆，1995年。

中国人民解放军史料部编：《中国人民解放军文艺史料选编：抗日战争时期（第四册）》，北京：解放军出版社，1988年。

蓝海：《中国抗战文艺史》，上海：现代出版社，1947年。

唐小兵：《再解读：大众文艺与意识形态》，北京：北京大学出版社，2007年。

唐德刚：《李宗仁回忆录（下）》，桂林：广西师范大学出版社，2015年。

李占才：《江淮血——第五战区抗战纪实》，北京：中国档案出版社，1995年。

陈纪滢：《抗战时期的大公报》，台北：黎明文化事业公司，1981年。

孙陵：《我熟识的三十年代作家》，台北：成文出版社，1980年。

胡适编：《中国新文学大系·建设理论篇》，上海：上海良友图书印刷股份有限公司，1935年。

毛泽东：《毛泽东选集》第3卷，北京：人民出版社，1991年。

姚海天编：《茅盾、姚雪垠谈艺书简》，北京：人民文学出版社，2006年。

杨天石、黄道炫编：《战时中国的社会与文化》，北京：社会科学文献出版社，2009年。

陈明口述，查振科、李向东整理：《我与丁玲五十年——陈明回忆录》，北京：中国大百科全书出版社，2010年。

[美]杜赞奇：《从民族国家拯救历史：民族主义话语与中国现代史研究》，王宪明、高继美、李海燕、李点译，北京：社会科学文献出版社，2003年。

[美]易社强：《战争与革命中的西南联大》，饶佳荣译，北京：九州出版社，2012年。

生活教育社编：《战时教育论集》，汉口：生活书店，1938年。

段从学：《穆旦的精神结构与现代性问题》，北京：人民出版社，2014年。

[法]萨特：《存在与虚无》，陈宣良等译，北京：生活·读书·新知三联书店，2007年。

解志熙：《生的执著——存在主义与中国现代文学》，北京：人民文学出版社，1999年。

范智红：《世变缘常——四十年代小说论》，北京：人民文学出版社，2002年。

张帷幄：《战时的文化工作》，上海：黑白丛书社，1937年。

晨枫编：《百年中国歌词博览》，合肥：安徽文艺出版社，2011年。

蒋介石：《中国之命运》，北京：北平时报社，1946年。

［美］海登·怀特：《元史学：十九世纪欧洲的历史想像》，陈新译，南京：译林出版社，2004年。

［美］罗伯特·芮德菲尔德：《农民社会与文化——人类学对文明的一种诠释》，王莹译，北京：中国社会科学出版社，2013年。

［法］罗贝尔·埃斯卡皮：《文学社会学》，于沛选编，杭州：浙江人民出版社，1987年。

郭沫若：《郭沫若全集·历史编》第1卷，北京：人民出版社，1982年。

黄子平：《革命·历史·小说》，香港：牛津大学出版社，1996年。

洪子诚：《中国当代文学史》，北京：北京大学出版社，2003年。

［英］柯林武德：《历史的观念》，何兆武、张文杰、陈新译，北京：北京大学出版社，2010年。

［匈］格奥尔格·卢卡奇：《历史与阶级意识——关于马克思主义辩证法的研究》，杜章智、任立、燕宏远译，北京：商务印书馆，1996年。

毛泽东：《毛泽东选集》第2卷，北京：人民出版社，1969年。

［英］E.霍布斯鲍姆、T.兰格编：《传统的发明》，顾杭、庞冠群

译,南京:译林出版社,2004年。

梁启超:《中国近三百年学术史》,天津:天津古籍出版社,2003年。

秦燕春:《清末民初的晚明想象》,北京:北京大学出版社,2008年。

王汎森:《中国近代思想与学术的系谱》,石家庄:河北教育出版社,2001年。

郭沫若:《郭沫若全集·历史编》第4卷,北京:人民出版社,1982年。

毛泽东:《毛泽东书信选集》,北京:人民出版社,1983年。

毛泽东:《毛泽东选集》第3卷,北京:人民出版社,1991年。

许建辉:《姚雪垠传》,武汉:湖北人民出版社,2007年。

洪子诚:《问题与方法:中国当代文学史研究讲稿》,北京:北京大学出版社,2010年。

[美]李欧梵:《铁屋中的呐喊》,尹慧珉译,石家庄:河北教育出版社,2002年。

姚北桦等编:《姚雪垠研究专集》,郑州:黄河文艺出版社,1985年。

[美]H.帕克:《美学原理》,张今译,桂林:广西师范大学出版社,2001年。

何火任编:《当前文学主体性问题论争》,福州:海峡文艺出版社,1986年。

中国文艺年鉴编辑部编:《1987:中国文艺年鉴》,北京:文化艺术出版社,1988年。

[日]柄谷行人:《日本现代文学的起源》,赵京华译,北京:生活·读书·新知三联书店,2003年。

［意］安东尼奥·葛兰西:《狱中札记》,葆煦译,北京:人民出版社,1983年。

［苏］M·罗森塔尔、犹琴:《简明哲学辞典》,孙冶方译,石家庄:华北新华书店,1948年。

朱羽:《社会主义与"自然":1950—1960年代中国美学论争与文艺实践研究》,北京:北京大学出版社,2018年。

陈平原、王德威、商伟编:《晚明与晚清:历史传承与文化创新》,武汉:湖北教育出版社,2002年。

洪子诚:《材料与注释》,北京:北京大学出版社,2016年。

洪子诚:《作家姿态与自我意识》,北京:北京大学出版社,2010年。

洪子诚:《1956:百花时代》,北京:北京大学出版社,2010年。

洪子诚:《我的阅读史》,北京:北京大学出版社,2017年。

周勃:《姚雪垠下放东西湖琐忆》,开封:河南大学出版社,2010年。

杨建业:《姚雪垠传》,太原.北岳文艺出版社,2000年。

吴永平:《隔膜与猜忌——胡风与姚雪垠的世纪纷争》,开封:河南大学出版社,2006年。

董之林:《热风时节——当代中国"十七年"小说史论(1949—1966)》,上海:上海书店出版社,2008年。

董之林:《追忆燃情岁月——五十年代小说艺术类型论》,郑州:河南人民出版社,2001年。

贺桂梅:《转折的时代——40—50年代作家研究》,济南:山东教育出版社,2003年。

贺桂梅:《人文学的想象力——当代中国思想文化与文学问题》,开封:河南大学出版社,2005年。

贺桂梅:《"新启蒙"知识档案——80年代中国文化研究》,北京:北京大学出版社,2010年。

[美]裴宜理:《华北的叛乱者与革命者:1845—1945》,池子华、刘平译,北京:商务印书馆,2007年。

[美]裴宜理:《安源:发掘中国革命之传统》,阎小骏译,香港:香港大学出版社,2014年。

[美]夏济安:《黑暗的闸门:中国左翼文学运动研究》,万芷均、陈琦、裴凡慧、陶磊、李俐等合译,香港:香港中文大学出版社,2016年。

[美]夏志清:《中国现代小说史》,刘绍铭等译,香港:香港中文大学出版社,2001年。

[日]一海知義:《河上肇そして中国》,東京:岩波書店,1982年。

茅盾:《我走过的道路(上、下)》,北京:人民文学出版社,1997年。

罗岗主编:《现代国家想象与20世纪中国文学》,上海:上海人民出版社,2014年。

刘勇、杨志、李春雨等:《马克思主义与二十世纪中国文学》,南昌:百花洲文艺出版社,2006年。

毛沢東著作言語研究会編:《毛沢東思想と創作方法——延安文芸発表十周年記念論文集》,東京:ハト書房,1953年。

竹内実:《中国同時代の知識人》,東京:合同出版,1967年。

杨桂欣:《我所接触的暮年丁玲》,北京:中国广播电视出版社,2004年。

洪子诚：《当代文学的概念》，北京：北京大学出版社，2010年。

［美］安敏成：《现实主义的限制：革命时代的中国小说》，姜涛译，南京：江苏人民出版社，2011年。

［美］约瑟夫·劳斯：《知识与权力——走向科学的政治哲学》，盛晓明等译，北京：北京大学出版社，2004年。

陈永发：《中国共产革命七十年（上册）》，台北：联经出版社，1998年。

李杨：《抗争宿命之路——"社会主义现实主义"（1942—1976）研究》，长春：时代文艺出版社，1993年。

［美］王德威：《写实主义小说的虚构——茅盾，老舍，沈从文》，上海：复旦大学出版社，2011年。

司马长风：《中国新文学史（下）》，香港：昭明出版社，1978年。

陈思和：《犬耕集》，上海：上海远东出版社，1996年。

汪晖、陈燕谷主编：《文化与公共性》，北京：生活·读书·新知三联书店，1998年。

［美］本尼迪克特·安德森：《想象的共同体——民族主义的起源与散布》，吴叡人译，上海：上海世纪出版集团·上海人民出版社，2011年。

［美］威廉·巴雷特：《非理性的人》，段德智译，上海：上海译文出版社，2012年。

张全之：《火与歌：中国现代文学、文人与战争》，北京：新星出版社，2006年。

赵园：《艰难的选择》，上海：上海文艺出版社，1986年。

钱理群：《1948：天地玄黄》，北京：中华书局，2008年。

张均:《中国当代文学制度研究（1949—1976）》,北京：北京大学出版社,2011年。

温儒敏:《新文学现实主义的流变》,北京：北京大学出版社,2007年。

钱理群:《二十世纪小说理论资料（四）》,北京：北京大学出版社,1997年。

马良春、张大明:《中国现代文学思潮史（下）》,北京：北京十月文艺出版社,1995年。

李泽厚:《中国现代思想史论》,北京：生活·读书·新知三联书店,2008年。

李华兴:《中国现代思想史资料简编》(第5卷),杭州：浙江人民出版社,1983年。

杨联芬等编:《二十世纪中国文学期刊与思潮（1897—1949）》,南昌：百花洲文艺出版社,2006年。

[美]胡素珊:《中国的内战:1945—1949年的政治斗争》,启蒙编译所译,北京：当代中国出版社,2014年。

靳明全:《区域文化与文学》,北京：中国社会科学出版社,2003年。

[美]克利福德·吉尔兹:《地方性知识——阐述人类学论文集》,王海龙、张家瑄译,北京：中央编译出版社,2000年。

程有为、王天奖主编:《河南通史》第4卷,郑州：河南人民出版社,1985年。

邓实:《政艺丛书·内政通记（卷三）》,上海：上海政艺通报社,1915年。

舒新城编:《中国近代教育史资料(上册)》,北京:人民教育出版社,1981年。

夏明方:《民国时期自然灾害与乡村社会》,北京:中华书局,2000年。

刘世永、解学东主编:《河南近代经济》,开封:河南大学出版社,1988年。

祝东力:《精神之旅——新时期以来的美学与知识分子》,北京:中国广播电视出版社,1998年。

许建辉等:《中国现代文学馆馆藏经典作家文物文献研究》,北京:文化艺术出版社,2013年。

赵冬晖、孙玉玲主编:《苦难与斗争十四年(上卷)》,北京:中国大百科全书出版社,1995年。

肖效钦、钟兴锦主编:《抗日战争文化史》,北京:中共党史出版社,1992年。

马振犊:《惨胜——抗战正面战场大写意》,桂林:广西师范大学出版社,1993年。

郭彬蔚:《蒋介石和李宗仁》,长春:吉林文史出版社,1994年。

[加]戴安娜·拉里:《中国政坛上的桂系》,陈仲丹译,南京:江苏教育出版社,2010年。

张中良:《抗战文学与正面战场》,北京:社会科学文献出版社,2014年。

房福贤:《中国抗战文学新论》,北京:中国社会科学出版社,2012年。

臧克家:《臧克家回忆录》,北京:中国工人出版社,2004年。

郑大华：《民国思想史论》，北京：社会科学文献出版社，2006年。

［美］史景迁：《天安门：知识分子与中国革命》，尹庆军译，北京：中央编译出版社，1998年。

许纪霖：《中国知识分子十论》，上海：复旦大学出版社，2003年。

上海文艺出版社编：《关于长篇历史小说〈李自成〉》，上海文艺出版社，1979年。

蔡翔：《革命／叙事：中国社会主义文学——文化想象（1949—1966）》，北京：北京大学出版社，2018年。

张寄谦编：《联大长征》，北京：新星出版社，2010年。

王汎森：《傅斯年：中国近代历史与政治中的个体生命》，王晓冰译，北京：生活·读书·新知三联书店，2013年。

［加］卜正民：《秩序的沦陷：抗战初期的江南五城》，潘敏译，北京：商务印书馆，2015年。

闻黎明：《抗日战争与中国知识分子——西南联合大学的抗战轨迹》，北京：社会科学文献出版社，2009年。

陈平原：《抗战烽火中的中国大学》，北京：北京大学出版社，2015年。

张广海：《政治与文学的变奏》，香港：三联书店，2017年。

［日］伊藤虎丸：《鲁迅、创造社与日本文学——中日近现代比较文学初探》，孙猛、徐江、李冬木译，北京：北京大学出版社，2005年。

金观涛、刘青峰：《观念史研究——中国现代重要政治术语的形成》，北京：法律出版社，2009年。

［美］周策纵：《五四运动史》，陈永明等译，长沙：岳麓书社，

1999年。

［日］丸山升：《鲁迅·革命·历史——丸山升现代中国文学论集》，王俊文译，北京：北京大学出版社，2005年。

翟意安：《抗日战争期间中日间的宣传战（1937—1945）》，北京：社会科学文献出版社，2023年。

［美］海登·怀特著，罗伯特·多兰编：《叙事的虚构性：有关历史、文学和理论的论文（1957—2007）》，马丽莉、马云、孙晶姝译，南京大学出版社，2019年。

阎浩岗：《〈李自成〉再经典化与姚雪垠研究新收获》，保定：河北大学出版社，2023年。

四、文章类

张务源：《河南文化退落之研究》，《新河南（南京）》，1929年第1期。

张务源：《哀河南人民》，《新河南（南京）》，1936年第6期。

授衣：《开封之社会教育事业》，《河南教育》，1928年第1卷第1期。

李敬斋：《最近河南教育行政之概观》，《河南政治》，1931年第1期。

麦克昂（郭沫若）：《英雄树》，《创造月刊》，1928年第1卷第8期。

郭沫若：《全面抗战的再认识》，《抗战半月刊》，1937年第1卷第3期。

殷元章：《战时的报人和报纸》，《风雨（开封）》，1937年第8期。

姚蓬子等：《一九四一年文学趋向的展望（会报座谈会）》，《抗战文艺》，1940年第7卷第1期。

蓬子（姚蓬子）：《文艺的"功利性"与抗战文艺的大众化》，《抗战文艺》,1938年第1卷第8期。

北鸥:《文艺工作在第五战区》,《抗战文艺》,1939年第4卷第1期。

田涛:《在第五战区(摘来信)》,《文艺生活(桂林)》,1942年第2卷第1期。

黑丁:《我们在潢川》,《文艺阵地》,1938年第2卷第2期。

史铁儿(瞿秋白):《普洛大众文艺的现实问题》,《文学(上海)》,1932年第1卷第1期。

何大白:《文学的大众化与大众文学》,《北斗》,1932年第2卷第3—4期。

胡绳:《评姚雪垠的几本小说》,《大众文艺丛刊》,1948年第2期。

李宗仁:《怎样做一个大时代中的青年——三民主义青年团二周年纪念告第五战区支团团员》,《建设研究》,1940年第4卷第1期。

画室(冯雪峰):《革命与智识阶级》,《无轨列车》,1928年第2期。

蒋光慈:《关于革命文学》,《太阳月刊》,1928年第2期。

陈独秀:《敬告青年》,《青年杂志》,1915年第1卷第1期。

吕一尊:《青年抗战与抗战青年》,《青年月刊(南京)》,1938年第6卷第2期。

朱绛:《推进歌咏的通俗化运动》,《战地》,1938年第6期。

毛一波:《文学上的个人性与集团性》,《橄榄月刊》,1931年第15期。

沈端先:《到集团艺术的路》,《拓荒者》,1930年第4—5期。

中夏(邓中夏):《贡献于新诗人之前》,《中国青年(上海)》,1923年第1卷第10期。

代英（恽代英）:《文学与革命中国青年》,《中国青年（上海）》,1924年第2卷第31期。

孙陵:《十月十日在延安》,《七月》,1937年第2期。

臧克家:《"铁的一团"——第五战区青年军团在前线》,《新语周刊》,1938年第1卷第1期。

VI.Rogoff:《前线一带》,张郁廉译,《战地》,1938年第1卷第5期。

李长之:《春暖花开的时候（第一部）》,《时与潮文艺》,1944年第3卷第5期。

叶青:《郭沫若〈甲申三百年祭〉评议》,《民族正气》,1944年第2卷第4期。

郭沫若:《我的历史研究——序〈历史人物〉》,《大学（成都）》,1947年第6卷第3—4期。

左翼作家联盟执行委员会:《中国无产阶级革命文学的新任务》,《文学导报》,1931年第1卷第8期。

姚雪垠:《论胡风的宗派主义——〈牛全德与红萝卜〉序》,《雪风》,1947年第3期。

未民:《市侩主义的路线》,《希望（上海）》,1946年第1卷第3期。

李长之:《春暖花开的时候（第二部）》,《时与潮文艺》,1944年第3卷第6期。

黎锦明:《感到痛苦而说的几句公开话》,《京报·副刊》,1925年第285期。

浮生:《劝黎君》,《京报·副刊》,1925年第291期。

姚雪垠:《春暖花开的时候》,《读书月报》,1940年第2卷第4期。

姚雪垠：《春暖花开的时候》，《读书月报》，1940年第2卷第7期。
姚雪垠：《春暖花开的时候》，《读书月报》，1941年第2卷第7期。
茅盾：《〈春暖花开的时候〉简评》，《文哨》，1945年第1卷第1期。
姚雪垠：《春暖花开的时候》，《读书月报》，1940年第2卷第1期。
方英：《丁玲论（上）》，《文艺新闻》，1931年第22期。
郭伯恭：《经济崩溃过程中之邓县》，《湍声季刊》，1935年第1期。
赵香珊：《最近之邓县社会概况》，《湍声季刊》，1935年第1期。
曹聚仁：《京派与海派》，《现代出版界》，1934年第22期。
钱杏邨：《死去了的阿Q时代》，《太阳月刊》，1928年第3期。
瞿秋白：《革命的浪漫谛克》，《知识（哈尔滨）》，1947年第3卷第6期。

朱自清：《那里走——呈萍郢火栗四君》，《一般》，1928年第4卷第3期。

李双艳：《"无耻与严肃"并存对立下的人性之思——孙陵长篇小说〈大风雪〉研究》，四川师范大学硕士学位论文，2014年。

范庆超：《抗战时期东北作家研究（1931—1945）》，中央民族大学博士学位论文，2011年。

钟诗华：《碧野小说的诗性研究》，西南大学硕士学位论文，2012年。

丁文厚：《姚雪垠长篇历史小说〈李自成〉的艺术世界》，华中师范大学博士学位论文，2013年。

姚伦：《悖论中的〈李自成〉》，华中师范大学硕士学位论文，2012年。

刘阳：《〈李自成〉发生学研究》，河北师范大学硕士文学论文，2010年。

张丽莹：《论姚雪垠小说中的英雄叙事》，山东师范大学硕士学位论文，2018年。

宋嵩：《发现与重读——20世纪80年代"被遮蔽"历史小说研究》，山东师范大学博士学位论文，2014年。

袁红媛：《〈姚雪垠书系〉编纂出版研究》，河南大学硕士学位论文，2007年。

郭剑敏：《革命·历史·叙事——中国当代革命历史小说（1949—1966）意义生成》，浙江大学博士学位论文，2005年。

黄珊：《1962年前后历史小说研究》，南京大学硕士学位论文，2012年。

詹玲：《被规训的历史想象——评五卷本〈李自成〉》，浙江大学博士学位论文，2008年。

鲍良兵：《抗战时期的"晚明"言说与想象（1931—1945年）》，华东师范大学博士论文，2017年。

李海英：《地方性知识与现代抒情精神——河南新诗史论》，河南大学博士学位论文，2013年。

李培艳：《从自我养成到社会改造——对恽代英五四时期"小团体"实践的考察（1915—1921）》，北京大学硕士学位论文，2010年。

陈欣：《〈李自成〉悲剧论》，华中师范大学硕士学位论文，2004年。

包晓涵：《姚雪垠旧体诗创作论》，华中师范大学硕士学位论文，2021年。

刘奎：《危机与救赎——一个新文化人的"南渡"》，《中国现代文学研究丛刊》，2016年第1期。

李杨:《"经"与"权":〈讲话〉的辩证法与"幽灵政治学"》,《中国现代文学研究丛刊》,2013年第1期。

吕彦霖:《抗战文学"时段性"品格的生成、意义及其突破——以〈文艺复兴〉杂志的三部长篇小说为例》,《海南师范大学学报(社会科学版)》,2017年第5期。

丘立才:《抗日时期的孙陵》,《中国现代文学研究丛刊》,1987年第1期。

张中良:《中国抗日战场文学论》,《西南民族大学学报》,2015年第10期。

傅修海:《瞿秋白与中国现代集体写作制度——以苏区戏剧大众化为中心》,《中国现代文学研究丛刊》,2013年第6期。

吕彦霖:《试论1940年代后期"中间"知识分子的审美取向与心态转换——以〈文艺复兴〉杂志为中心》,《中国现代文学研究丛刊》,2018年第12期。

吴永平:《姚雪垠创作年谱》,《新文学史料》,2010年第3期。

吴永平:《姚雪垠在大别山的文化抗战活动》,《新文学史料》,2016年第1期。

吴永平:《论姚雪垠抗战前夜的思想和小说创作》,《中州学刊》,1984年第4期。

吴永平:《鄂北第五战区抗战文艺活动概略》,《江汉论坛》,1995年第7期。

吴永平:《第五战区"笔部队"的三次"笔征"》,《湖北文史资料》,1995年第1期。

吴永平:《〈姚雪垠生平与著作简表〉补遗与辨误》,《河南师范大学学报》,1984年第2期。

吴永平:《冯玉祥邀姚雪垠讲学书信四札》,《博览群书》,2011年第12期。

吴永平、姚海天:《关于姚雪垠解放初在上海的档案资料》,《新文学史料》,2010年第3期。

吴永平:《吴组缃致姚雪垠书信三札考》,《博览群书》,2012年第4期。

臧克家:《高唱战歌赴疆场》,《新文学史料》,1980年第4期。

杨洪承:《抗战文学中活跃的"笔部队"作家群体考察》,《文艺争鸣》,2015年第7期。

许建辉:《〈李自成〉的遗憾》,《新文学史料》,2010年第3期。

李丹梦:《最后的"史官"——姚雪垠论》,《中国现代文学研究丛刊》,2018年第6期。

姜玉琴:《"两个姚雪垠":政治时代的艺术创作——重读创作于十七年中的〈李自成〉第一卷》,《江苏社会科学》,2015年第1期。

阎浩岗、李秋香:《〈李自成〉:被曲解遮蔽的当代长篇小说杰作》,《中国现代文学研究丛刊》,2011年第2期。

黄锐杰:《三十年代大革命思潮的起源——以唯物史观的传播为中心》,《枣庄学院学报》,2013年第4期。

黄修卓:《20世纪二三十年代中国社会性质论战对马克思主义中国化的影响论》,《郑州大学学报》,2010年第2期。

周宁:《从历史构筑意识形态:中国现代史学与史剧的意义》,《人文杂志》,2003年第2期。

董之林:《观念与小说——关于姚雪垠的五卷本〈李自成〉》,《文学评论》,2008 年第 2 期。

茅盾:《关于长篇历史小说〈李自成〉》,《文学评论》,1978 年第 2 期。

刘再复、刘绪源:《刘再复谈文学研究与文学论争》,《文汇月刊》,1988 年第 2 期。

钱璎、钱小惠:《从〈钱毅日记〉看阿英的戏剧活动》,《社会科学》,1984 年第 4 期。

耿传明、吕彦霖:《"孤岛"烽火思南明——从柳亚子与阿英关于〈杨娥传〉的分歧看两代作家的文化心理差异》,《天津师范大学学报(社会科学版)》,2017 年第 5 期。

蔡炯昊:《抗战期间的晚明历史记忆与政治现实——以〈甲申三百年祭〉及其改编作品为中心》,《抗日战争研究》,2014 年第 3 期。

邓经武:《姚雪垠与郭沫若比较论》,《郭沫若学刊》,2001 年第 1 期。

李斌:《〈甲申三百年祭〉与郭沫若的隐微心曲》,《首都师范大学学报》,2016 年第 1 期。

吴舒洁:《民族与阶级视野中的"甲申史论"——"明亡三百年"与 1940 年代的中国马克思主义史学》,《现代中文学刊》,2010 年第 1 期。

严晖:《姚雪垠及其〈春暖花开的时候〉》,《星洲日报》,1979 年 12 月 6 日。

唐小兵:《民国时期中小知识青年的聚集与左翼化——以二十世纪二三十年代的上海为中心》,《中共党史研究》,2017 年第 11 期。

黄科安:《启蒙·革命·规训——"文艺大众化"考论》,《文史哲》,2012 年第 3 期。

刘再复、黄平:《回望八十年代——刘再复教授访谈录》,《现代中文学刊》,2010年第5期。

姚雪垠:《继承和发扬祖国文学史的光荣传统——再与刘再复同志商榷》,《红旗》,1987年第9期。

姚雪垠:《不要用诽谤代替争鸣——答刘再复君》,《文艺理论与批评》,1988年第5期。

贺桂梅:《丁玲的逻辑》,《读书》,2015年第5期。

王蒙:《我心目中的丁玲》,《读书》,1997年第2期。

丁玲:《延安文艺座谈会的前前后后》,《新文学史料》,1982年第2期。

姚雪垠:《学习追求五十年(一)》,《新文学史料》,1980年第3期。

姚雪垠:《学习追求五十年(二)》,《新文学史料》,1980年第4期。

姚雪垠:《学习追求五十年(三)》,《新文学史料》,1981年第1期。

姚雪垠:《学习追求五十年(四)》,《新文学史料》,1981年第2期。

姚雪垠:《学习追求五十年(五)》,《新文学史料》,1981年第3期。

姚雪垠:《学习追求五十年(六)》,《新文学史料》,1981年第4期。

姚雪垠:《学习追求五十年(七)》,《新文学史料》,1982年第1期。

姚雪垠:《学习追求五十年(八)》,《新文学史料》,1982年第2期。

姚雪垠:《学习追求五十年(九)》,《新文学史料》,1982年第3期。

姚雪垠:《学习追求五十年(十)》,《新文学史料》,1982年第4期。

姚雪垠:《学习追求五十年(十一)》,《新文学史料》,1983年第1期。

石方杰:《抗战时期鄂北地区文化活动述要》,《湖北社会科学》,2005年第12期。

孟宪杰:《姚雪垠在鄂西北的抗战文化活动述论》,《湖北工业职业技术学院学报》,2016年第5期。

陈默:《战时地方的军、政对立——以第五战区与湖北省府的关系为例》,《抗日战争研究》,2016年第3期。

柳鹏:《论抗战中第五战区的地位和作用》,《湖南工业大学学报》,2014年第5期。

王奎:《第五战区抗日文化活动》,《党史天地》,2003年第12期。

张中良:《应还原正面战场文学的历史面貌》,《理论学刊》,2011年第2期。

秦弓:《关于抗日正面战场文学的问题》,《重庆师范大学学报》,2009年第1期。

秦弓:《臧克家与正面战场》,《山东社会科学》,2011年第8期。

林强:《换一副笔墨写东北——孙陵〈大风雪〉解读》,《世界华文文学论坛》,2011年第1期。

张笃勤:《抗战时期湖北文化重心的区域迁移》,《学习与实践》,

2007年第5期。

张中良：《孙陵与〈突围记〉》，《抗战文化研究（第十辑）》，2016年。

陈晓燕：《论抗战时期臧克家长篇叙事诗的叙事艺术嬗变》，《齐鲁学刊》2016年第4期。

孟宪杰：《臧克家在鄂西北的抗战文化活动述论》，《学理论》，2017年第1期。

余宗其：《碧野谈自己的创作》，《中国现代文学研究丛刊》，1994年第4期。

田涛：《〈田涛小说选〉序言》，《新文学史料》，1985年第4期。

陈思广：《冀中平原的现实主义歌者与苦吟人——田涛新论（1934—1949）》，《廊坊师范学院学报》，2015年第2期。

碧野：《人生的花与果——我的生活道路和创作生涯》，《新文学史料》，1993年第3期。

碧野：《人生的花与果——我的生活道路和创作生涯》，《新文学史料》，1992年第1期。

碧野：《人生的花与果——我的生活道路和创作生涯》，《新文学史料》，1992年第4期。

碧野：《人生的花与果——我的生活道路和创作生涯》，《新文学史料》，1992年第2期。

碧野：《人生的花与果——我的生活道路和创作生涯》，《新文学史料》，1991年第4期。

碧野：《人生的花与果——我的生活道路和创作生涯》，《新文学史料》，1993年第4期。

碧野：《人生的花与果——我的生活道路和创作生涯》，《新文学史料》，1993 年第 1 期。

碧野：《人生的花与果——我的生活道路和创作生涯》，《新文学史料》，1993 年第 2 期。

斋藤哲郎：《主体性論爭と中国——胡風・劉再復・ルカーチ》，《思想（日本）》，1991 年第 810 期。

董之林：《论十七年文学经典重读——正视当代文学史叙述内部的张力》，《名作欣赏》，2014 年第 22 期。

董之林：《重读〈李自成〉的意义与方法》，《现代中国文学与文化》，2011 年第 1 期。

董之林：《由历史小说看"五四"时代的延续——论〈李自成〉研究再度兴起》，《现代中文学刊》，2011 年第 2 期。

袁盛勇：《在历史和艺术之间——从〈甲申三百年祭〉到〈李闯王〉的诞生》，《现代中国文学与文化》，2017 年第 3 期。

刘振华、刘平：《20 世纪二三十年代豫西南的匪祸与民生——姚雪垠小说〈长夜〉的历史学解读》，《江苏师范大学学报（哲学社会科学版）》，2019 年第 1 期。

程涛平：《文革中姚雪垠对"三突出"的质疑》，《新文学史料》，2010 年第 3 期。

焦宝：《对几封姚雪垠与田敬宝未刊信札的整理与思考》，《江汉论坛》，2018 年第 9 期。

贺桂梅：《丁玲主体辩证法的生成：以瞿秋白、王剑虹书写为线索》，《中国现代文学研究丛刊》，2018 年第 5 期。

姜涛：《从"代际"视角看五四之后"文学青年"的出现》，《云南大学学报（社会科学版）》，2013 年第 1 期。

姜涛：《五四新文化运动"修正"中的"志业"态度——对文学研究会"前史"的再考察》，《文学评论》，2010年第5期。

许纪霖：《文人与信徒的双重灵魂——再解丁玲之谜》，《二十一世纪》，2016年第12期。

刘潇雨：《"革命人"与革命时代的文学——以胡也频、丁玲为中心讨论》，《二十一世纪》，2015年第6期。

张霖：《阶级叙事的建立及其变调———以〈金光大道〉和〈李自成〉为中心》，《西南民族大学学报（社会科学版）》，2012年第11期。

王维玲：《怀姚雪垠说〈李自成〉》，《文艺理论与批评》，2000年第2期。

俞汝捷：《略谈姚老与卡片》，《社会科学动态》，2018年第12期。

余新华：《姚雪垠思想历程与〈李自成〉的时代印记》，《学术论坛》，2010年第7期。

王春瑜：《历史学家与历史小说》，《江海学刊》，2008年第2期。

邓树强、熊元义：《中国当代文艺思想解放的先驱——从姚雪垠与刘再复的论战说开去》，《江汉论坛》，2011年第1期。

罗维：《重读姚雪垠的现代土匪题材小说〈长夜〉》，《中国现代文学研究丛刊》，2012年第6期。

李从云：《在朴学精神与革命立场之间——对姚雪垠〈李自成〉创作的解读》，《长江学术》，2009年第1期。

吕彦霖：《"天崩地坼此何时"——〈亡明讲史〉与台静农的"南明想象"》，《文化与诗学》，2021年第2辑。

俞汝捷：《沈从文致姚雪垠信》，《新文学史料》，2010年第3期。

李从云：《时间·经验·意义——重读〈李自成〉》，《长江学术》，

2011年第3期。

耿传明、王晏姝:《"五四"人的精神趋向:抽象化的文学政治与理性的激情化》,《天津社会科学》,2013年第2期。

黄锐杰:《"同志"的"修养"——延安时期革命青年的伦理选择》,《文艺理论与批评》,2018年第5期。

刘欣玥:《抗战时期的延安歌咏与"青年"的诞生》,《中国现代文学研究丛刊》,2018年第7期。

严家炎:《漫谈〈李自成〉的民族风格》,《河南大学学报(哲学社会科学版)》,1986年第2期。

严家炎:《〈李自成〉初探》,《北京大学学报(哲学社会科学版)》,1978年第3期。

吴宝林:《"理想主义者时代"的新剪影——青年胡风若干史实考辨》,《中国现代文学研究丛刊》,2019年第1期。

吴舒洁:《"公家人"与革命的庸常化——从丁玲的〈夜〉谈起》,《现代中文学刊》,2013年第4期。

史峻嘉:《革命的隐没与"文人"的诞生——论姚雪垠自传书写中的症候与隐微修辞》,《现代传记研究》,2023年第1期。

程凯:《当还是不当"留声机"?——后期创造社"意识斗争"的多重指向与革命路径之再反思》,《中国现代文学研究丛刊》,2006年第2期。

汪晖:《预言与危机(上篇)——中国现代历史中的"五四"启蒙运动》,《文学评论》,1989年第3期。

陈纪滢:《记姚雪垠(上)——"三十年代作家直接印象记"之十》,《传记文学》,1982年第14卷第2期。

吴福辉：《中国左翼文学、京海派文学及其在当下的意义》，《海南师范学院学报（社会科学版）》，2001年第1期。

陈云：《关于党的文艺工作者的两个倾向问题》，《文艺理论与批评》，1995年第3期。

刘奎：《总体战与动员文艺——抗战初期郭沫若的文化政治实践》，《文艺研究》，2016年第1期。

陈涌：《为文学艺术的现实主义而斗争的鲁迅》，《人民文学》，1956年第10期。

郑伯农：《为深入生活"正名"》，《文艺理论与批评》，1997年第4期。

贺桂梅：《村庄里的中国：赵树理与〈三里湾〉》，《文学评论》，2016年第1期。

刘再复：《论人物性格的二重组合原理》，《文学评论》，1984年第3期。

刘再复：《论文学的主体性》，《文学评论》，1985年第6期。

惠雁冰：《〈李自成〉内含的多重叙事话语》，《文学评论》，2022年第6期。

阿垅：《从"飞碟"说到姚雪垠底歇斯的里》，《泥土》，1947年第4期。

吕彦霖：《被"冷藏"的青年代表作及其改写——姚雪垠小说〈春暖花开的时候〉之版本考释》，《中国现代文学研究丛刊》，2020年第7期。

吕彦霖：《一个"革命文化人"的晚年姿态——以姚雪垠对小说〈春暖花开的时候〉的修改为中心》，《文艺理论与批评》，2021年第6期。

吕彦霖:《从"北平经验"到"开封〈风雨〉"——姚雪垠的三十年代创作与心态转移》,《汉语言文学研究》,2022年第4期。

吕彦霖:《偏移与合流——作为"革命历史小说"前史的〈李自成〉》,《文艺论坛》,2023年第4期。

汪静茹:《严家炎〈李自成〉研究的学术史意义》,《首都师范大学学报(社会科学版)》,2022年第5期。

阎浩岗:《〈李自成〉的主题与姚雪垠的立场》,《文艺报》,2012年4月18日。

左安秋:《〈牛全德与红萝卜〉版本考释》,《河南大学学报(社会科学版)》,2021年第4期。

唐小林:《"成长"与战时主体塑造——以姚雪垠的〈牛全德与红萝卜〉为中心》,《文学评论》,2021年第2期。

曹转莹:《现代作家"心态史"传记缺失的琐思——以两部〈姚雪垠传〉为例》,《信阳师范学院学报》,2022年第2期。

江明明:《姚雪垠与大夏大学(1949—1951)》,《新文学史料》,2023年第1期。

马杰:《交往史、干校史与个人心史——"〈忆向阳〉风波"中的姚雪垠与臧克家》,《汉语言文学研究》,2022年第4期。

罗雅琳:《花木兰的姐姐们:抗战时期历史剧中的"在家女性"》,《中国现代文学研究丛刊》,2022年第4期。

罗雅琳:《"两个洪宣娇":抗战时期太平天国历史剧中的性别难题》,《文艺理论与批评》,2021年第5期。

姚雪垠、曾芸、吴芬庭:《我的文学创作道路及〈李自成〉第四卷创作计划》,《新文学评论》,2021年第3期。

后　记

还记得自己在硕士毕业论文的致谢中，曾经引用加缪(《西西弗的神话：论荒谬》)的一段描述：

> 一个紧张的身体千百次地重复一个动作：搬动巨石，滚动它并把它推至山顶；我们看到的是一张痛苦扭曲的脸，看到的是紧贴在巨石上的面颊，那落满泥土、抖动的肩膀，沾满泥土的双脚，完全僵直的胳膊，以及那坚实的满是泥土的人的双手。西西弗于是看到巨石在几秒钟内又向着下面的世界滚下，而他则必须把这巨石重新推向山顶。他于是又向山下走去。

在当时的理解中，这一场景之所以在自己的脑海中循环往复，是因为感动于这种痛苦的"反复"之意义，却未曾想到这种痛苦的"反复"实际上也多少意味着对偶然与未知的冲击的规避。之所以对这段叙述有了新的理解，正与自己写作博士论文的经历有关。虽然在开题后的不久就决定将姚雪垠作为专门的研究对象，并且在东京访学期间就开始认真阅读二十卷的《姚雪垠文集》，还搜求了几乎所有能看到的研究成果及原始资料，并且完成了一篇有关姚雪垠小说的考证文章，而且在早稻田大学国际学会进行了发表。但是对于如何比较妥帖地将这些零散的想法与庞杂的材料编织成一篇具有问题意识的博士学位论文，似乎始终未能找到一个让自己满意的答案。这种难以索解的困惑以及生活中的一些事情，使得论文正式开始写作的时间一再延宕。现在回看，整个论文似乎基本是在并不充裕的时间里，在"完成度""创新性"与"自我期待"三者的巨大压力之下，依靠痛苦的挣扎而完成的。在完成初稿时，虽然曾经自以为还算"有特色"，但是预答辩之后，又不得不承认论文确实存在种种问题，修改到外审截止日期，虽然多少算是有些改观，但如今回头再看，仍旧觉得还有不少问题亟待修正。这些问题不仅是技术上的，还有方向和思维上的。经常听说论文是一门遗憾的艺术，但是身为作者，自己还是无比期待将自身层面的遗憾降到最低的，然而如今经过了四年再回看这部书稿，仍然觉得难以将其视为"完成品"，这是必须向将来阅读本书的各位读者道歉的。

书稿能够完成，首先必须感谢恩师耿传明先生。十一年前我初入南开园之时，蒙先生不弃，将我接收为他的硕士生。八年前，硕士毕业之际，我又极为荣幸地成为先生第一个以保送形式接收的博士生。还记得恩师戏称我这种"免试推荐"是"无痛分娩"，后来翻看我的硕士论文，又笑言"还是多少经受住了考验"。回顾自己在恩师门下的七年学徒生涯，如果说前三年囿于年龄与阅历的限制，更多是在恩师处"学艺"，后四年则终于渐渐得以与恩师"会心"，逐渐开始承受恩师温润厚重的人格力量的滋养。在恩师门下，我不仅从恩师的学术指导中获得思维方法的锤炼，更从恩师的治学态度与日常行止中得到价值观念的感召。在这个功利主义泛滥的时代，恩师对于世俗"规则"的抵抗与对学术本身的持守，经常提醒着我反省自己的心态，专注于为学的本意与初心，这种时时"在场"的无形的提醒至今使我受益匪浅。恩师性格清淡，平时主要以读书为乐，但是在学生需要帮助的关键时刻，却从不缺席。无论是我自己申请公派出国访学,还是毕业谋职面试,恩师都考虑周详,不遗余力地给予帮助。还记得,2019年夏天与恩师同赴杭州参加浙江省现代文学研究会年会,三日都与恩师住在一处,游在一起,于西子湖畔和下榻之地与恩师天马行空地畅谈,得以窥见恩师于温润持重外的另一面向,以告师弟,师弟称之为"出师之礼",这段记忆是值得永久地珍藏的。在此我必须向教导我七年的恩师致以最诚挚的谢意,希望我将来能以实际行动,践行恩师的身教言传。

我还要特别感谢张铁荣老师,我十一年前投考南开之时即蒙张老师照顾。张老师不仅于学术上不断给予我指点,更是在生活上对我多有照顾,每至年节,张老师和师母必然请我小聚,佳肴美酒,文坛掌故,是清苦学生时代难得的享受。而在推荐我出国以及谋职的紧要关头,张老师更是不遗余力,正是他亲自写信为我联系日方导师,并最终取得对方的邀请函。在此必须向他致以最诚挚的感谢。

在这里还要特别感谢李锡龙老师、林晨老师和刘堃老师,感谢三位老师在课上与课下的渊博知识和敏锐洞察力带给我的启发。感谢李老师时长一学期的"民国文学"研究课程对我文学史观念的洗礼,感谢在我写作多篇论文时李老师给予的恰切而中肯的建议,还要感谢他多次慷慨赠予我急需的史料,书稿第四章节的考证如果没有他赠予的资料是难以完成的。感谢林晨老师、刘堃老师在学术研究上给予我的诸多深刻的启发和精彩的建议,以及在日常生活中给予我的兄长、姊妹般的关照,他们经常抽出时间解答我在写作/发表论文以及求职等方面的困惑,并给出切实的参考意见,使我少走了不少弯路。感谢林晨老师将我吸收到他的"现代文学史"教学团队中,那段经历重塑了我的教学观念,也让我对如何成为一名合格的教师有了新的理解。

还要感谢乔以钢老师、罗振亚老师、刘运峰老师、李瑞山老师、周志强老师提供的宝贵意见和建议,这些意见和建议对于书稿的进一步完善至关重要。

另外,我还要感谢早稻田大学文学学术院的千野拓政教授在此书稿构思、写作过程中给予的诸多富有启发性的建议。正是千野老师为我写的推荐信,使我得以在东洋文库查阅了半年的资料。同时,书稿的完成还得到了东京大学的铃木将久教授的大力帮助,在书稿的构思阶段,我就多次到东大与他探讨,得到了不少宝贵的建议。书稿完成即将交付外审时,他还专程打来电话询问书稿的完成情况,在投稿之前,我也多次从他那里得到中肯的修改意见与热情的鼓励,令我十分感激。

走笔至此,不禁想起在日本度过的为期一年的绚烂时光——北海道的细雪,千鸟渊的樱花,吉祥寺的夕阳,隅田川的烟火;长野的远云细雨,高田马场幽深的小巷,神保町的旧书市,盛夏的鸭川日暮与大阪光怪陆离的夜景;雨中的立教大学,白云飘荡在三四郎池中,秋叶森然的一桥大学以及夜跑中忽然响起的大隈讲堂的钟声;来自札幌老妪的新年祝福,以及与妻子并肩坐在横滨海边看晚霞的陶醉;第一次的国际学会日文发表,恳亲会一起痛饮的难忘友谊,日本中国学研究者们身上的严谨精神与专注态度。诞生于"最后的平成"的这段令人难忘的异国生活经验,以及它所激发的青春气息将永远被我珍藏于记忆之中。

感谢师门中的于冰轮师兄、宋玉师兄、刘忠波师兄、汪贻菡师姐给予我的帮助和关照,尤其是于师兄和宋师兄在书稿写作的思路上助力良多。感谢孙凯师兄在书稿排版方面给予我的帮助,感谢李明、张若一、周焱、魏璐珂、于强、李飞、于萌、段煜、陈镭、王亚伟、刘慧等同校好友的热情支持。感谢金星、吴辰、陈鹏安、李屹、蔡东、卢华、董雨、尹明慧、冉念周、黄江军、李安昆等好友所提供的帮助和建议。

在书稿的写作过程中,我曾多次得到解志熙老师和王晓明老师的帮助与鼓励,在犹豫是否要选择这一题目并持续研究时,正是他们热情洋溢的邮件和话语给予了我坚持下去的理由与信心。尤其是素未谋面的解老师曾多次写邮件肯定书稿的研究方向,给予我为人为学的建议,如今想起依然十分感动。另外,还要感谢张均老师、阎浩岗老师、段从学老师、刘克敌老师、李音老师、李斌老师、易彬老师、张广海老师、范雪老师、刘奎老师、陈言老师、袁洪权老师、张春田老师、王丽华老师、刘超老师、林培源老师等师友以不同形式对书稿的指正与批评,在此一并致谢。

本书的部分章节先后发表于《中国现代文学研究丛刊》《文艺理论与批评》《文化与诗学》《华中学术》《汉语言文学研究》《文艺论坛》《中国社会科学报》等刊。在此必须感谢解志熙老师、齐晓红老师、鲁太光老师、李静老师、岁涵老师、王秀涛老师、陈雪虎老师、阎浩岗老师、张聪老师、佘晔老师对本人投稿的精心指正与细致编校。同时也要感谢鲁太光老师将推荐参评"唐弢青年文学研究奖"的名额慷慨给予本人,这是对我莫大的鼓励。交流中各位编辑老师的思想、善意与热情,给我带来的启示与信心令我时常感念。

感谢我的美国老友许子恒在论文英文翻译方面提供的帮助,感谢他在我的南开求学生涯中给予我的诸多关照,每次参加他组织的家庭聚会总是让人快乐,如今我和他全家都是关系极好的朋友,我相信这种友谊会持续下去。

自2019年来到杭州师范大学工作后，我得到了人文学院同事们的诸多帮助。现当代教研室的洪治纲老师、邵宁宁老师、郭洪雷老师、斯炎伟老师对我来杭后的学术发展与生活安置费心良多，在此特表感谢。同时感谢王才友、陈明华、王若存、施华辉、时霄老师带给我的学术启示。

最后，我要郑重地感谢我的父母与妻子。感谢我的父母一直以来对我的无微不至的关怀与爱护，无论什么时刻，他们始终以我为傲，对我的各种选择都给予毫无保留的支持。读书求学的这些年，他们始终以自己的节俭支持我无忧无虑的逐梦，我的每一点成绩都浸润着他们的心血与汗水。希望我能始终不辜负他们的关爱与希望，并且尽自己所能报答他们的恩情。感谢我的妻子一直以来给予我的信任和支持，相恋多年她始终是我心灵的良医，矫治着我精神上的偏狭与怠惰，耐心地帮助我成为一个更加理性、更具有判断力的人。感谢她在我赴日访学期间陪伴我一起度过为期半年多的、极为幸福的异国时光。感谢她在我焚膏继晷写作论文的时段里，牺牲自己的时间，包揽了全部的家务，每日为我烹制可口的三餐，使我得以在高强度的劳动中坚持下来。感谢她带来的小猫豆豆带给我的无尽的欢乐，遇见她是我迄今为止生命中的最大收获。

2024年2月记于家乡鹤壁淇河河畔

图书在版编目（CIP）数据

在"集团性"与"个人性"之间：姚雪垠文艺创作
与文化实践考辨：1929—1997／吕彦霖著.
-- 上海：上海文艺出版社，2024
ISBN 978-7-5321-8993-9
Ⅰ.①在… Ⅱ.①吕… Ⅲ.①姚雪垠（1910-1999）—文学研究 Ⅳ.①I206.7
中国国家版本馆CIP数据核字(2024)第071954号

发 行 人：毕　胜
策 划 人：李伟长
责任编辑：崔　莉
装帧设计：钟　颖

书　　名：在"集团性"与"个人性"之间：姚雪垠文艺创作
　　　　　与文化实践考辨（1929—1997）
作　　者：吕彦霖
出　　版：上海世纪出版集团　上海文艺出版社
地　　址：上海市闵行区号景路159弄A座2楼 201101
发　　行：上海文艺出版社发行中心
　　　　　上海市闵行区号景路159弄A座2楼206室 201101 www.ewen.co
印　　刷：浙江天地海印刷有限公司
开　　本：890×1240　1/32
印　　张：10.25
插　　页：3
字　　数：285,000
印　　次：2024年5月第1版 2024年5月第1次印刷
Ｉ Ｓ Ｂ Ｎ：978-7-5321-8993-9/I.7083
定　　价：59.00元
告 读 者：如发现本书有质量问题请与印刷厂质量科联系　T:0573-85509555